HEYNE <

Das Buch

Die Berliner Verhältnisse sind nicht nur extremer, sondern auch unübersichtlicher geworden. Mario ist Anfang dreißig und lebt in einer WG in der Adalbertstraße. Eines Tages tauchen die Rumänen auf: mittellose und seit kurzem auch wohnungslose Bauarbeiter vom Potsdamer Platz, die vergeblich auf ihre Löhne warten. Als einstige Nachbarn genießen sie bis auf weiteres Asylrecht in der WG-Küche. Doch weil Mario deren lärmigen Lebensstil nicht mehr aushält, faßt er mit seinen Mitbewohnern einen Beschluss. Sie werden den Freunden zur Seite springen – und das Geld für sie eintreiben. So wird aus der Wohngemeinschaft ein gefürchtetes Inkasso-Unternehmen für Einsätze aller Art. Aber nachdem Mario ein Verhältnis mit der Ladenbesitzerin Melek begonnen hat, kommt er mit seinen neuen Aktivitäten ausgerechnet seinem geschäftstüchtigen Bruder in die Quere.

Der Roman – inspiriert von einem mit Detlev Buck gemeinsam verfassten Drehbuch – ist ein herzzerreißend komisches Porträt einer Gesellschaft im Umbruch. Mag sein, dass die allgemeine Stimmung eher düster ist. Manchmal aber sind es die angeblichen Verlierer, die sich von einer Krise nicht verunsichern lassen. Schon gar nicht, wenn es eine Krise grundsätzlicher Art ist.

Der Autor

Raul Zelik, 1968 in München geboren, lebt in Berlin. Er schrieb die Romane *Friß und stirb trotzdem*, *La Negra*, *Bastard*; außerdem den Erzählband *Grenzgängerbeatz* sowie das Sachbuch *Made in Venezuela*. Stipendiat der Klagenfurter Literaturklasse beim Bachmann-Wettbewerb, Alfred-Döblin-Stipendium, Walter-Serner-Preis. Berliner Verhältnisse wurde 2005 für den Deutschen Buchpreis nominiert. Zeliks neuer Roman *Der Bewaffnete Freund* erscheint 2007.

RAUL ZELIK

BERLINER VERHÄLTNISSE

Roman

WILHELM HEYNE VERLAG
MÜNCHEN

Verlagsgruppe Random House FSC-DEU-0100
Das für dieses Buch verwendete
FSC-zertifizierte Papier *München Super* liefert
Mochenwangen.

Vollständige Taschenbuchausgabe 06/2007

Printed in Germany 2007
Umschlagfoto: © Gerd Schnuerer / Getty Images
Umschlaggestaltung: Nele Schütz Design, München
Satz: Frese, München
Druck und Bindung: GGP Media GmbH, Pößneck
ISBN: 978-3-453-40485-4

www.heyne.de

Für Mela und Dany. Dank an Buck, Klaus Charbonnier und Wenka Mikulicz: fürs Mitspielen und -schreiben!

1. KAPITEL, IN DEM MARIO FESTSTELLEN MUSS, DASS ES IN SEINER KÜCHE ZU LAUT IST

Ob Midlife oder Quarterlife – jeder Idiot sucht heutzutage nach einem Anlass, um sich auf die Couch zu legen, einen auf gedankenschwerer Hermann Hesse zu machen und ausgiebig von einem quälenden Gefühl der Leere zu berichten. Dabei geht es zu wie auf dem Psychohühnerhaufen: Während die einen finden, das ewige Drogeneinpfeifen führt doch zu nichts, träumen andere von aufregenden Clubnächten, gehen Zigaretten kaufen und kehren nie wieder nach Hause zurück. Manche bekommen Panikattacken, weil sie mit Kombi, Ehefrau und Nachwuchs in einem Vorstadteigenheim angekommen sind, andere hingegen drehen am Zeiger, weil der Reihenhausgarten nach New-Economy-Krise und Ölpreiserhöhung in unerreichbare Ferne gerückt zu sein scheint. Und die Lebensstil-Zeitschriften für Sie und Ihn, die es grundsätzlich am besten wissen, streicheln die Seelen ihrer Leser mit Exklusivaufmachern über die neue Orientierungslosigkeit: *Das Leben ist zum Hürdenlauf ohne Hürden geworden. Wie hoch soll ich springen? Wie hoch ist gut genug?*

Eigentlich hätte der ganze Lebenskrisenirrsinn problemlos an Mario vorbeiziehen können. Jemand, der sich 15 Jahre erfolgreich mit Scheckbetrug und Vom-LKW-gefallen durchgeschlagen hatte, sollte als resistent gegenüber Leistungsbotschaften gelten. Denn Mario gehörte zu jener Sorte Menschen, die irgendwann beschlossen haben, überhaupt nicht mehr zu springen – weder über hohe noch über niedrige Hürden. Warum von sauteuren Traumurlauben auf superexklusiven Karibikinseln träumen, wenn einem da doch nur die Dumpfbacken von zu Hause begegnen? Wozu mühsam Startkapital fürs Shareholder-Wunder zusammentragen, wenn sich das ganze schöne Geld doch nur in Kurseinbruch und Börsenbaisse auflöst? Weshalb ehrgeizig darauf hinarbeiten, sich später einmal einen faulen Lenz machen zu können, wenn der schon jetzt zu haben ist – ohne Magengeschwüre, stupide Meetings und Ich-bin-ja-so-motiviert-Geheuchel. Statt Arbeit, Arbeit, Arbeit also bescheidene WG-Existenz, Einklauen hier und dort und die Gewissheit, dass man zwischen Punkrockjugend und Auf-Parkwiesen-Rumhängen schon ziemlich viel von dem miterlebt hat, was eine Durchschnittsexistenz an der Schwelle zum 21. Jahrhundert so bieten kann.

Dabei darf man sich Mario keineswegs als klassischen Aussteiger vorstellen – er war keiner dieser Typen, die in gestreiften Schlafanzughosen und mit Wursthaarfrisur in der Fußgängerzone stehen, zu Mittelaltergedudel bunte Bälle durch die Luft werfen und sich dabei wahnsinnig ausgeflippt vorkommen. Mario hatte immer am Puls der Zeit gelebt. Mit 15 aus Mamas Chaos geflüchtet, um in Westberlin die Sex-Drugs-Revolution-Nummer durchzuziehen, hatte er im Verlauf der Jahre mit den verschiedensten Daseinsformen herumexperimentiert (Hundebesitzer am Kottbusser Tor, antifaschistisches Kollektiv, offene Fünferbeziehung). Aber nach traumatischen Erfahrungen mit WG-Toiletten, Sechsstunden-Plena und

Nietengürteln von Karstadt für 19,99 DM hatte er beschlossen, ein strukturierteres Leben in Angriff zu nehmen: Atlantiküberquerung im Segelboot, eigener illegaler Jungle-Club, Abitur auf dem zweiten Bildungsweg und schließlich sogar eine gemeinsame Wohnung mit der Beziehung (die Bratze hatte sich nach sechs Monaten allerdings als Polizeiagentin entpuppt).

Mario hatte wahrlich keinen Grund, über ein unerfülltes Leben zu klagen. Dass er trotzdem in eine Krise geriet, hatte nicht mit unbeantworteten Sinnfragen oder einem plötzlichen Ausbruch von beruflichem Ehrgeiz zu tun, sondern mit einem Phänomen, das man wohl als biologisch bezeichnen muss, mit einer nebensächlichen, aber ziemlich unangenehmen Kehrseite des Älterwerdens. Egal, wie laut man nämlich in den Man-ist-so-alt-wie-man-sich-fühlt-Chor mit einstimmt – Fakt bleibt: Ab dem 30. Lebensjahr wird man lärmempfindlicher. Deutsche jedenfalls. Man wird hellhörig, sehnt sich nach Augenblicken der Stille und erträgt das ständige Hintergrundgedudel nicht mehr.

Es war ein ganz normaler, schwüler Juninachmittag, als die Geschichte ihren Anfang nahm. In der WG-Küche in der Adalbertstraße 73 frittierten die rumänischen Nachbarn friedlich Auberginen, Marios Mitbewohner Piet machte am Fensterbrett Übungen zur Stärkung der Rückenmuskulatur und Didi fütterte seinen Köter, als Mario plötzlich einen Schrei ausstieß:

»Es reicht!«

Wahrscheinlich wäre der Satz in dem Kusturica-Geklimper untergegangen, das Piet immer anstellte, wenn die Rumänen zu Besuch da waren (klassischer Fall von Identitätszuschreibung durch andere). Aber Mario wusste seine Bemerkung tatkräftig zu unterstreichen: Er durchquerte den Raum, zog den Radiostecker heraus, drehte im Vorbeigehen den Gasherd ab und schenkte sich dann am Kühlschrank ein Glas Orangensaft ein. Die anderen verharrten regungslos. Gebannt verfolgten sie, wie Mario seinen Saft langsam, wie in Zeitlupe austrank. Antonescu war der Erste, der die Fassung zurückerlangte. Er warf einen besorgten Blick auf die Auberginen. Sie waren noch nicht durch.

»Warum hast du den Gasherd ausgemacht?«, fragte Piet.

»Und d-das Radio?«, fügte Didi hinzu, der seit der Grundschule bei der leichtesten Verunsicherung zu stottern anfing.

»Das hält kein Mensch aus«, erklärte Mario entschlossen.

»Was hält kein Mensch aus?«

»Den Lärm.«

»L-Lärm? W-welcher Lärm?«

»Das versteht ihr nicht.«

Es war wirklich nicht ganz leicht zu verstehen. Mario hatte keine plötzliche Abneigung gegen Rumänen, wollte die Wohnung nicht für sich haben, dachte auch nicht an verbrauchte Lebensmittel oder anfallenden Abwasch (Antonescu spülte immer ab). Trotzdem war das genau das Niveau, auf das Wassilij die Unterhaltung brachte, als er eine halbe Stunde später nach Hause kam.

»Du bist ein Wohlstandschauvinist!«, bemerkte der Mitbewohner verächtlich.

»Wieso Wohlstandschauvinist?« Mario verstand die Welt nicht mehr.

»Du verteidigst deine Privilegien.«

»Privilegien? Das hat doch nichts mit Privilegien zu tun. Ich bin 32!«

Wassilij, Piet und Didi blickten Mario irritiert an.

»Ich meine, da wird man geräuschempfindlicher.«

»Ja, die Leute vom Balkan machen immer zu viel Lärm.« Wassilij hatte leicht reden. Der konnte jederzeit zu seinen Eltern in den Schwarzwald fahren, wenn es ihm zu Hause zu hektisch wurde. Aber Mario – wo sollte der hin? Zu Mutti? In die Keramikwerkstatt? Zum Entspannen?

»Balkan, Balkan ... Das hat überhaupt nichts mit Balkan zu tun, sondern mit Lärm! Die sollen sich selbst was mieten. Im Hinterhaus stehen vier Einzimmerwohnungen leer. Ganz billig. Oder die besetzen die ...«

»Ha-haa!« Wassilij grinste spöttisch.

Es war zum Kotzen, wenn der so spöttisch wurde.

»Die sind illegal! Die können nicht einfach was Illegales machen.«

Das war zwar etwas verquast ausgedrückt, aber in der Sache schon richtig: Wenn jemand bei der Berlin-wird-mindestens-so-urban-wie-Paris-oder-noch-viel-geiler-Nummer die Arschkarte gezogen hatte, dann die Rumänen. In einer eisigen Winternacht bei Zittau über die Oder-Neiße-Linie gekommen – wobei Antonescu fast ersoffen wäre (der Typ stammte aus einer karpatischen Hirtenfamilie und war in seiner Kindheit mit Wasser eigentlich nur an Viehtränken in Berührung gekommen) –, hatten sich die drei unbemerkt an Grenzschützern und Bürgerwehr vorbei Richtung Fleischtöpfe geschlichen, waren auch im Nahverkehrzug nach Cottbus nicht von aufmerksamen Großmüttern denunziert worden und so bis nach Berlin gelangt, wo sie auf Vermittlung eines alten Banater Kumpels an allerlei Regierungsbauten letzte Hand anlegen durften. Der Lohn war mit 3,50 Euro die Stunde gar nicht so schlecht – es gab ein paar Ukrainer, die machten es für weniger – das heißt, er wäre nicht so schlecht gewesen, wenn er denn ausgezahlt worden wäre. Die Sache war nämlich die, dass der Bauherr, irgendeine öffentlich-rechtliche Tarnorganisation, den Auftrag an einen Unternehmer outgesourct hatte, der seinerseits darauf spezialisiert war, Aufträge an Subunternehmer zu vergeben, die wiederum mit ein paar hochflexiblen Kleinstbetrieben eng zusammenarbeiteten. Auf diese Weise war die eigentliche Arbeit – die Elektroinstallation in den Büros einer Bundesbehörde – von einer sich auf ihre Kernkompetenzen konzentrierenden Firma an die nächste übertragen worden, bis man schließlich bei einem harmlosen Neuköllner Jogginghosenträger angelangt war, der für Betrug im großen Stil zu einfach gestrickt war. Horst Patzky gehörte zu jenen selten gewordenen »Westberliner Originalen«, die ihren Feierabend seit 35 Jahren in mit Gummibäumen dekorierten Eckkneipen verbringen, über *Hertha BSC*, neue Videokameras und die deutsche Reformlücke diskutieren und die *Bild* für eine Tageszeitung halten. Wahrscheinlich wäre der Mann böse untergegangen, wenn er an die geheimnisvolle Wertschöpfungskette nicht ein weiteres, offiziell gar nicht vorhandenes Glied angehängt hätte. Nach anfänglichen

Bedenken heuerte der Neuköllner Elektroinstallateurmeister nämlich allerlei Hilfskräfte an, die für wenig Geld durchaus anspruchsvolle Tätigkeiten zu verrichten wussten. Dass ihm Popescu und Ganea als Doktoren der Kunstgeschichte respektive Musikwissenschaften intellektuell eigentlich in jeder Hinsicht überlegen waren und Antonescu in der Schafzucht-Sowchose »Fröhliches Banatland« Mitte der Achtzigerjahre zu einem Allroundtechniker gereift war, stellte kein allzu großes Hindernis dar, zumal sich die Unterhaltungen zwischen Chef und Angestellten auf einfache Wortwechsel beschränkten: *»Tschuldigung, kann mal rauchen?«*, *»Das kommt da hin«*, *»Klo, wo, bitte?«*

Unterstützt von dieser rumänischen Manpower hatte Patzkys Elektro-Solutions GbR eine Reihe sinnvoller Arbeitsleistungen im bundesministerialen Waschmaschinenkomplex rund um den Potsdamer Platz erbracht und Anspruch auf eine nicht unerhebliche Geldsumme erworben. Das Problem war allerdings, dass man in den Zeiten von Cyberspace, Shareholder und *Call a Pizza* Geld zwar verdienen kann, aber deswegen noch lange nicht erhalten muss, beziehungsweise umgekehrt: es auf geheimnisvolle Weise erhalten kann, obwohl man nichts dafür getan hat. Tatsache war, dass irgendwo in den unendlichen Weiten des Outsourcings, in die noch nie ein Mensch vorgedrungen ist, ein Glied aus der Auftragsvergabekette ausgeschert und mit dem Geld Richtung Malediven verschwunden war, weshalb sich Patzky mit einem handfesten Liquiditätsengpass konfrontiert sah. Behauptete er zumindest. Den Rumänen – »Polacken, aber, na ja, jut, jearbeitet ham se« – den Lohn vorzuenthalten, sei zwar »nich die feine englische«, aber: »Der Wettbewerb wird ooch nich einfacher. Weltkonjunkturdoppeldelle!« Und so ergab es sich, dass die drei Freunde, die sich 1990 in einer wenig später abgewickelten Bukarester Keksfabrik kennen gelernt hatten, plötzlich so pleite waren wie zuvor nicht einmal in Rumänien.

»Solange die ihr Geld nicht haben, werden die bei uns kochen«, erklärte Wassilij. »Wir schmeißen doch keine Illegalen raus.«

Mario verzog das Gesicht. Das stimmte. Rausgeschmissen hatten sie wirklich noch niemanden. Von diesen Frankfurter Musikern einmal abgesehen, die Piet vor ein paar Monaten an der Bushaltestelle kennen gelernt hatte. Aber die hatten sich auch wirklich benommen wie Sau. In den Flur gekotzt, aber eine Woche lang nicht ein einziges Mal eingekauft. Dabei waren das Vollverdiener gewesen!

»Aber es ist zu laut.« Nicht nur Wassilij, auch Mario konnte ziemlich entschlossen auftreten. »Dann müssen wir halt das Geld besorgen, damit sich die Rumänen eine von den Wohnungen mieten können.«

Piet unterbrach seine Übungen. Was ganz gut passte. Nach 15 Kontraktionen sollte man zwölf Sekunden ausspannen. »Ich bin doch nicht Krösus.«

Aber daran hatte Mario nicht unbedingt gedacht.

»Mensch, wir besorgen denen ihren ausstehenden Lohn.«

»Hä?«

»Das Geld, das ihr Chef ihnen nicht zahlen will.«

Es dauerte nicht lange, bis Mario die Mitbewohner von seinem Vorhaben überzeugt hatte. Piet empfand die Anwesenheit von Antonescu, Ganea und Popescu zwar alles andere als störend – »Okay, sie kochen ein bisschen fettig, aber immer frisch!« –, aber die Robin-Hood-Nummer betrachtete er als Herausforderung, und Didi stimmte, seit Mario ihn in der dritten Klasse gegen Michaela Kowalski, die eingebildete Kuh, verteidigt hatte, sowieso allem zu, was sein Mitbewohner vorschlug. Nur Wassilij leistete zunächst Widerstand.

»Wozu was anmieten? Hier gibt's doch eine Küche.«

»Das ist auch für die Rumänen bequemer.«

»Bequemer? Das ist gefährlich.«

»Es ist praktisch.«

»Ich meine, wissen wir, was ihr Chef für ein Typ ist? Bauarbeiter, das sind Schränke. Weißt du, wie viele Muskeln man am Gerüst ausbildet?«

»Hauptsächlich Strecker«, warf Piet ein.

»Außerdem ist die halbe Baubranche mafiös organisiert.«

»Also, was jetzt?« Mario wurde langsam ungehalten. »Brauchen diese Leute uns oder nicht?«

»Schon, aber ...«

»Das ist Klassenmacht! Davon redest du doch immer.«

»Ja, aber diesmal individualisiert. Ich meine, wenn wir das individuell machen, dann ist das keine Klassenmacht, sondern ...«

»M-man muss ... a-auch immer«, sagte Didi schließlich, »bei sich selbst anfangen.«

Keine halbe Stunde später stand man zwischen Berufspendlern, 14-jährigen Gören ohne Zuhause und Guten-Tag-ich-heiße-Stefan-und-bin HIV-positiv in der U-Bahn Richtung Rudow-Neukölln, und abgesehen von Wassilij, der immer etwas negativer eingestellt war – Kapitalismus, Klimakatastrophe, das ganze Scheitern der Aufklärung –, benahm sich die WG, als hätte man im ganzen Leben nichts anderes getan, als Geld einzutreiben.

Die Gelassenheit wurde noch größer, als sich Elektromeister Patzky, von Antonescu als »nicht sooo groß« beschrieben, als 1,65 Meter kurze, fast kugelförmige Erscheinung entpuppte.

»Was denn?«, grunzte Patzky aggressiv, blieb jedoch regungslos stehen, als er Didis Hund entdeckte. Der Köter, eine hirschkuhgroße Dänische Dogge, und der Elektromeister standen sich fast in Augenhöhe gegenüber.

»Tschuldigung.« Mario, ohne Zeit auf umständliche Vorstellungsrituale zu verschwenden, schritt an Patzky vorbei, kalkulierte mit einem prüfenden Blick die Pfändbarkeit von Kompaktstereoanlage und Plattensammlung – welche vor lauter Puhdies und Westernhagens eher gering einzuschätzen war –, und ließ sich auf das Kunstledersofa in der Mitte des Raumes sinken, während sich Piet der leise quengelnden Playstation in der Schreibtischecke neben der Badezimmertür zuwandte: Bikiniblondinen in den Händen fanatisierter, bis an die Zähne bewaffneter Turbanträger.

»Oh Mann, Level 1. Das ist ja Zeitlupe.«

Didi folgte seiner Dogge Richtung Kochnische, nur Wassilij blieb ängstlich in der Nähe der Tür stehen.

»Es geht um unser Küchenproblem.« Mario faltete

feierlich die Hände. »Das heißt eigentlich *mein* Problem. Bei uns, also in unserer WG, ist immer mal Besuch da. Wie das halt so ist, wenn man zusammen wohnt. Aber mittlerweile ist die Situation etwas … wie soll ich sagen …«

Patzky war offenbar etwas langsamer. Stumm lauschte er Marios Vortrag.

»Manchmal fühle ich mich so kraftlos. Dann finde ich plötzlich alles so …« Mario blickte nachdenklich aus dem Fenster. »Mir fällt der passende Begriff nicht ein.«

Endlich setzte bei Patzky eine Reaktion ein. Das Gesicht des Elektromeisters verfärbte sich krebsrot. »Was geht mich das an?« Gute Frage. »Und Finger weg von meinem Computer!« Das war gar keine Playstation? Das war ein richtiger Computer? »Ich rufe die Polizei!«

»Polizei?«, kreischte Wassilij leicht hysterisch.

»Po-polizei ist sch-scheiße«, stellte Didi sachlich fest, griff nach dem schnurlosen Telefon und warf es kurz entschlossen durchs offene Fenster in den Vorgarten. Es landete neben einem Gartenzwerg mit Laterne.

»Irgendwie stimmt's doch«, fuhr Mario unbeirrt fort. »Mit über 30 ist man nicht mehr so belastbar. Die … wie heißt das noch …«

»Stressdisposition …« Wassilij machte einen spürbar selbstsichereren Eindruck, seit das Telefon neben dem Laternenzwerg lag.

»Genau, die Stressdisposition nimmt ab.«

»Zu!«

»Zu?«

Wassilij nickte.

»Also gut. Die nimmt zu. Der Lärm … der beginnt einen zu nerven. Und deswegen«, Mario richtete sich auf, »möchten wir … also ich, dass sich die Rumänen selbst etwas mieten.«

»Hä?«

»Die R-Rumänen«, wiederholte Didi.

»Die können doch nicht immer bei uns kochen«, bekräftige Mario.

Patzky begriff immer noch nicht, also versuchte Didi, das Anliegen noch einmal in einfachen Worten zusammenzufassen:

»Die haben k-kein Vermögen, d-die haben nur ihren L-lohn … Und we-wenn sie den nicht kriegen …«

»Genau! Wo gehen die dann hin? Zu uns in die Küche. Und da hocken sie dann. Den ganzen Tag! Wollen Sie vielleicht den ganzen Tag Rumänen bei sich in der Küche haben?«

»Mario, es spielt doch keine Rolle, ob das Rumänen …«, setzte Wassilij an.

»Rumänen«, brabbelte Patzky nach.

»Ist ja auch egal«, stellte Mario abschließend fest. «Auf jeden Fall wollen wir, das heißt die Rumänen, das Geld! Und zwar bis nächsten Freitag!«

Im Grunde hätte Marios Krise damit auch schon wieder beendet sein können. Antonescu & Co verbrachten zwar auch weiterhin ihre Freizeit in der Adalbertstraße 73, doch die Aussicht auf baldige Veränderung stimmte Mario nachsichtig. Das WG-Leben kehrte in geordnete Bahnen zurück: Sonnenbad auf dem Hausdach, Gymnastikübungen am Küchenfensterbrett. Wahrscheinlich hätte man Patzkys Geld kassiert und nie wieder einen

Gedanken ans Baugewerbe verschwendet, wenn am Wochenende nicht Marios Mutter zu Besuch gekommen wäre.

Mama! Die Exmaoistin, Exkunstlehrerin, Exaussteigerin, nach diversen Trennungen, Ashram-Aufenthalten und beruflichen Neuorientierungen aus Gomera in das großelterliche Haus in Solingen-Ohligs zurückgekehrt, hatte für den Lebenswandel ihres Sohnes immer viel Verständnis aufgebracht. Als Mario im zarten Alter von 15 Jahren Remscheid verlassen hatte, weil man nur in Westberlin dem System wirkungsvoll den Krieg erklären konnte (der Sturm & Drang endete 1987 nach der Besetzung eines räudigen Westberliner Grenzlandstreifens auf dem Staatsgebiet der DDR, wo freundliche Volkspolizisten Kaffee, Zigaretten und Asylanträge aushändigten – glücklicherweise durften alle wieder ausreisen), diktierte sie ihm kommentarlos die Telefonnummern einiger befreundeter Anwälte ins Adressbuch. Auf seine drei Jahre später, pünktlich zum 20. Geburtstag ausgesprochene Erklärung, man könne sich in Anbetracht des Nationalwahnsinns weitere Anstrengungen sparen und sich getrost dem Drogenkonsum hingeben, antwortete sie mit einer Umzugspostkarte aus dem Valle Gran Rey. Das ganze Geheule über 68er-Eltern, die einem mit ihrer antiautoritären Erziehung den Spaß am Einkaufen ruiniert hätten, war für Mario immer schon dummes Geschwätz gewesen, dem nur deswegen in schlechten Nachrichtenmagazinen so viel Platz eingeräumt wurde, weil zu verfettenden Chefredakteuren aufgestiegene ehemalige Messdiener mit dem Gefasel über Kinderladen-KZs von eigenen Erfahrungen auf Pater Cornelius' Schoß ablenken wollten.

An sich konnte sich Mario über seine Mutti also wirklich nicht beschweren. Selbst die etwas abrupten Übergänge zwischen ihren Lebensabschnittsgefährten – Dieter (KPD-AO), Michele (bürgerlich: Horst-Michael), Ibrahim (Kuwait, Ökowinzer) und Tamira (Wunderheilerin) – waren nie allzu traumatisch ausgefallen. Wenn Mario es jemandem zu verdanken hatte, dass er mit 32 Jahren noch keinen Gedanken an beruflichen Aufstieg verschwendete, dann seiner Mutter, die dem Wertegebäude ihres Nachwuchses schon in frühen Jahren ein festes Fundament verliehen hatte.

Bedauerlicherweise lag die Sache bei Marios großem Bruder, dem acht Jahre älteren und aus Mamas lausiger erster Ehe stammenden Wolfgang, etwas anders. Mit Brüderchen konnte man sich angeregt über russischen Konstruktivismus, das subversive Potenzial bei Faßbinder oder Noise-Musik unterhalten. Doch sobald das Gespräch auf weniger ausgefallene Themen kam, gewann man den Eindruck, der gute alte Storch musste da etwas durcheinander gebracht haben. Während sich die Mythenwelt von Mario und seiner Mutter ungefähr zu gleichen Teilen aus Easy Rider, Pippi Langstrumpf und Che Guevara zusammenzusetzen schien, war Wolfgang der Inbegriff des modernen Businessman: unerbittlich, dekadent, geizig.

Dabei war auch Wolfgangs Biografie keineswegs geradlinig verlaufen. Nach einigen Jahren als Aktionskünstler, aus denen vor allem die Erinnerung an Hunderte übers Gesicht geschüttete Kübel voll Schlamm, Farbe und Schweineblut zurückbleiben sollte, hatte Wolfgang Mitte der Achtzigerjahre beschlossen, sich festeren

Aggregatzuständen zuzuwenden. Er begann eine Blitzkarriere als *project developer*, zu Deutsch Immobilienhai, und verstand es so gut, Synergien zwischen seinen Projekten und Privatem aufzuspüren, dass Familienleben und Arbeit überaus erfolgreich fusionierten. In weniger als einem Jahrzehnt hatte Wolfgang vier Ehen mit den dazugehörigen natürlichen und sozialen Vaterschaften hinter sich gebracht und ein beeindruckendes Imperium aus Briefkastenfirmen aufgebaut, die den diversen Gattinnen zugeschrieben waren, wobei er die Geschäftsführung beibehielt – eine Konstruktion, die sicherstellte, dass die niemals ruhende Gläubigerschar vollends den Überblick verlor.

Wolfgangs Lebensgeschichte hätte zur fernsehtauglichen Künstler-goes-Multimillionär-Story getaugt, hätte Mamas Erziehung (»Lasst 100 Blumen blühen«) nicht dafür gesorgt, dass Moralvorstellungen und tatsächliches Handeln bei Wolfgang meilenweit auseinander klafften. Trotz griffiger Lebenslügen (»Meine Mieter lieben mich«, »Ich saniere eine rotte Stadt«, »Daran verdienen wir fast gar nichts«) war Wolfgangs Psychotektonik allmählich derart aus den Fugen geraten, dass ihn ständig Gewissensbisse plagten: gegenüber Familienmitgliedern, Geschäftspartnern, gering verdienenden Bauarbeitern, Exfrauen, Innenstadtbewohnern und natürlich den Massen in der Dritten Welt. Um den Seelenfrieden wenigstens ein bisschen wiederherzustellen, war Wolfgang dazu übergegangen, sich als Kunstmäzen zu profilieren. Unbeeindruckt von der zurückhaltenden Stimmung in der Immobilienbranche, pumpte er Geld aus dem Dachterrassenuniversum in die Welt der Avantgarde und versammelte eine Schar um Unkonventionalität bemühter Jubeltypen in seinem Dunstkreis, die ihrem Gönner als Gegenleistung für großzügige Projektzuwendungen so etwas wie Bewunderung zukommen ließen. Irgendwie muss Wolfgang der Prostitutionscharakter dieser Beziehungen bewusst gewesen sein, denn bei jedem Familientreffen kündigte er an, sein Leben in spätestens fünf Jahren radikal umzukrempeln.

»Dann verscheuere ich die Scheißimmobilien, kaufe mir ein Stück Land zum Tomatenzüchten im Süden und mal' wieder.«

»Malen oder Farbe über den Kopf schütten?«

»Farbe über den Kopf schütten ist auch Kunst.«

»Und Farbe über Tomaten schütten?«

Es versprach also immer lustig zu werden, wenn Mario mit dem Rest der Kleinfamilie zum Abendessen zusammenkam. Mama erzählte von neuesten lebensphilosophischen Kehrtwenden, Wolfgang versuchte, sein Selbstwertgefühl zu stärken, indem er in blumigsten Formulierungen über Zwölftonmusik, Wortzertrümmerung und totale Abstraktion fabulierte, sozusagen eine Welt, in der es keine Mieter mehr gab, und Mario ließ schweigend den 50-Euro-Chianti in sich hineinlaufen, den Brüderchen zu derartigen Anlässen springen ließ.

An diesem Abend hatte man sich in einem arabischen Lokal verabredet, denn Mama war der Überzeugung, in einer Zeit, in der der *clash of civilizations* um sich greife, müsse man privat ein Zeichen gegen Islamfeindlichkeit setzen. Allzu islamisch wirkte der Laden allerdings nicht.

Wolfgangs Begrüßung fiel wie immer etwas überspannt aus.

»Mario! … Warum rufst du nicht mal an? … Ich baue übrigens gerade Sozialwohnungen.«

»Hallo, Mama.«

»Damit die Leute billiger wohnen … Weißt du, das ist guter Wohnraum, aber erschwinglich … für Familien … aus der Unterschicht …«

»Geht's dir gut, Mama?«

»Viele Leute denken ja, der Senat hätte das schon abgeschafft … den sozialen Wohnungsbau … Das läuft nämlich aus, das Programm. Aber es ist noch nicht abgeschafft! … Jeder soll erschwinglich und gut wohnen können … Man muss ja auch an die sozial Schwachen denken.«

»Der da!« Mama steuerte einen Tisch im hinteren Teil des Restaurants an.

Mario schlurfte hinterher. Wenn Mama neben den Toiletten sitzen wollte, saß man eben neben den Toiletten. Aber so einfach war das nicht. In dieser Familie war nichts wirklich einfach.

»Hallo, Herr Kellner!«, krähte Wolfgang durchs Restaurant. »Ist das da hinten *no smoking area*?«

»Entschuldigung?«

»Ich habe aufgehört! Außerdem brauche ich Empfang! Ich schau mal, Mama, ob ich Empfang habe … Kellner, haben Sie *O-Two*? … Ich hab hier nämlich *home zone*. Guck mal, Mama, wie praktisch! Mehr als ein Kilometer von zu Hause und immer noch *home zone*.«

»Sie können auch den Tisch am Fenster haben, wenn Sie wollen.«

»Sieht man von da die Bauchtänzerinnen gut?«, erkundigte sich Marios Mutter.

»Nein, Mama, am Fenster ist es zu zugig. Hier ist es gut … hier habe ich Netz. Wir setzen uns hier hin.«

»Gut sehen tut man da aber nicht.«

»Wieso? Man sieht doch alles.«

»Aber nachher, wenn es voll ist, sieht man vielleicht nichts.«

»Mama, weißt du, wie viele arabische Restaurants es in Berlin gibt? Hunderte! Wieso sollte ausgerechnet dieses voll werden?« Wolfgang griff nach der Karte und prüfte mit einem Blick die Preise. »Oh, là, là … Ich wusste gar nicht, dass Heilbutt jetzt auch auf der Liste der aussterbenden Tierarten steht.«

»Tschuldigung«, Mama wandte sich dem Kellner zu. »Haben Sie auch vegetarischen Couscous?«

»Mario, nimm was du willst, ich lad dich ein … Au weia! Die Lammpreise sind aber auch gepfeffert.«

Auf diese Weise verlief der Abend wirklich unterhaltsam, bis Wolfgang nach einer halben Stunde pinkeln ging, und Mario die Abwesenheit seines Bruders nutzte, um ein bisschen mit Mama zu plaudern.

»Au weia, ist der drauf …«, kommentierte Mario.

»Warum?« Marios Mutter zog sich die Lippen nach. Kirschrot! Am letzten Familienabend hatte sie noch behauptet, kirschrot sei eine Farbe für Aufsichtsratskonkubinen.

»Der läuft doch rum wie zugekokst.«

»Na ja«, Mama ließ den Handspiegel sinken. »Er leitet eine Firma.«

»Eine Firma?« Mario rümpfte die Nase. »Ein Spekulationsimperium, das uns Mietern das Blut aus den Adern saugt.«

»Er saniert Häuser. Das ist doch keine Spekulation.«

Mario blickte seine Mutter ungläubig an. Erst der Lippenstift und jetzt das. »Sag mal, hast du einen neuen Freund?«

»Was?«

»Einen Aufsichtsrat? Bist du mit einem Aufsichtsrat zusammen?«

»Wie kommst du denn darauf?«

»Du sagst so komische Sachen.«

Es war ein bedeutungsvoller Moment – ein bisschen, als teilte einem jemand nach 32 Jahren Beziehung mit, dass alles nur ein Missverständnis gewesen sei.

»Weißt du, Mario …« Jetzt schminkte sich Mama auch noch die Lider blau. Das letzte Mal hatte sie behauptet, nicht mal Aufsichtsratskonkubinen verwendeten blauen Lidschatten. »Es ist nicht mehr so einfach wie früher. Da ist man ganz dankbar, wenn man sich wenigstens um einen in der Familie keine Sorgen machen muss. Ein bisschen ökonomische Sicherheit kann nicht schaden, wenn man älter wird.«

Älter?

»Älter?«

»Mit 32 ist man nicht mehr wirklich jung. Ich hatte mit 32 schon zwei Kinder.«

Die Unterhaltung dauerte keine 90 Sekunden, aber lange genug, um Mario in den Abgrund zu stoßen, in jene unbegründete, aber ganze Generationen ergreifende Wie-soll-das-alles-weitergehen-Psychose. Den weiteren Ereignissen des Abends – Wolfgangs Rückkehr vom WC, Nachtisch, Hüftschwünge auf Arabisch machender Schöneberger Hausfrauen – schenkte Mario keine Beachtung mehr. Stattdessen hallte die Bemerkung seiner Mutter dumpf in seinen Ohren nach: Ein bisschen Sicherheit kann nicht schaden, wenn man älter wird. Mit 32!

Genau genommen war das natürlich ein Satz, wie ihn alle Mütter von sich geben, um ihre Kinder zu Leistungsbereitschaft und Fortpflanzung der Gattung zu ermahnen. Bei den meisten Parkwiesenrumhängern wäre die Bemerkung zum einen Ohr herein- und zum anderen wieder hinausgegangen. Aber bei Mario lag die Sache anders. Er hatte sich bis zu diesem Abend im Einvernehmen mit seiner Mutter gewähnt. Er war überzeugt gewesen, dass Mama seine Haltung, die Dinge auf sich zukommen zu lassen, ohne Einschränkungen teilte. Und nun das! Eine verkrachte Kunstlehrerin, die von langen Märschen durch die Institutionen über die neue Esoterikwelle bis hin zum biologischen Landbau jeden Unsinn mitgemacht hatte, redete plötzlich daher wie ein Vertreter von der Hamburg-Mannheimer. Mario fühlte sich, als hätte man ihm den Boden unter den Füßen weggezogen.

Wer kennt das nicht? Wenn man erst mal auf dem Zahnfleisch kriecht, reagiert man selbst auf die belanglosesten Bemerkungen wie ein pubertierender, von Selbstzweifeln gequälter 14-Jähriger. Der Mitbewohner merkt an, dass der Kaffee nicht besonders heiß sei, und man beginnt, Maschine, Filter und Steckdosenanschluss auseinander zu schrauben. Eine Freundin fragt, wo man den Pullover her habe, diesen Schnitt trage doch seit Jahren kein Mensch mehr, und man macht sich noch am selben Abend daran, den Schrank leer zu räumen. Man steht mit dem Mountainbike an der Ampel, ein schnöseliger

Gran-Canaria-Fuzzi schaut aus seinem Cabriolet an einem herunter, und schlagartig erfasst einen das Gefühl, in jeder Hinsicht ein Versager zu sein.

Natürlich wollte Mario auch nach dem misslungenen Familienabend nicht plötzlich wie Wolfgang leben – und auch nicht wie all die ehemaligen Klassenkameraden, die heute als Werbegrafiker auf den großen Durchbruch hinarbeiteten und sich hauptsächlich über die Krise im Medienbereich oder den letzten respektive nächsten Urlaub unterhielten. Aber zum ersten Mal in seinem Leben hörte er die biologische Uhr ticken. Was heißt ticken? Die scheiß biologische Uhr hämmerte wie eine Stalinorgel. Schneller als die Imbissbuden am Kottbusser Damm neu aufmachten und wieder in Konkurs gingen, weitete sich seine Verunsicherung zu einer handfesten Sinnkrise aus.

Es geschah am nächsten Morgen beim Einkauf im *Mondo Gastronomico*. Bei dem Feinkostgeschäft handelte es sich um einen geschichtsträchtigen Ort. Anfang der Neunziger hatte eine schlagkräftige Untergrundtruppe der sich ausbreitenden Yuppiekultur im Viertel den Kampf angesagt und eine Reihe dekadenter Fresseinrichtungen angegriffen, darunter auch das *Mondo Gastronomico*. Die eine oder andere Handgranate flog in das eine oder andere Nobelrestaurant, in den Medien verlangte man nach harter Hand, und die Toskanafraktion verbreitete Endzeitstimmung: »Nicht mal seinen Prosecco kann man mehr in Ruhe saufen.« Doch nach einem kurzen Winter proletarischer Gegenmacht schlief die Sache überraschend schnell wieder ein. Schon im April redete niemand mehr von Sushi-Bars als Speerspitze hinterlistiger Gentrifizierungsstrategien. Im Gegenteil – so mancher alter Kämpfer fand Geschmack an den Delikatessentempeln, und so wandte sich auch die Presse wieder gängigeren Ausprägungen sinnstiftender Jugendgewalt zu: Fußball, Raub auf Schulhöfen, Bundeswehr. Nur Mario blieb den Idealen des Klassenkampfs auch in der Folgezeit treu. Ohne viele Worte zu verlieren, setzte er den Krieg gegen die Feinkostverbrecher mit einer Strategie der Nadelstiche fort. So ließ er denn auch an diesem Morgen diverse italienische Delikatessen im Ärmel seiner Bomberjacke verschwinden, ohne dass die hochmotivierten, aber arglosen studentischen Aushilfskräfte hinter dem Tresen auch nur das Geringste bemerkten. Die Probleme begannen erst, als Mario vor der Tür eine Packung luftgetrockneten Parmaschinken aus der Jacke zog. Eine schwarzhaarige, ziemlich überschminkte Endzwanzigerin baute sich vor ihm auf, offensichtlich eines dieser überassimilierten Einwandererkinder.

»Das habe ich gesehen! Das gibt's doch nicht! Das ist Einzelhandel. Weißt du, wie lang ein Ladenbesitzer arbeiten muss, um sich sein Geld zu verdienen? Der steht sich die Beine in den Bauch, und dann kommt so ein dahergelaufener Kreuzberger Frühstücksstudent …«

»Hey!« Mario schrieb Toleranz groß. Ganz groß. Jeder hatte das Recht, seine Meinung zu sagen. Aber das ging zu weit. »Ich bin kein Student. Außerdem wohnen wir in Mitte.«

Es waren zwar nur 50 Meter bis zur Bezirksgrenze, aber immerhin.

»Du hast den Schinken geklaut! Du hast ihn diesen Leuten weggenommen.«

Mario schlurfte die Mariannenstraße hinauf, während die Assimilationstrulla weiter auf ihn einquasselte. »Dir sollte man auch mal die Wohnung ausräumen! Nein, Quatsch! Da ist ja nichts drin. Du solltest deine Schuld abarbeiten müssen. Und dich danach bei allen einzeln entschuldigen! Bei jedem von den Geschäftsleuten, die du bestohlen hast.«

»Phhh!« Mario grinste demonstrativ – eine Quartalsirre, zum Totlachen.

»Ich meine, du bist doch ein erwachsener Mann. Mindestens 34. Du könntest dir dein Geld doch auch verdienen, oder? So wie alle anderen Menschen auch. Warum machst du das nicht?«

Das war allerdings nicht zum Totlachen. 34? Noch nie hatte ihn jemand auf 34 geschätzt.

»Ich verdiene also kein Geld, ja?«

»Sieht man doch!«

»Und woran, bitteschön?«

»Am Aussehen.«

»Ha, ha!« Mario lachte gequält.

»Was machst du denn, hä? Womit verdienst du dein Geld?«

»Ich mache … äh …«

»Du kassierst Sozialhilfe, stimmt's?«

»Sozialhilfe gibt's nicht mehr. Das heißt jetzt ALG II.«

Es war nicht zu fassen: 32 Jahre hatten sie einen in Ruhe gelassen, und dann kamen einem alle gleichzeitig mit diesem Berufsberatungswahnsinn. Aber nicht mit Mario. Ohne sich noch einmal umzudrehen, zog er von dannen – die Adalbertstraße hinunter.

So aufgedreht war er noch nie vom Einkaufen zurückgekommen. Und lange nicht mehr so schlecht gelaunt. Zuletzt hatte er sich so gefühlt, als die verdammte Anna sich als Polizeiagentin entpuppt und ihn im ganzen Viertel als Volltrottel hatte dastehen lassen (wenn die dumme Bratze damals wenigstens auf ihn angesetzt gewesen wäre. Aber sie hatte es auf Rolf abgesehen gehabt, eine bärtige Trauerweide, die mit Mario auf einer Etage wohnte und zu jedem unpassenden Anlass bekundete, »genauer darüber diskutieren« zu müssen, dann aber nichts weiter dazu sagte. Als Anna merkte, dass Mario und Rolf, die die Toilette miteinander teilten, eigentlich nur über die Einführung eines Putzplans diskutierten, war sie verschwunden. Rolf war für den Putzplan gewesen, Mario hatte die Angelegenheit damals etwas spontaner angehen wollen. Mann, war das lang her!)

Mario ließ den Einklauf auf den Küchentisch fallen. Mit ein paar Atemübungen, wie sie mittlerweile in jeder Apothekenzeitung empfohlen werden, hätte Mario sein Gleichgewicht wiedererlangen können, doch das Leben in der WG ließ einem keine Zeit für Atemübungen. Wenn man sich nicht um den Lohn von benachbarten Bauarbeitern oder den Einkauf kümmern musste, standen einem Mitbewohner im Weg und blockierten den Zugang zum Kühlschrank. Im Bademantel! Nachmittags um halb drei!

»Klasse! Hier war ja richtig Ebbe.« Piet inspizierte die Sachen auf dem Küchentisch. »Was hast du denn mitgebracht? Italienische Salami, geil! Wo hast du die her?«

»Man nennt es ›einkaufen gehen‹.«

»Und Chianti!«

»Montepulciano.« Mario biss sich angespannt auf die Lippen.

»Komm, wir legen den gleich ins Eisfach. Dann schmeckt er nachher nicht so bitter. Willst du auch mit frühstücken?«

»Es ist halb drei.«

»Ja, eben … höchste Zeit. Die Salami kannst du draußen lassen, die essen wir gleich.«

Wir. Im Bad fiel der Wischmopp um.

»Wer iss'n das im Bad?«

»Markus«, erklärte Piet.

»Markus? Der gestern hieß aber nicht Markus.«

»Nein, der gestern hieß Juan.«

»Markus … Juan …«, wiederholte Mario zähneknirschend.

»Besser als gar kein Liebesleben, oder?«

Es war zwar gar nicht klar, ob die Bemerkung auf Mario gemünzt war, aber sie war der Tropfen, der das Fass zum Überlaufen brachte. Mario schmiss den Schinken auf den Tisch und stapfte wortlos in Richtung seines Zimmers. Zu allem Überfluss lief ihm im Flur der Besuch über den Weg.

»Hallo! Ich bin der Markus!« Und dann war der Typ auch noch nackt. Nicht mal ein Handtuch hatte der um! Anstelle einer Antwort war von Mario nur ein Grunzen zu hören. Krachend ließ er die Tür hinter sich zufallen.

»Was ist denn mit dem los?«, fragte Piets Gast.

»Keine Ahnung.«

»Vielleicht die Hormone? Wie alt ist der denn?«

»Mitte 30 …«

«Tja, da hat man schon mal was mit den Hormonen.«

Piet antwortete nicht, sondern schnitt die Salami an. »Geil! Kalabrien.«

»Ihr solltet euch um den kümmern. Ich glaube, der hat ein Problem.«

»Ach was. Der ist immer so.«

Und so blieb Mario mit seinen Selbstzweifeln allein. Seine Mitbewohner waren zu sehr mit sich selbst beschäftigt: Wassilij widmete sich der Kritik des Poststrukturalismus, Didi führte seinen Hirschkuhköter zum Gehwegvollscheißen aus oder bastelte in seiner Hobbywerkstatt unter dem Dach herum, und Piet hatte mit der komplizierten Dialektik von Weggehen und Ausschlafen zu schaffen. Man sah sich die ganze Woche über kaum, bis endlich der Zahltag bei Patzky anstand und die WG pünktlich um 14 Uhr zu ihrer Verabredung mit dem Elektromeister am Schlesischen Tor zusammentraf.

Wassilij gab eine etwas nervösere Figur ab. »Der kommt nicht.«

»Der kommt.«

»Noch schlimmer! Wenn der kommt … noch schlimmer.«

»Du nervst.«

»Die hängen alle zusammen! Bauarbeiter, Hells Angels, NPD … Wenn du mit einem Ärger hast, hast du Ärger mit allen.«

»Aber w-wir haben doch … a-auch schon mal auf'm Bau …«, sagte Didi.

»Trotzdem!«, unterbrach ihn Wassilij. »Der war letztes Mal nur so kooperativ, weil er diesmal mit seinen Leuten auflaufen und uns die Fresse …«

»Ey, Wassilij«, warnte Mario, »pssst …«

»Ihr habt ja keine Ahnung, wie …«

»Tach.«

Patzky. Er selbst! Leibhaftig! Und nicht mit der befürchteten Harley-Davidson-Hundertschaft, sondern ganz allein. Wassilij entschied trotzdem, etwas auf Abstand zu gehen.

»Alles klar?« Patzky lachte affektiert. »Tut mir leid wegen der Verspätung.«

Mario winkte ab. Was waren schon ein paar Minuten Verspätung bei fünf Monate alten Schulden?

»Wisst ihr, ich musste zur Sparkasse … Aber jetzt ist alles …« Patzky öffnete und schloss ein paar Mal hektisch den Mund.

»Ist Ihnen … n-nicht gut?«, erkundigte sich Didi freundlich.

Piet nahm den Umschlag entgegen, den Patzky in die Runde hielt. Wassilij hatte mal behauptet, Piets Interesse für Geld sei auf eine problematisch verlaufene anale Phase zurückzuführen: »Geiz, das ist Lust am Zurückhalten«. Worauf Piet heftig widersprochen hatte. Er zähle nicht deswegen gerne Geld, weil er es zurückhalten wolle, sondern um sich innerlich aufs Ausgeben vorzubereiten. Außerdem sei die DDR in Sachen kollektives Aufs-Töpfchen-Gehen viel liberaler gewesen, als von den Sozialwissenschaftlern im Westen immer unterstellt werde.

Einen Moment lang herrschte Stille. Als Piet beim letzten Schein angelangt war, begann Patzky plötzlich zu stottern.

»Wisst ihr, das ist … äh …«

Mario lehnte sich vor. Eigentlich nur um Patzky besser zu verstehen. »Ja?«

»2300 Euro«, stellte Piet fest.

»Ja, ja!«, schrie Patzky ängstlich auf.

»Das ist ja nur die Hälfte!« Wassilij, der sich bislang abseits gehalten hatte, kehrte in den Kreis zurück.

»Also das ist, weil …«

»Sie haben das Geld nicht zusammenbekommen«, half Mario nach.

Eigentlich hätte Patzky spätestens zu diesem Zeitpunkt merken müssen, dass die WG von Inkassogeschäften keinen Schimmer hatte. Professionelle Geldeintreiber hätten das niemals als Entschuldigung akzeptiert. Das Geld nicht zusammenbekommen! Aber Patzky war eben nur ein kleiner Elektromeister, und so reihten sich die Missverständnisse weiter fröhlich aneinander.

»Mein Auftraggeber … wisst ihr, in dem Gewerbe, da gibt es nur so Auftraggeber, die Aufträge bekommen, um Auftragnehmer zu suchen, die dann …«

»Outsourcing!«, merkte Wassilij sachlich an.

»Genau, und also mein Auftraggeber hatte einen Engpass, und ich bin doch nur ein Subunternehmer, und jetzt …«

Weil Patzky wieder nur angestrengt nach Luft japste, beendete Mario auch diesen Satz: »… haben Sie das Geld nicht?«

»Ja, aber … Forderungen.«

»Hä?« Jetzt war Mario irritiert.

»Die schulden ihm … Ge-Geld«, erklärte Didi.

»Und?«

»Na ja …« Patzky blickte zu Boden – ein trauriges Bild. Erinnerte ein bisschen an den Köter, den Didi vor U-uschi gehabt hatte. Einen Cockerspaniel. Nach zwei Jahren hatte sich das Tier vor lauter Depressionen vor ein Auto geworfen. »Ich dachte, vielleicht könntet ihr …«

»Ja?«

»Ich … also …«

»Was?«

»Ihr wisst … also ihr habt doch … Erfahrung.« Patzky seufzte.

»Erfahrung?«

»Na, mit dem Geldeintreiben. Ich dachte … ihr könntet mir das Geld …«

Als endlich der Groschen fiel, verbreitete sich in Windeseile gute Laune. Piet klopfte sich vor Vergnügen auf den Oberschenkel, Didi kraulte U-uschi lächelnd hinter den Ohren, und Wassilij richtete sich aufgeregt an die Umstehenden (allerdings schenkte ihm nur ein abgerissener Fahrkartenwiederverkäufer verstohlene Aufmerksamkeit, was aber auch damit zu tun haben konnte, dass er Piet zuvor beim Geldzählen beobachtet hatte).

»Geldeintreiber!« Wassilijs Stimme überschlug sich fast. »Für einen Bauunternehmer! So was Absurdes! Wir! Für den!«

»Ihr kriegt 30 Prozent, und die Rumänen bezahle ich dann natürlich auch …«

»Verdammt, Geldeintreiber! Was ist das für ein Job?«, fragte Wassilij in die Runde.

Der Fahrkartentyp antwortete nicht. Aber eines der Schulkinder, eine Kopftuchgöre mit Bomberjacke, verzog altklug das Gesicht.

Die gesamte WG war sehr erheitert, nur Mario dachte angestrengt nach.

»30 Prozent«, sagte er schließlich. »Um wie viel geht's denn da?«

Seine Mitbewohner blickten ihn fassungslos an.

»Na, bei dem einen habe ich zum Beispiel 20.000 offen.«

»6000«, überschlug Mario schnell.

2. KAPITEL, IN DEM DIE VERWANDTSCHAFT DIE CITIBANK BESIEGT UND MARIO KEINEN SEX HABEN MUSS

Das mit dem Geldeintreiben war natürlich eine Schwachsinnsidee, aber weil es Marios Schwachsinnsidee war, standen sofort eine Reihe ernst zu nehmender Argumente im Raum: Die Rumänen würden an den Rest ihres Lohns kommen, der Friede in die heimische Küche zurückkehren, die WG sich wieder mal etwas leisten können und Mario selbst sich nicht länger Vorhaltungen über seine finanzielle Situation anhören müssen.

Die ersten Inkasso-Jobs führten die WG in Stadtteile, von deren Existenz man bislang nur eine vage Ahnung besessen hatte: Gatow, Frohnau, Weißensee. Und egal ob bei lockeren Kokainarchitekten mit Warhol-Tapete, Weinkeller und 20 Jahre jüngerer Freundin oder bei gesichtsälteren Baumagnaten – stets legte die WG jene charakteristische Mischung aus Entschlossenheit und leichter Verwirrung an den Tag, die jeden noch so hartnäckigen Schuldner zu beinahe unterwürfiger Kooperationsbereitschaft veranlasste. Entweder war die Baubranche längst nicht so abgebrüht wie behauptet wurde, oder die WG entsprach den düstersten Horrorvisionen ihrer Klienten, fest steht auf jeden Fall, dass man Patzkys ausstehende Rechnungen eintrieb und nicht nur die Bukarester Nachbarn aus dem Wohncontainer am alten Mauerstreifen, sondern auch die WG-Bewohner zu unerwarteten Wohlstand kamen. Der leiernde Videorekorder wurde durch ein neueres Modell ersetzt, Wassilij komplettierte seine Schriften zu Lévi-Strauss' Erkenntnisdebatte, und Piet fuhr sich Leckereien ein, bis er, um seine Linie besorgt, zu kotzen anfing. Man machte einen gemeinsamen Ostsee-Ausflug, besorgte sich einen nicht mehr ganz im Trend liegenden, aber immer noch schicken Klapproller für den Einkauf in der Eisenbahnstraße und feierte sogar ein kleines Fest, das allerdings gedämpfter verlief als erhofft, weil Mario Ganea zum Musizieren aufgefordert hatte, der Rumäne anstelle des üblichen Balkangedudels jedoch ein Stück von John Cage für Streichholzschachtel und zwei mittelgroße Kieselsteine vortrug, das überwiegend aus Pausen bestand.

»Was soll der Scheiß?«, fragte Mario genervt.

»Das ist John Cage«, erklärte Wassilij.

»Tschon Käitsch?«

»Neue Musik, verstehst du?«

»Verdammt! Der soll was Rumänisches spielen.«

»Du Idiot.«

»Wieso bin *ich* ein Idiot, wenn *er* Pausen spielt?«

»Das sind keine Pausen, das sind Hörerlebnisse.«

»Du laberst wie mein beschissener Bruder.«

Das mit dem Bruder war kein schlechter Hinweis, denn nicht nur bei Mario zeichnete sich ein neuer Lebensabschnitt am Horizont ab, auch bei Wolfgang taten sich unerwartet Dinge, die für den weiteren Verlauf der Ereignisse von einiger Bedeutung sein sollten.

Es hatte mit Tomimoto zu tun, Wolfgangs ältestem Sohn. Das heißt eigentlich Ziehsohn, denn der Junge stammte aus der ebenso kurzen wie bedeutungslosen

Ehe zwischen Wolfgangs Exfreundin Johanna mit dem Bielefelder Industriesoziologen Peter, der ursprünglich auf Filmkunst hatte machen wollen, dann aber doch zügig auf Boulevardfernsehen umgesattelt hatte. Der Typ, der als Produzent anstelle der geplanten Avantgardewerke vor allem Sex-auf-Waschmaschinen-Filme ins Weltkulturerbe einbrachte, entpuppte sich als derartige Flachzange, dass selbst Johanna, ihrerseits nicht gerade leuchtender Stern am Himmel der Intellektualität, ihn nach wenigen Monaten aus der Wohnung warf.

Wolfgang, am Anfang seiner Firmenfamilienkarriere stehend, lernte die von der Trennung etwas mitgenommene Frau in Begleitung ihres Sohnes in der U-Bahn kennen, faselte aus dem Stegreif etwas von der Ausdruckskraft der Kleinkindmalerei und konnte die junge Mutter keine drei Stunden später bei sich zu Hause auf der Kokosfasermatratze willkommen heißen. Wolfgang, dem Geist der Aufklärung verbunden, übernahm die »soziale Vaterschaft« für den Jungen, eine Verpflichtung, die für ihn auch noch galt, als Johanna zwei Jahre später einen Musiker aus Rio kennen lernte, der in ihren Augen »das südamerikanische Gefühl wahnsinnig intensiv rüberbrachte«. Weil Wolfgang fand, dass es mit Johanna im Bett nicht mehr so der Kracher war, beschloss er, keinen Widerstand zu leisten. Man trennte sich einvernehmlich, so weit das bei den unvermeidbaren Kränkungen am Ende einer Beziehung möglich ist, und blieb über die Birkenstraße GmbH & Co KG auch geschäftlich miteinander verbunden. Einmal die Woche tauchte Johanna im Büro auf, unterzeichnete Briefe und ließ dafür Tomimoto zurück, der sich, wenn er nicht gerade Mickey-Mouse-

Heftchen studierte oder an der Playstation wahlweise Außerirdischen, Arabern oder Harley-Davidson-Fahrern das Hirn rausblies, hauptsächlich mit seinem Laptop beschäftige. Das Verhältnis zwischen Ziehvater und -sohn ließ sich im Großen und Ganzen als unproblematisch bezeichnen, das heißt von Gleichgültigkeit geprägt, so dass am Besuchstag jeder den eigenen Interessen nachgehen konnte: Wolfgang führte Telefonate oder konzipierte Ausstellungen, während Tomimoto vor Heftchen, Bildschirm oder Fernseher saß und seine Kenntnisse von *Star Trek* und *Java* vertiefte. Streit gab es höchstens einmal über die Frage, ob man das Essen vom Chinesen oder der libanesischen Pizzeria um die Ecke kommen ließ, und so entstand bei Wolfgang das trügerische Gefühl, eine Vertrauensperson des Jungen zu sein, was ihn derart mit Stolz erfüllte, dass er die Fotos »seines Ältesten« reflexartig aus der Tasche zog, sobald irgendein Geschäftspartner das Thema Familie auch nur streifte.

»Mein Sohn … Er programmiert.«

»Aha …«

»Er ist ein richtiger Nerd.«

»Diese jungen Leute sind …«

»Ich war in Mathematik ja auch immer gut.«

Was Wolfgang vor dem Hintergrund seiner zeitraubenden Firmenimperiumstyrannei weitgehend übersah, war die Tatsache, dass Tomimoto mit allerlei fürchterlichen Teenagerproblemen zu kämpfen hatte. Es fing mit dem Namen an. Seine Eltern hatten sich keine Gedanken gemacht, was es bedeutete, mit einem Namen herumlaufen zu müssen, der als ostasiatische Ketchupmarke durchgehen konnte. Ja, seine Mutter war sich auf Nachfrage nicht einmal mehr sicher, ob Tomimoto im Japanischen ein Vor- oder Nachname war. Der »melodische Klang« des Namens, so Johanna, habe die frisch gebackenen Eltern interessiert. Als handelte es sich bei einer Familie um eine Produktvermarktung und nicht um ein stinknormales Verwandtschaftsverhältnis mit Zur-Schule-Fahren oder Zusammen-Essen. Hinzu kamen Tomimotos Kommunikationsprobleme mit anderen Jugendlichen, eine Akne, der mit keinem Mittel beizukommen war, und gelegentliche Schübe von Antriebslosigkeit, gegen die selbst ein *Bradypus variegatus* der Hyperaktivität verdächtigt worden wäre. Manchmal verließ Tomimoto eine ganze Woche lang nicht das Haus, hockte nach der Schule auf dem Sofa und schaute zum hundertsten Mal dieselbe Simpsons-Folge. Das Einzige, was ihn wirklich faszinierte, waren Computer. Tomimoto war eines jener Wunderkinder, wie es der unbegabte, aber rücksichtslose Streber Bill Gates gerne gewesen wäre. Mit zehn hatte Tomimoto sein erstes Programm geschrieben, mit zwölf die Website der Schule konzipiert, mit 13 das Netzwerk in Wolfgangs Firma konfiguriert. In den letzten Monaten schien er sein Talent hingegen vor allem intelligent wirkenden Netzspielen zu widmen, was seine Mutter zu der küchenpsychologischen Annahme veranlasste, Tomimoto müsse seine Kindheit ausleben, bevor es zu spät sei.

»Er ist doch noch ein Bub.«

Die Verbindung von Unauffälligkeit und schwer zugänglichen Hobbys war wohl auch der Grund, warum alle in der Familie bis dahin geglaubt hatten, Tomimoto sei ein »umgänglicher Kerl«: introvertiert und motorisch ein bisschen unterentwickelt, aber eigentlich ganz nett. Ein fürchterliches Missverständnis, wie sich in diesen Tagen herausstellen sollte.

Es war Donnerstagnachmittag, und Wolfgang saß gerade vor einem Kunstkatalog/den Kontoauszügen/einem Notariatsschreiben/der Liste ausstehender Verbindlichkeiten (er hatte mal gehört, polymorphes Denken sei gut gegen Altersdemenz), als Johanna aufgeregt in das Büro ihres Exfreundes stürzte, an der vollbusigen Martina vorbeistolperte (die trotz ihrer Figur nicht über das Stadium der Zweitaffäre hinausgekommen war) und schließlich atemlos vor Wolfgangs Bauerntisch zum Stehen kam.

Die Begrüßung war für Wolfgangs Verhältnisse eigentlich ganz freundlich.

»Johanna, gut, dass du da bist! Ich wollte dich gerade anrufen. Du musst so eine Beglaubigung unterschreiben, die ...«

»Tomimoto hat ...«

»Martina!« Wolfgang hatte in einem Personalführungsratgeber gelesen, ein bisschen Kasernenhofton tue der Stimmung in Kleinbetrieben gar nicht schlecht.

»Er hat die Citibank ...«, setzte Johanna erneut an.

»Ist Johanna für die Birken GmbH oder die Pückler GmbH & Co KG zeichnungsberechtigt?«

»Die Pückler ist eine OHG!«, schrie Martina zurück.

»Eine OHG? Quatsch!« Wolfgang sprang auf und setzte sich Richtung Vorzimmer in Bewegung. »Wir haben gar keine OHG!! Ich möchte mal wissen, warum man hier immer alles selbst ...«

»Wolfgang!« Auch Johanna wurde nun deutlich lauter. «Er hat den Hauptrechner geknackt!«

Endlich blieb Wolfgang stehen. «Was hat er?«

»Den Hauptrechner der Citibank …«

»Ein Hacker?« Für einen Augenblick war Wolfgang von grenzenlosem Stolz erfüllt. Er hatte zwar nicht einen einzigen Kabeladapter zu diesem Informatikwunder beigetragen, aber das gehörte zu Wolfgangs Standardrepertoire: sich die guten Dinge ins eigene Büchlein schreiben und die schlechten auf unfähige Mitarbeiter, die Konjunkturlage oder unersättliche Mieter schieben. »Ein Genie! Ich hab's immer gewusst!«

»Ich weiß nicht, was …«

»Super!« Wolfgang klatschte begeistert in die Hände. «Er kriegt einen Haufen Angebote aus der Wirtschaft, verdient sich dumm und dämlich, und du wirst dir endlich das Haus leisten können, das … «

»Die haben uns einen Strafbefehl geschickt! Über 250.000!«

Plötzlich war Wolfgang genauso blass wie seine Ex: »O Gott.«

Nun war Wolfgang in Schadensersatzangelegenheiten bewandert genug, um zu wissen, dass ein Strafbefehl nicht viel mehr war als eine Geldbeschaffungsmaßnahme für Winkeladvokaten. Jeder lausige Kuhdorfanwalt hatte das drauf. Auf der anderen Seite machte die Höhe des Strafbefehls klar, dass es sich nicht um eine Bagatelle handeln konnte. Unabhängig davon, ob die Bank mit der Forderung durchkommen würde – klar war, dass sich schon allein wegen der Streitsumme sämtliche Liquiditätsreserven seines Firmengeflechts in Luft auflösen würden. Wenn es denn wahr war! Es durfte nicht wahr sein.

»Seit wann?«, fragte Wolfgang.

»Was weiß ich?« Johanna schluchzte. »Ich dachte, das sind Computerspiele.«

»Computerspiele?! Wie blöd bist du eigentlich? Man muss doch merken, ob jemand Computerspiele spielt oder einen Großrechner knackt.«

»Aber«, Johanna blickte Wolfgang vorsichtig an, »du hast es doch auch nicht gemerkt.«

Wolfgang verstummte. »Verdammt!« Unkontrolliertes Zittern erfasste seinen Körper. »Wenn die jetzt eine Hausdurchsuchung ... Martina!«, schrie er Richtung Vorzimmer. »Es muss sofort jemand bei mir zu Hause den Rechner rausschaffen!«

Doch im Vorzimmer hörte man ihn nicht. Wegen der schweren Metalltür, die Wolfgang extra hatte einbauen lassen, um »gelegentlich mal richtig Musik hören zu können«.

»Da sind die Bilanzen drauf ... und das Sonderkonto ...« Er lehnte die Stirn an die kühle Wand. So eine kühle Wand war schon Gold wert. »Martina, vergiss es! Ich hole den Rechner selbst!«

»Was machst du?« Endlich steckte die Sekretärin den Kopf durch die Tür. Der Anblick des aufgelösten Chefs erschreckte sie. Es war zwar abzusehen, dass der Laden pleite ging, aber bis Mitte nächsten Jahres hätte Martina den Job doch ganz gern behalten. Schon allein wegen des Arbeitslosengeldes. »Du bist ja ganz blass. Willst du was trinken?«

»Nein, danke«, erwiderte Wolfgang schroff. Kein Mitleid, keine Nähe. Schon gar nicht zu Martina, dem Klatschmaul. Wenn die das mit dem Sonderkonto erfuhr, würde noch am selben Tag die halbe Immobilienszene der Stadt Bescheid wissen. »Hier ist alles unter Kontrolle … Hier gibt es nichts zu sehen! Geh einfach an deinen Schreibtisch zurück und mach deinen Job!«

Martina drehte sich wortlos um. Die Nummer kannte sie. Erst wurde man herzitiert, dann sofort wieder weggeschickt, und zehn Minuten später kam der Chef angeschlichen, um sich wortreich zu entschuldigen. Ein würdeloses Schauspiel.

»Er hat nichts geklaut.« Johanna nestelte an ihrer Jacke herum. »Er hat denen nur ein Programm draufgespielt … Er sagt, das stückelt die eingehenden Überweisungen und verteilt sie auf andere Konten …«

»Konten?« Wolfgang sank kraftlos auf seinen Stuhl. »Was denn für Konten?«

»Na, irgendwelche Konten.«

Unfassbar. Das konnte nicht sein Sohn sein. »Was für ein Idiot!«

»Er hat's doch nicht aus Eigennutz getan. Und der Anwalt meint, dass sie Jugendliche in dem Alter nicht bestrafen.«

Im Personalführungsratgeber stand außerdem: In Stresssituationen die Aggression herauslassen. Das verringere die Gefahr von Herzgefäßerkrankungen.

Wolfgang legte den Kopf in den Nacken und warf den Briefbeschwerer gegen die Wand. Das heißt, eigentlich war es gar kein Briefbeschwerer, sondern ein Kunstobjekt. Von Rosenstein. Ein Vermögen war das wert. Aber was war schon ein Vermögen verglichen mit Herzgefäßerkrankungen? »Das ist nur, weil er so ein Stubenhocker ist! Wenn er mehr rausgehen würde, würde er sich abreagieren wie andere Jugendliche auch. Er würde Fensterscheiben einschlagen oder seine Schulkameraden verprügeln. Aber du musst ihn ja immer verhätscheln.«

»Ich?!« Johanna heulte auf. »Wer geht denn nicht mit ihm raus, weil er ständig Kunstausstellungen kuriert? Hä?«

»Es heißt ›kuratieren‹.«

»Egal! Du vernachlässigst ihn!«

»Hab ich ihn etwa gezeugt?«

»Aber du hast ihn mit großgezogen!«

»Ich??? Ich habe ihn nicht großgezogen!«

»Sag ich doch!«

Eine Stunde später stand Wolfgang bei Mario vor der Tür. Es war der erste Besuch bei seinem kleinen Bruder in fast drei Jahren. Mario probierte gerade Hosen an, die er sich am Morgen besorgt hatte, nachdem Piet behauptet hatte, dass Leute, die sich immer noch kleideten wie Anfang der Neunziger, auch in allen anderen Fragen auf der Stelle treten würden: »Es sei denn, die meinen das retro. Aber die meisten meinen das nicht retro, die meinen das gar nicht.«

»Was machst du denn hier? Ist was mit Mama?«

»Nein, ich war gerade in der Ecke und da dachte ich, ich schau mal rein ...«

»Ach so ...« Mario betrachtete den großen Bruder misstrauisch. Wenn sich Wolfgang meldete, war immer etwas faul: Er brauchte Hilfe beim Umzug irgendeiner Exfrau, man sollte Blumen gießen, während er geschäftlich in Venedig weilte (geschäftlich! in Venedig!), oder es ging um Wolfgangs von Haarausfall geplagten Kater, der für ein paar Tage Obdach brauchte, weil irgendein New Yorker Rostwürfelinstallationskünstler mit Katzenallergie zu Besuch kam.

»Habt ihr was zu trinken?« Typisch Wolfgang: Millionen scheffeln, aber zu geizig, sich unterwegs eine Dose Cola zu kaufen. »Ich hab total Durst ...«

»Im Kühlschrank«, antwortete Mario genervt.

Wolfgang watschelte durch den Raum. Mama hatte mal erzählt, ihr Ältester sei in frühen Jahren ein großes Talent der rhythmischen Tanzgymnastik gewesen: Bällchen in die Luft werfen, mit Papierfähnchen winken, durch die Luft hüpfen – so Sachen. Aber da war nichts mehr von zu sehen. Mittlerweile erinnerte Wolfgangs Motorik eher an die einer Ente: nach unten ausgewölbter Rumpf auf dünnen Beinchen.

»Orangensaft, super ... Der ist von Aldi, was? ... Geh ich auch oft einkaufen ... Das mit den Marken ist sowieso Betrug ... Scheißkapitalismus!«

Wolfgang nahm ein Glas aus dem Regal, wischte es mit dem Ärmel aus und schenkte sich ein. Zu Marios Genugtuung flockte der Saft. »Ihh, der ist vergoren! ... Wie ekelhaft! ... Ist ja widerlich! ... O Gott! Ist mir schlecht! ... Das schütte ich weg, okay?! Ich meine, das trinkt doch keiner! Oder trinkt das hier noch jemand?« Wolfgang würgte theatralisch.

»Nein, auch bei uns trinkt das keiner.«

»Ich setze mich erst mal ...« Wolfgang sackte auf dem Stuhl zusammen. Von rhythmischer Tanzgymnastik wirklich keine Spur. »Ich brauch' deine Hilfe.«

Mario blickte Wolfgang scharf an. Knapp über den Augen, da wo es den Leuten am unangenehmsten ist.

»Ich weiß schon: Der Typ, der diese Metallplatten zusammenschweißt, kommt zu Besuch ...«

«Hä ...? Was ...? Ach, du meinst Rosenstein. Wieso Rosenstein? ...« Wolfgang schien einen Moment lang ernsthaft aus dem Konzept gebracht zu sein. »Nein, nein, nicht der Kater ... Es geht um was wirklich Ernstes.«

Was wirklich Ernstes? Mario zuckte zusammen. Die Geldeintreiberei! Wolfgang hatte mit Patzkys Schuldnern zu tun. Oder er war selbst einer. Nach nicht mal zwei Wochen waren sie sich ins Gehege gekommen. »Patzky! Du kennst Patzky?!«

»Patzky?« Wolfgang machte ein verwirrtes Gesicht. »Wer ist das denn?«

»So ein Elektrotyp ...«

»Nein, nein, mit Elektro haben wir nichts am Hut. Das sourcen wir aus.«

Mario atmete auf. Hatte dieses Outsourcing doch auch positive Seiten.

»Nee, es geht um Tomimoto.«

»Um Tomi was?«

»Meinen Sohn.«

Mario nickte. »Ach ja, Gudrun.«

»Nein, Johanna.«

»Die mit dem Haus in Griechenland?«

»Nein, die Schwarzhaarige ... Ist ja auch egal. Auf jeden Fall, findest du, wir hatten früher Kommunikationsprobleme?«

»Was?« Nun brauchte wiederum Mario einen Moment, um zu verstehen. Er grübelte. Nein, bis Wolfgang angefangen hatte, sich Schweineblut über den Kopf zu schütten, war eigentlich alles normal gewesen. Das heißt, was in Familien so als normal galt. »Nö. Warum fragst du?«

»Ich glaube, solche Probleme werden weitergegeben … von Generation zu Generation. Und dann muss man was unternehmen … intervenieren, verstehst du?«

Mario verstand gar nichts.

»Um das aufzuarbeiten. Das lagert sich tief ab, und dann gerät das Leib-Seele-Verhältnis durcheinander …«

»Leib-Seele?«

»Ja, das Leib-Seele-Verhältnis. Das wird davon ja immer sehr berührt.«

Es war nicht zu fassen. 364 Tage im Jahr hatte Wolfgang Grundstückspreise und Immobilienkredite im Kopf, und dann kam er einem plötzlich mit so einem Waldorfschulengeschwätz.

»Was ist mit denn mit Tomi … äh Dings …?«, versuchte Mario zum eigentlichen Thema zurückzukehren.

»Tomimoto.« Wolfgang seufzte. »Er hat Mist gebaut. Aber das ist nicht das eigentliche Problem. Das eigentliche Problem ist, dass wir keine richtige … Kommunikation haben.« Er schluckte.

»Hä?«

»Die ganze Familie. Wir kommunizieren zu wenig, weißt du? … Wir müssten wieder mehr miteinander reden, alle … Eine Familie, die sollte doch zusammenhalten.«

Familie – das hatte gerade noch gefehlt. Den Kater noch häufiger nehmen, sich jede Woche zum Abendessen treffen und sich am Ende auch noch in Wolfgangs undurchschaubare Beziehungen einarbeiten müssen.

»Du redest doch mit ihm«, versuchte Mario, den Kopf aus der Schlinge zu ziehen. »Er ist doch regelmäßig bei dir. Du kümmerst dich doch.«

»Ja, aber ich glaube, er braucht eine Vertrauensperson … In dem Alter sucht man nach Vorbildern … männlichen Vorbildern, weißt du. Und der Vater ist dafür nicht so geeignet. Vom Vater will man sich in dem Alter abgrenzen.«

»Ach so, er hat Ärger mit dem brasilianischen Musiker?«

Wolfgang machte ein erstauntes Gesicht. »Nein, wieso? Mit mir.«

»Ach, du bist der Vater!«

»Nein, der Fernsehproduzent ist der Vater, aber bei mir ist er aufgewachsen.«

»Nicht bei der Schwarzhaarigen?«

»Doch, doch natürlich. Bei uns zusammen.«

»Und von dir will, äh … Dings sich abgrenzen?«

»Tomimoto, genau, und deswegen dachte ich, du könntest vielleicht …« Wolfgang machte eine bedeutungsschwere Pause. »Er braucht eine Bezugsperson. Jemanden, der ihm Orientierung verschafft. Mit dem er sich entwickeln, was ausprobieren kann.«

»Pferde stehlen«, sagte Mario matt.

Wolfgang klatschte in die Hände. »Genau! Du hast doch mit so was Erfahrung. Du bist sein Onkel, du könntest für ihn das sein, was man vom Vater in der Pubertät nicht will. Ein *role model.*«

»*Role model*«, wiederholte Mario stumpf.

Mario tat einen Teufel, sich dem Stiefsohn seines überforderten Halbbruders als *role model* anzudienen. Abgesehen davon, dass die Betreuung eines neurotischen 14-Jährigen eine noch entwürdigendere Freizeitbeschäftigung war als die Versorgung von Wolfgangs haarendem Kater, hatte Mario für familiäre Anwandlungen auch gar keine Zeit mehr. Die WG war ausgebucht, man befand sich auf dem Weg nach oben – eine Karriere, gegen die jeder Al-Pacino-Streifen blass aussah: sexy. Allerdings nicht jenes trendsetter-sexy, womit heutzutage noch die stumpfsinnigsten Tätigkeiten – Callcenter, Börsenhandel, Webdesign – auf attraktiv getrimmt werden, sondern sexy im eigentlichen Sinne: entspannt, lässig, abwechslungsreich.

Mario und seine Mitbewohner entwickelten in ihrem Job überraschend schnell Routine. Das Designerpärchen, das sich beim Import eines Containers Terracottakacheln übernommen hatte, zeigte sich genauso fügsam wie der Reihenhausspießer, der schon um Gnade zu winseln begann, bevor die WG überhaupt geklingelt hatte. Irgendwie fanden die vier immer den richtigen Ton, und so entwickelten sich die Dinge prächtig. Elektromeister Patzky hatte jede Woche neue Adressen parat, in der WG tauchten immer formschönere praktische Einrichtungsgegenstände zur Steigerung des Wohnkomforts auf, und Mario glaubte, sein inneres Gleichgewicht wäre für immer zurückgekehrt.

Doch es war wie verhext. Immer wenn er meinte, ein Tief hinter sich zu haben, tauchte wie aus dem Nichts das nächste auf.

Es war ein warmer, leicht bewölkter Frühsommervormittag, als der Schrecken eine nächste Stufe erreichte. Das Viertel zeigte sich von seiner vorteilhaftesten Seite: Unter der Hochbahn auf der Skalitzer Straße standen die Goldkettchentypen in ihren Cabriolets im Stau, in den Fenstern der anliegenden Wohnhäuser klopften Rentnerinnen Badematten aus, bei Aldi in der Mariannenstraße kotzten ein paar Punker in den Hausflur, und am Sandwich-Achteck auf dem Heinrichplatz stritt sich die Hanfhaustante mit dem Headshop-Mann.

Mario war gerade dabei, sich vor einem neuen Geschenkladen eine nach Filmfuzzi aussehende Sonnenbrille in den Ärmel zu stecken, als plötzlich hinter ihm eine furchteinflößende Frauenstimme ertönte.

»Halloooo!«

Er drehte sich um und zuckte zusammen. O Gott, das war die Frau, die ihn vor einigen Tagen vor dem Feinkostgeschäft belästigt hatte: die Assimilationstrulla und Hobbypolitesse, die sich die Verteidigung des Einzelhandels auf die Fahnen geschrieben hatte. Ausgerechnet die!

»Was treibst du so?«

Mario biss sich auf die Lippe. Nichts war so überflüssig wie beim Diebstahl einer Bademeisterbrille erwischt zu werden.

»Was fragste so blöd?«

Wenn schon erwischt werden, dann wenigstens würdevoll.

»Nur so ...« Die Frau machte ein irritiertes Gesicht.

Mario atmete auf: Wenigstens schlug sie nicht zu. Der hätte er zugetraut, sofort eine Szene zu machen.

»Was jetzt?«

»Wie, was jetzt?«, fragte die Frau.

»Du willst doch jetzt deinen Vortrag loswerden, oder nicht?«

»Vortrag?«

Endlich kapierte Mario. Die hatte das mit der Sonnenbrille gar nicht gesehen. Die hatte ihn nur so angesprochen.

»Egal.«

»So ein Zufall, dass wir uns so wieder treffen.«

»Stimmt. Wahnsinnszufall«, bestätigte Mario.

»Hätte ich nicht gedacht. Das letzte Mal dachte ich, wir sehen uns gar nicht wieder, und …«

»Ja!« Mario griff nach seinem an der Wand lehnenden Fahrrad.

Die Frau lächelte immer noch. Das heißt, sie zeigte alle Zähne. Eine von diesen Unsitten, die mit dem Privatfernsehen aufgekommen waren. Da mussten sie so schamlos grinsen, damit auch der begriffsstutzigste Zuschauer mitbekam, wann er sich zu freuen hatte. Schreckliches Gegrinse …

»Das ist übrigens mein neuer Laden.«

»Ach …«

Das erklärte alles. Eine Einzelhändlerin! Kein Wunder, dass die einen an der Waffel hatte.

Mario schwang sich auf den Sattel und wollte gerade losradeln, als er aber 150 Meter weiter ein neues Hindernis entdeckte. Unten am Heinrichplatz hatten die Bullen eine Straßensperre errichtet. Die Kontrolle war da seit höchstens zwei Minuten, doch schon stand eine ganze Traube schwitzender Jugendlicher neben dem Mannschaftswagen, während eine Gruppe schmerbäuchiger Beamter, die für richtige Polizeieinsätze offensichtlich nicht mehr zu gebrauchen waren, über Funk Rahmennummern durchgaben. Hatten die Gesetzeshüter nichts mehr zu tun? Gab es denn gar keine richtigen Verbrechen mehr?

»Ficken!«

Mario wendete, um Richtung Wiener Straße zu verschwinden. »Vergiss es!« Die Einzelhandelstusse durchschaute die Lage mit einem Blick. »Da unten stehen Zivis.«

Und tatsächlich: An der Kreuzung südöstlich lungerte eine Gruppe Endzwanziger in Turnschuhen und mit Knopf im Ohr herum.

»Fahrräder klauen ist das Letzte.«

»Klauen, klauen, klauen ... Kannst du mal eine andere Platte auflegen? Außerdem ist das secondhand!«

»Sich darauf rausreden bringt gar nichts. Hehlerei kommt aufs Gleiche raus.«

Marios Empörung legte sich ein wenig. Okay, die Frau besaß die schlechte Angewohnheit, sich ständig in fremde Angelegenheiten einmischen zu müssen, und hatte ein grauenvolles Privatfernsehgrinsen. Aber sie kannte sich aus.

»Hast du sonst noch was am Laufen?«

»Wie, was am Laufen?«

»'ne Strafe.«

»Geht dich das was an?«

»Nö.«

Einwandfreie Antwort.

»Scheckbetrug«, gab Mario seufzend zu.

»Gegen einen Einzelhändler?«

»Nein!« Diese ständigen Unterstellungen nervten. »Gegen die Deutsche Bank.«

»Komm rein!«

Mario stutzte.

»In den Laden«, schob die Tusse hinterher.

»Wieso?«

»Damit dich die Bullen nicht kriegen. Wegen was'n sonst?«

Mario stöhnte. Da hatte man einmal persönlich mit einer jener Krämerseelen zu tun, die einem den Kiez kaputtgentrifizierten, und schon musste man sich von ihnen helfen lassen. Angewidert schulterte er das Rad und folgte der Frau ins Geschäft. In Sachen Geschmacklosigkeit konnte es der Laden mit jeder Souvenirbude auf Mallorca aufnehmen: Plastiknepp, Witzpostkarten, Dieser-Bauch-brauchte-viel-Pflege-T-Shirts. Wenn die Tante wenigstens einen Gemüseladen gehabt hätte. Einen Zeitungskiosk, eine Dönerbude, ein Friseurgeschäft – irgendetwas, was man als normaler Mensch brauchte. Aber einen Geschenkeshop, der auch noch so hieß: ›Brittas Geschenkeshop‹.

»Du bist Britta?«

»Wie kommst'n darauf?«

»Steht über der Tür.«

»Ich heiß' Melek.«

»Und wieso heißt der Laden dann ›Brittas Geschenkeshop‹?«

»Die Touristen finden das authentischer. Die wollen Berliner Originale. Hier kriegen die das, verstehst du?«

»Aber Melek ist doch auch …«

»Nein, nein! Über das Konzept habe ich lang mit meinem Unternehmensberater diskutiert.«

Unternehmensberater.

Mario konnte sich nicht helfen. Diese Frau hatte ihn gerade aus ernsten Schwierigkeiten gerettet, aber trotzdem war da nicht die geringste Spur von Dankbarkeit. Irgendwie war es gar nicht so schlecht, wenn das Liebesleben im Argen lag. Besser ein arges Liebesleben als so eine Frau an den Hacken. Aber wie kam er da jetzt überhaupt drauf?

Erschöpft sank Mario auf den Stuhl neben dem Regal mit den Zuckergussherzen.

Zuckergussherzen!

»Hey, du bist ja ganz blass. Willst du ein Glas Wasser? Wegen der Bullen musst du keine Angst haben. Die dürfen hier nicht rein.«

»Ich hab keine …«

»Ich bring dir einen Tee. Da wirst du wieder munter von. Guten türkischen Tee, nicht so Spülwasser.« Die Einzelhandelstusse verschwand in der Küche und kam kurz darauf mit vollen Gläschen zurück. »Die Leute sagen ja immer, Kaffee sei das Beste, um wach zu werden. Aber das ist Blödsinn! Tee. Schöner, starker Tee aus dem *Semaver*. Das ist das Richtige! Wusstest du eigentlich, dass Samowar im Türkischen *Semaver* heißt?«

Mario streckte die Hand aus, um das Teeglas in Empfang zu nehmen, und zuckte schon wieder erschrocken zusammen. Die geklaute Sonnenbrille! Das Ding schaute ein Stück aus dem Ärmel heraus. Was war das auch für eine idiotische Angewohnheit, immer alles einzustecken, was nicht niet- und nagelfest war.

Doch Melek bemerkte die Brille nicht. Sie beobachtete die Polizisten auf der Straße, die nach wie vor Radfahrer aus dem Verkehr zogen.

»Die sollten lieber Nazis erschießen. Oder gegen Islamisten vorgehen. Wie schmeckt der Tee?«

»Der Tee ist …« Mario hob den Daumen. Seine Hand zitterte wie Espenlaub.

»Siehst du! Wenn du das mit Kaffee haben willst, musst du schon eine ganze Kanne leer saufen. Apropos saufen. Was machst du eigentlich so? Wenn du keine Salami klaust, meine ich.«

»Also ich …«, setzte Mario an.

Aber so genau wollte Melek es auch gar nicht wissen. »Und deine Eltern? Hast du Geschwister? Was machen die? Und eine Freundin? Hast du eine Freundin?«

Und so war die Unzufriedenheit trotz aller finanzieller Erfolge schlagartig wieder da. In einer anderen WG hätte Mario über seinen Zustand reden können – über die ungekannte Dünnhäutigkeit, die Nervosität, das Gefühl, dass sie einen einfach nicht in Ruhe ließen. Aber in der WG kam man nicht dazu, sich auszusprechen. Zu Hause kam man eigentlich zu gar nichts.

»Was iss'n das?«

Piet schraubte in seinem Zimmer gerade ein gigantisches Aluminiumgerüst zusammen, eine Konstruktion, die an eine Druckmaschine erinnerte. Beziehungsweise an einen Baukran. Oder einen fahrbaren Rasenmäher.

»Super, was? Das ist *multi-usable*«, erklärte Piet. »Weißt du, es gibt Partien, zum Beispiel im Zwerchfellbereich, die kriegt man nur sehr schlecht geshapet.«

»Ach ja?«

»Zwerchfell, das ist bei den meisten heutzutage die Achillesferse. Haha. Was meinst du? Wo kommt das hin?« Piet hielt einen Gummiriemen in der Hand und studierte die Gebrauchsanleitung. »Scheiße! Das ist bestimmt ein Schlüsselstück.«

Mario drehte sich um. Seit sie Geld hatten, wurde es mit Piet immer schlimmer. Nicht nur, dass er wie früher bis nachmittags schlief, den Haushalt vernachlässigte und den Einkauf wegfraß. Jetzt karrte er auch noch täglich neue Gegenstände heran, die den Durchgang blockierten. Am Ende würde die Wohnung wie eine Kombination aus Fitnesscenter und schlecht eingerichteter Cocktailbar aussehen.

Und Piet war nicht der einzige Mitbewohner, der einen mittelschweren Hau weghatte. Didi stand im Gemeinschaftszimmer, hatte den Kopf ans Fenster gelehnt und seufzte.

»Was ist denn jetzt wieder los?«, fragte Mario.

»D-da …« Didi zeigte aus dem Fenster auf die gegenüberliegende Straßenseite. Nichts war zu sehen. Außer ein paar Fahrradwracks, Hundehaufen und einer alten Waschmaschine.

»Eine alte Waschmaschine«, stellte Mario nüchtern fest.

»D-der Laden.«

Ein Gemüseladen. Auch der war schon immer da gewesen.

»Da geht … n-nie jemand rein.«

Gut, das stimmte. Der Laden war ziemlich trostlos: eine Stiege mit Gemüse, fünf Fladen Weißbrot, ein paar verstaubte Dosen Kichererbsen. Wenn Mario ehrlich war, hatte er noch nie jemanden in dem Geschäft einkaufen sehen. Aber die Nordhälfte der Adalbertstraße lag auch etwas ab vom Schuss. Alle Geschäfte hier waren ein bisschen verwaist. Alle beide.

»Meine Güte, das ist halt ein Laden ohne Kundschaft.«

»Sch-schau mal, wie traurig der aussieht …«

»Der ist nicht traurig, der ist dünn.«

»Wir so-sollten da öfter einkaufen.«

»Wenn der Besitzer wollte, dass bei ihm eingekauft wird, würde er Werbung machen. Vielleicht hat der es gern etwas ruhiger.«

Ruhiger – gutes Stichwort. Vielleicht war so ein schlecht laufender Gemüseladen genau das, was Mario brauchte.

»Nein, nein … Der hat es nicht ruhig, der ist ei-einsam. Ab jetzt gehen wir immer zu dem. Wir müssen doch jetzt g-gar nicht mehr im Feinkostladen klauen … Wir können doch jetzt g-ganz normal einkaufen.«

»Meine Güte!« Mario begann sich ernsthaft aufzuregen. »Einsamkeit ist nicht immer schlimm. Manche Leute lieben das. Es gibt Menschen, die …«

Er verstummte. Vor dem Gemüseladen hielt ein PKW. Ein Kombi, eines dieser Gefährte, die man sich zulegt, wenn die Beziehung schwanger ist. Ein Familienmodell. Und den Wagen kannte er!

»Ich glaube, der … hat hier k-keine Familie …« Didi war immer noch bei seinem Gemüsehändler.

»Familie …« Mario fühlte sich ganz schwach. Aus dem Auto stieg ein Kind. Ungefähr 14 Jahre alt, etwas pummelig. Es kam auf das Haus zu, man hörte es unten in die Einfahrt schlurfen.

Keine 30 Sekunden später klingelte es an der Wohnungstür. Piet öffnete, der Junge trat ein, setzte sich wortlos auf das Sofa vor dem Fernseher und griff nach der Fernbedienung.

»Kennst du den?« Piet war sichtlich irritiert. »Er sagt, er soll heute bei uns bleiben.«

»Ja.« Eine leise Antwort, fast ein Wimmern. »Das ist mein Neffe.«

»D-dein Neffe?« Didi machte einen Schritt auf den jugendlichen Besucher zu.

»Wie … hei-heißt du denn?«

Keine Antwort.

»Ich bin d-der … Didi.«

Während Tomimoto begann, sich durch das nachmittägliche Kabelprogramm zu zappen, atmete Mario tief ein und schritt entschlossen zum Telefon. Wenige Sekundenbruchteile später hatte er seinen Bruder am Apparat.

»Wolfgang!« Marios Stimme überschlug sich. «Du Schwein! Du kannst doch nicht einfach deinen gestörten Nachwuchs hier abladen! Wir sind doch nicht die Heilsarmee!«

Piet und Didi blickten ihren Mitbewohner erschrocken an. Tomimoto hingegen schien das alles nichts auszumachen. Er saß zufrieden vor dem Fernseher und verfolgte eine Sitcom und zwei Tiersendungen gleichzeitig.

»Aha, so stellst du dir das vor! Weißt du, was du bist? Ein egomaner Psychopath bist du!« Mario knallte den Hörer auf die Gabel.

»Die … Se-serie sehe ich auch gern«, versuchte Didi, die Situation zu entschärfen.

»Er heißt Tomimoto.« Mario rieb sich erschöpft die

Schläfen. »Er ist in der Pubertät, hat Probleme und braucht *role models.*«

»Du hast Probleme?« Piets Interesse an dem jugendlichen Gast schien zu steigen. »Mit Sex? Das ist normal. In der Pubertät hatten wir alle Probleme mit Sex …«

»Aber am liebsten m-mag ich *Home Improvement* … Ich bin nämlich auch ein B-bastler, weißt du …«

»Sex, Sex …«, schrie Mario herum. »Er ist kommunikationsgestört. Das hat mit Sex nichts zu tun.«

»Alles hat mit Sex zu tun«, stellte Piet sachlich fest. »Hast du schon mal Sex gehabt, Timo?«

Mario verzog das Gesicht. «Er heißt Tomimoto. Außerdem ist das widerlich.«

»Ach?«

»Ja.«

»Jemanden als gestörten Nachwuchs beschimpfen ist okay, aber über Sex reden ist widerlich?«

»Es geht um deine Art!«

»Meine Art? Was ist mit meiner Art? Stört's dich, dass ich nicht so verklemmt bin wie du?«

»Verklemmt?«

»Du hast doch seit fünf Jahren mit niemandem mehr was gehabt. Nicht mal mit einer Frau.«

»Ich, ich …« stammelte Mario.

Doch da meldete sich Tomimoto erstmals zu Wort: »Hey.«

Auf dem Bildschirm waren die Bilder einer Senioren-Talkshow zu sehen. »Habt ihr vielleicht Chips?«

Mario war nie der Überzeugung gewesen, dass eine Wohngemeinschaft die Familie ersetzen kann. Das sollte sie ja gerade nicht tun: kein Buhlen um die Zuneigung von Mutti, kein bedrücktes Schweigen am Abendbrottisch. Und dennoch stellte sich bei Mario allmählich das Gefühl ein, dass es mit den Mitbewohnern früher anders, irgendwie friedlicher gewesen war.

Didi kannte Mario von den dreien am längsten. Sie waren zusammen auf die Schule gegangen, und auch wenn sich die Wege der beiden getrennt hatten, als das Sozialistische Selbsthilfekollektiv Köln (SSK) zerfallen und Didi mit seinen Eltern auf die Landkommune gezogen war, gab es zwischen den beiden bis heute eine fast eheähnliche Vertrautheit. Didi war ein stiller, schüchterner Mensch, der manchmal etwas schwer von Begriff war, aber er hatte das Herz am richtigen Fleck. Ganz anders als Wassilij. Der war zwar auch hilfsbereit und besaß ein ausgeprägtes Unrechtsempfinden, aber während Didis Reaktionen aus der Tiefe der Seele zu kommen schienen, war Wassilij durch und durch Moralist. Ein schwäbischer Evangele, das Schlimmste, was man sich vorstellen konnte. Dafür war er zuverlässig, was den Putzplan anging, und saugte auch mal in den Ritzen. Piet schließlich war als Letzter dazu gekommen. Wasilij hatte damals die Ansicht geäußert, dass man nicht ausschließlich mit Männern zusammenwohnen sollte, das sei schlecht für die Gender-Dekonstruktion, und so war man, als sich keine Frau gefunden hatte, die mit den dreien zusammenziehen wollte, auf Piet gestoßen, der mit Wassilij ein Semester Anthropologie studiert hatte und, wie der Schwabe bemerkte, »immerhin kein Hetero war«.

Die Stimmung in der WG war nie übertrieben harmonisch gewesen, aber es hatte immer jemanden gegeben, mit dem man etwas unternehmen konnte. Jetzt hingegen war eindeutig der Wurm drin. Erst der Streit um die Rumänen und nun Piets seltsame Vorwürfe. Was war dabei, wenn man fünf Jahre mit niemandem etwas gehabt hatte? War man nur ein halber Mensch, bloß weil man auch mal allein zufrieden war? Galt Selbstbefriedigung schon wieder als Sünde? Super, da taten immer alle ganz tolerant, und dann war überhaupt niemand tolerant. Und als wäre das nicht alles schlimm genug, stellten sich auf einmal auch noch im Job erste Schwierigkeiten ein. Patzkys Auftrag führte die WG zu einer dieser mittlerweile etwas ältlich wirkenden New-Economy-Klitschen, von denen niemand so genau sagen kann, wozu sie eigentlich gut sind – falls sie überhaupt zu etwas gut sein sollten. Von Glasmöbeln und einigen ausrangierten Bildschirmen einmal abgesehen, war in der Fabriketage keine Spur von einem Büro zu sehen. Verwirrt schlenderten die vier durch einen langen, leeren Gang, in dem jeder Schritt laut nachhallte. Endlich trafen sie in einem Seitengang auf einen Mann, einen Anzugträger, sehr gepflegt. Mario, der es leid war, sich immer um alles kümmern zu müssen, wartete darauf, dass einer seiner Mitbewohner das Gespräch eröffnete. Doch die anderen eröffneten kein Gespräch. Fast 15 Sekunden lang bleiernes Schweigen. Bis doch wieder Mario das Wort ergriff.

»Wir kommen wegen der Schulden. Von Patzky!«

»Entschuldigung?« Der Anzugträger lächelte unverbindlich.

»S-C-H-U-L-D-E-N!«

Keine Reaktion.

»Der ist nicht echt«, tuschelte Piet. »Der ist virtuell.«

»Herr …« Mario blickte auf seinen Spickzettel, »… Schulz?«

»Nein.« Immer noch das unverbindliche Lächeln. »Der Chef sitzt da hinten.«

Der Anzugträger zeigte den Gang hinunter. Nur ein leerer, halbdunkler Gang und noch mehr ausrangierte Bildschirme waren zu sehen.

»Um die Ecke, hinter der Tischtennisplatte.«

Tischtennisplatte. Kein Wunder, dass es um die Branche so schlecht stand.

»Ich bin nur der Public Relations Consultant Director.«

»O Gott!«, entfuhr es Wassilij.

»Was m-macht man denn … d-da?«

»So was wie Werbung, nur unkonkret«, erklärte Piet seinem Mitbewohner.

»Werbung …« Wassilij rümpfte die Nase. So ein Kapitalumschlagsprozess war wirklich eine unappetitliche Angelegenheit.

»U-und … für was werben Sie?«, richtete sich Didi diesmal direkt an den Anzugträger.

»Im Moment werben wir nicht.«

»Hey! Wir sollten auch mal werben«, schlug Piet begeistert vor.

Mario, sichtlich genervt, weil seine Mitbewohner außer zu dummen Diskussionen zu nichts zu gebrauchen waren, nahm Kurs auf die Tischtennisplatte. Die anderen schlenderten ihm plaudernd hinterher.

»Wieso sollten wir werben?« Wasssilij schüttelte den Kopf. »Das ist doch ekelhaft.«

»Damit wir bekannter werden…« Piet war von seiner Idee regelrecht euphorisiert. »Und wegen der Corporate Identity.«

»So ein Schwachsinn. Wir sind doch kein Unternehmen!«

»Wieso sind wir kein Unternehmen?«

Mario erreichte die Tischtennisplatte. Tatsächlich saß dort vor einem Rechner ein Brillenträger und tippte mit beeindruckender Geschwindigkeit auf der Tastatur herum. Allerdings sah der Typ nicht wie ein Chef aus. Überhaupt nicht. Eher wie ein gerade der Pubertät entwachsener Milchbubi. Erinnerte irgendwie an Heintje.

»Tag!«, knurrte Mario.

»Mmm?«, brummte der Brillenträger abwesend.

»Wir kommen wegen des Geldes von Patzky!«

»Wer iss'n das?«

Mario knirschte mit den Zähnen. »Der Typ, der dir die Einbauküche gemacht hat!«

»Küche, Küche … Brauch ich nicht.«

»Die Einbauküche! Von P-A-T-Z-K-Y!«

Der Typ sah wirklich nicht aus, als würde er sich für Einbauküchen interessieren. Aber auf Marios Zettel stand genau das: Einbauküche.

»Patzky, Patzky …« Der Milchbubi rief eine Datenbank auf und tippte etwas ein. Sah nach Maschinensprache aus.

»Der hat mir das Büro verkabelt«, stellte der Typ schließlich fest. »Keine Einbauküche.«

Mario war die Sache sichtlich peinlich. Das war nicht professionell, wie sie sich hier präsentierten. Überhaupt nicht professionell!

»Dann halt keine Einbauküche. Ist doch scheißegal«, ranzte er den Heintje-Typen an. »Dann war es halt das Büro. Wir wollen das Geld.«

»Schon erledigt …«

»Wie, schon erledigt?«

»Schon überwiesen.«

»Das war alles?« Piet war sprachlos. War schon eine dolle Sache, diese Informationstechnologie. »Ist ja der Hammer.«

Mario schrie empört auf. »Mann! Du solltest das nicht überweisen! Das war schwarz vereinbart! Und außerdem kriegen wir 30 Prozent!«

Heintje blickte ihn verständnislos an.

»Bar! Auf die Kralle!«, kreischte Mario weiter und schämte sich sofort ein wenig. So tief war er gesunken.

»Kann ich doch nicht wissen!«

»Kannst ja mal fragen! Hol das Geld zurück!«

»Geht nicht.«

Mario sah den Brillenträger hasserfüllt an.

»Ich würde jetzt gerne wieder arbeiten!«

»Was willst du?« Mario schnaufte .

»Woran arbeitest du? Ist das Linux?«, schaltete sich Piet zum zweiten Mal ein.

»So ein automatisches Mahnsystem.«

»Mahnsystem?«

»Damit die Leute ihre Schulden bezahlen«, erklärte Heintje.

»Wir brauchen unser Geld!«, zeterte Mario.

»Ist auf euerm Konto.«

»Das ist nicht unser Konto!«

Mario schrie noch eine Weile herum, doch es half

nichts. Man musste unverrichteter Dinge wieder abziehen. Türen knallend verließ er das Büro. Es war wirklich alles nicht mehr wie früher.

Vielleicht hatten die anderen ja doch Recht. Vielleicht sollte man sich nach fünf Jahren wieder einmal mit jemandem verabreden. Vielleicht wurde man dadurch wirklich ausgeglichener. Außerdem hatte Mario gar keine andere Wahl, als sich neu zu orientieren. Wo sich die WG so nachteilig entwickelte – von der Familie ganz zu schweigen. Und so kehrte Mario am Tag nach der Pleite bei dem Brillenträger ausgerechnet zu Brittas Geschenkeshop zurück. Die Wege des Herrn sind unergründlich …

Ein lauer Sommerabend. Während Mario noch darüber grübelte, ob es eine böse Laune der Natur gewesen war, die ihn hierher geführt hatte, oder er fünf Jahre nach Polizei-Anna doch wieder so etwas wie Ansätze eines Gefühlslebens ausbildete, ertönte von hinten eine gellende Stimme. Erinnerte irgendwie an *The Crow* – nerviger Film.

»Naaaa? Wollen wir was trinken gehen?«

»Ich …«, setzte Mario an.

»Du siehst ein bisschen blass aus. Bist du immer so blass? Komm, du lädst mich ein und erzählst mir ein bisschen über dein Leben.«

»Aber …«

»Ich kann dir auch Geld geben, damit du mich einlädst. Wir gehen an den Kanal, das ist romantisch.«

Ohne seine Antwort abzuwarten, setzte sich Melek in Bewegung. Kanal – das war schon mal gar nicht gut.

Diese Macchiato-Lokale sagten Mario gar nichts. Auf minimalistisch gemachte Wartehallen mit schummriger Feuilletonbeleuchtung.

Melek eröffnete das Gespräch so, wie sie das letzte beendet hatte: im Kasernenhofton. Sie fragte Mario über seine Mitbewohner aus, erkundigte sich, warum der Scheck bei der Deutschen Bank geplatzt sei, gab fachkundige Ratschläge zum Thema Hehlerei und ließ Mario von seiner Mutter berichten, bevor sie irgendwann aus ihrem eigenen Leben zu erzählen begann. Dass sie aus einer türkischsprachigen Enklave südlich von Belgrad stamme, als Mädchen mit Hilfe der Punkband *Laibach* auf andere Gedanken gekommen sei, ursprünglich in Sarajevo Landwirtschaft habe studieren wollen, weil sie zu Hause bei Opa mit den Kühen immer so gut klar gekommen sei, wegen des Bürgerkriegs jedoch drei Jahre überwiegend in Kellern habe verbringen müssen und schließlich als Kontingentflüchtling nach Deutschland gekommen sei, wo ihr, da das jugoslawische Abitur nicht anerkannt werde, nichts anderes übrig geblieben sei, als sich als Gewerbetreibende durchzuschlagen.

»Klingt ja …« Mario suchte nach dem passenden Begriff. Multikulturelles Melodram war ja nicht so nett. »… ziemlich aufregend.«

»Das in Jugoslawien oder das in Deutschland?«

»Beides.«

»Quatsch, Jugoslawien war scheiße.«

»Und Deutschland?«

»In Deutschland ist man wenigstens finanziell abgesichert.«

Schon wieder das leidige Thema.

»Heutzutage muss man sehen, wo man bleibt.« Melek blickte über den Kanal. Auf den Wellen spiegelte sich die Nachmittagssonne. Für einen Moment kam wirklich so etwas wie romantische Stimmung auf. Allerdings nur für einen sehr kurzen Moment. Melek spuckte ins Blumenbeet. »Machst du Sport? Ich mach' Kickboxen.«

»Hä?«

»Treten und Schlagen. Ich war bosnische Kickboxmeisterin.«

Vom Kanal drangen Bootsbegleiterstimmen herüber. Internationale Bauausstellung, Admiralsbrücke, erst ausgebuddelte und dann wieder zugeschüttete Kanäle. Das Übliche. Zum Kotzen. Vor allem, wenn man dieses Zeug 30 Mal am Tag zu hören bekam; jedes Mal, wenn eines dieser Ausflugsboote vorbeischipperte.

»Ist das nicht …«, Mario zögerte, «… sehr brutal?«

»Brutal?« Melek lachte auf. Etwas irre. Aber vielleicht redete Mario sich das auch nur ein. »Nein, nein, wir kämpfen mit Mundschutz.«

»Aha.«

»Das ist spitze! Zum Abreagieren. Wenn alle so Sport machen würden, wären die Leute entspannter. Dann gäbe es auch keine Kriege mehr. Scheißkrieg.«

Eine Zigarette wäre jetzt nicht schlecht, dachte Mario. Von Nikotin wurde ihm zwar schlecht, aber so eine Zigarette verlieh einem doch wenigstens einen Hauch von Männlichkeit. »Meinst du …?«, setzte er an, doch noch bevor er eine Frage formulieren konnte, hatte Melek schon wieder das Thema gewechselt.

»Magst du Hochzeiten?«

»Hochzeiten? Also eigentlich war ich noch nie …«

»Nein? Das ist ein Fehler! Hochzeiten sind schön … Das Schönste nach Kindern! Ich will vier. Wie viele willst du?«

»Kinder?«

Von wegen etwas irre. Die war absolut plemplem. Okay, dass sie Mario mit dem Fahrrad geholfen hatte, war nett gewesen. Und das mit dem Kickboxen war nun auch nicht so außergewöhnlich, das machte heutzutage ja jede Zweite. Aber das war nun wirklich zu viel: Hochzeit, Ehe, vier Kinder. Mit der sollte sich Mario vielleicht besser doch nicht häufiger verabreden. Außerdem war sie Muslimin. Da hatte man ruckzuck die Sippschaft am Hals. Und Sippschaft war nun wirklich das Letzte, was Mario gebrauchen konnte.

»Wie der Pate. Der hat auch eine Riesenfamilie.«

»Der Pate?«

»Welchen magst du am Liebsten?«

»Wie? Was?«

»Welchen Paten? Brando, Pacino oder de Niro?«

»Der de Niro spielt da auch mit?«

»Mann, in der II! Wo lebst du denn? Habt ihr zu Hause keinen DVD-Player?«

»Video … Wir haben Video.«

»Aber ihr wisst nicht, wie man ihn anschließt, oder was?«

»Doch, aber … wir gucken eher Godard … und so.«

»Was?«

»So Filmemacher.«

Gut – genau genommen schaute nur Wassilij Godard. Er regte sich immer auf, wenn im Gemeinschaftsraum »Unterhaltungsscheiße« lief.

»Ach ja, Godard.« Melek nickte. Das kannte sie aus ihrer Punkzeit von so einem Theaterheini, mit dem sie damals eine Woche lang etwas gehabt hatte. »Verstehe, so Hippiezeug. Wo nichts passiert.«

Einen Moment herrschte betretenes Schweigen.

Plötzlich sprang Melek auf. »Komm, wir gehen auf'n Rummel.«

»Auf den Rummel?« Auf den Rummel gingen doch nur Neuköllner, LKW-Fahrer mit Vokuhila-Frisur und türkische Jugendliche.

»Achterbahnfahren. Wir essen Zuckerwatte und spazieren ein bisschen rum.«

Mario sah sie verzweifelt an. Was hatte ihn nur geritten, als er zu Melek gefahren war? Rumspazieren. Die wollte ihn abschleppen! O Gott, wie kam er da bloß wieder raus?

»Zum kennen lernen, verstehst du?«

Es gab das komplette Kirmesprogramm: Autoscooter, Zuckerwatte, Looping, Kotzen – das heißt, Mario kotzte, Melek fuhr noch eine zweite Runde. Und so nahm alles seinen vorhersehbaren Lauf. Die beiden schlenderten über die anliegenden Wiesen, die untergehende Sonne tauchte den Hundeweiher gegenüber vom Flughafen Tempelhof in orangefarbenes Licht, die Ansagen von Geisterbahn und Riesenrad drangen aus immer größerer Distanz herüber, und plötzlich standen die beiden vor Meleks Haustür.

»Also ...« Die Einzelhändlerin drückte das Tor auf und blickte Mario herausfordernd an, der wie erstarrt stehen blieb. Die wollte, dass er mit raufkam. Oh nein! Man hatte Sex miteinander, und, zack, war die Falle zu. Mal ganz davon abgesehen, dass sich dieses Rumfummeln am Anfang immer wie Sportunterricht fünfte Klasse anfühlte. Die meiste Energie verwandte man darauf, nicht wie ein Idiot auszusehen.

»Äh …«

»Ich kann dich leider nicht zu mir einladen«, unterbrach ihn Melek bei seinen Überlegungen. »Ich schlafe nie am ersten Abend mit einem Mann.«

Gott sei Dank – kein Sex. Mario fiel ein Stein vom Herzen. »Super.«

»Wie, super?«

»Na, äh, super halt.«

Melek musterte ihn misstrauisch. »Bist du schwul?«

»Schwul? Wieso schwul?«, antwortete Mario hektisch.

»Wenn du nicht schwul bist, warum willst du dann nicht mir rauf?«

»Aber du hast doch gerade selbst …«

»Du hast dich erst vor kurzem von deiner Freundin getrennt, stimmt's?«

Mario überlegte. Fünf Jahre waren eigentlich nicht ›vor kurzem‹. Auch wenn das Zeitgefühl da sehr subjektiv ist.

»Weißt du«, Melek steckte sich eine Zigarette an, »das erste Mal ist immer scheiße.«

Mario nickte eifrig. »Das stimmt!«

»Aber ich find' dich ganz gut. Also sollten wir es vielleicht möglichst schnell hinter uns bringen.« Sie blickte sich nach vorbeikommenden Passanten um. »Das zweite und dritte Mal ist ja dann meistens schon viel besser.«

Melek drückte nervös ihre Zigarette aus. Komm, wir machen es hier.«

»Wie? Hier?«, kreischte Mario.

»Natürlich nicht auf der Straße.«

Mario atmete auf.

»Im Hausflur.« Melek zog ihn hinein. »Wir machen es hier, und dann haben wir es hinter uns.«

Im Dunkeln erkannte Mario kaputte Fahrräder, einen zerlegten Kühlschrank, Mülltüten. Und es roch nach Katzenpisse. Widerlich. Wie konnten so kleine Tiere nur so streng riechen?

»Los.«

Mario rang um Luft. »Aber das ist doch Wahnsinn ... Ich meine im Hausflur ... wenn jetzt jemand kommt ...«

»Hast du so ein ... physiologisches Problem?«, fragte Melek einfühlsam.

Typisch. Wenn ein Mann nicht wollte, hatte er gleich ein physiologisches Problem. »Nein!«

»Komm, dann machen wir es schnell, gehen hoch und schauen noch ein bisschen Video.«

»Aber das ist doch ...«, Mario suchte nach dem passenden Wort, »...unromantisch.« Unromantisch war das richtige Wort. »Schon wie es hier stinkt.«

»Katzenpisse«, stellte Melek nüchtern fest.

Wie kam er nur aus dieser misslichen Lage heraus? Wenn er jetzt ging, würde sie ihre These von dem physiologischen Problem bestätigt sehen. Man hatte ja doch seinen Stolz. Außerdem würde sie ihn dann vielleicht abschreiben. Trotz allem war ihm diese Frau irgendwie sympathisch. Ein bisschen überdreht, besitzergreifend, laut, irre und rücksichtslos, aber nicht ohne Sinn für Humor. Und sich nach fünf Jahren wieder etwas regelmäßiger zu verabreden, wäre vielleicht auch nicht so schlecht. Mario würde weniger Zeit mit den Mitbewohnern verbringen müssen. Beziehungsweise mit der Familie! Vielleicht sollte er erst einmal mit ihr in die Wohnung. Da oben stank es bestimmt auch nicht so doll.

In diesem Moment fiel Mario ein, warum Melek unbedingt noch im Hausflur Sex haben wollte: Oben wartete die Verwandtschaft. Und so eine muslimische Sippschaft sah es bestimmt gar nicht gern, wenn Melek und Mario in der Wohnung Sex miteinander hatten.

»Wo ist eigentlich deine Familie?«

»Hä? Meine Familie? Warum fällt dir bei Katzenpisse ausgerechnet meine Familie ein?«

»Ich meine … Wenn deine Familie nichts dagegen hat … äh, könnten wir raufgehen und noch ein bisschen reden …«

»Meine Familie ist in Belgrad.«

Sehr gut. Waren die EU-Außengrenzen doch mal zu irgendwas gut.

»Ach so. Wollen wir zu dir hochgehen?«

»Okay.«

»Also …«

»Du zuerst.«

»Ja? Meinst du?

Als Mario sechs Treppen höher Meleks Wohnung betrat, ergriff unerwarteter Frieden Besitz von ihm. Die Wohnung war aufgeräumt, es roch nach Duftkerzen. Niemand kochte, es lief kein Kusturica-Geklimper, weder wurden Flugblätter diskutiert noch Fitnessgeräte bedient. Unglaublich, war das friedlich!

»Schön hier!« Mario sank auf ein Sitzkissen. »So entspannend …«

Nichts war zu hören, nur Meleks Atem und vom Hinterhof hereindringendes Vogelgezwitscher. Das musste der Grund sein, warum alle Leute Beziehungen führten: dieser Frieden!

»Also, von mir aus können wir auch einfach so ein bisschen dasitzen und … äh …«

»Vor mir aus … äh, auch.«

3. KAPITEL, IN DEM MARIO AMBITIONEN ENTWICKELT UND UNERWARTET NEUER BESUCH KOMMT

Selbstverwirklichung! Jeder will sie, jeder strebt nach ihr, jede Werbung führt irgendwas mit ihr im Schilde. Denn erst durch Selbstverwirklichung – Hobbykeller anlegen, die Sahara durchqueren oder Hochhäuser erklettern – wird der Mensch zum Individuum, das sich von den Idioten in der Reihenhaushälfte nebenan unterscheidet, zum Subjekt, über das sich mehr sagen lässt als: »Ja, wohnt hier … glaube ich … wahrscheinlich«. Der Haken bei der Angelegenheit ist allerdings, dass man sich manchmal so sehr selbst verwirklicht, dass man am Ende nicht mehr weiß, wie die Typen in der Reihenhaushälfte nebenan eigentlich heißen – was denen natürlich genauso geht, weshalb einem am Ende die ganze schöne Individualität nichts nützt. Denn was bringt es, individuell zu sein, wenn niemand etwas davon mitbekommt?

Auch die Bewohner der WG verwirklichten sich dank Patzkys Aufträgen und des unerwartet eingetretenen Geldregens so sehr selbst, dass sie einander kaum noch sahen. Piet kleidete sich einmal die Woche neu ein und war tagsüber hauptsächlich damit beschäftigt, sich von der letzten Nacht zu erholen. Didi verbrachte die Tage in seiner Heimwerkstatt unter dem Dach, und Wassilij verschrieb sich, wie nicht anders zu erwarten gewesen war, dem Kampf gegen Ausbeutung und Klassenjustiz. Er beglich die Anwaltskosten einer Exfreundin, die die Pläne der Herrschenden am 1. Mai durch das Anzünden von Sperrmüll zu durchkreuzen versucht hatte, aber unglücklicherweise im entscheidenden Moment mit der Jacke an einem alten Ledersessel hängen geblieben war, oder finanzierte Flugblattserien über Antisemitismus, den Irak-Krieg und zu begleichende Anwaltskosten nach dem 1. Mai.

Wie weit sich die WG auseinander gelebt hatte, wurde Mario erst klar, als eines Tages ein Ikea-Laster vor der Haustür stand und Mario im Treppenhaus fremden Männern begegnete, die unter Wassilijs Anweisungen Möbel in die leer stehende Wohnung im zweiten Stock schleppten.

»Was ist das?«

»Möbel«, erwiderte Wassilij.

»Das sehe ich. Aber wozu?«

»Für die Wohnung. Die habe ich gemietet.«

»Du hast sie gemietet …«, wiederholte Mario.

»Für Illegale. Flüchtlinge aus Kamerun. Die können dann erst mal hier wohnen … Ihr Asylbewerberheim liegt in so einem Nazikaff in Brandenburg. Da kann man nicht auf die Straße gehen.«

»Aha.« Mario nickte verwirrt. »Und wozu brauchen die solche Möbel?«

»Sollen die auf dem Boden sitzen?«

»Ich meine … diese Möbel sind ekelhaft.«

»Wie, ekelhaft?«

»Das sieht aus wie bei Spießers … Gardinen! In unserem Haus hat es noch nie Gardinen gegeben.«

»Aber hier ziehen Familien ein … Familien mögen Gardinen.«

»In Kamerun?«

»Warum sollen Familien aus Kamerun keine Gardinen mögen?«

»Weil das schwedische Reihenhausgardinen sind.«

»Ich find die Gardinen ganz gut.« Piet, der gerade vom Post-Chillout-Raven nach Hause kam und die Treppe hinaufstieg, gesellte sich zu seinen Mitbewohnern. »Den Schrank finde ich nicht so toll.«

»Der Schrank ist praktisch«, behauptete Wassilij. »Da verstauben die Kleider nicht.«

Mario war fassungslos. »Oh, Gott, was werden die für ein Bild von Deutschland haben! Reihenhausgardinen, Fichtenholzschränke.«

»Besser Reihenhausgardinen als Asylbewerberheim Prenzlau.«

Das war allerdings auch wieder wahr.

»Außerdem können die von mir aus über Deutschland ruhig das Schlechteste denken.«

»Sagt mal, haben wir Ananassaft?«, warf Piet aufgekratzt ein.« Ich hab total Appetit auf Ananassaft. Wenn man von den Pillen runterkommt, ist Ananassaft immer das Beste …«

Als Mario etwas später auf seinem Fahrrad saß, konnte er es immer noch nicht glauben. Zum ersten Mal in vielen, vielen Jahren verfügte die WG über genug Geld, um es sich daheim ein wenig hübscher zu machen, und was stellten seine Mitbewohner mit den neuen Ressourcen an? Sie sorgten für noch mehr Unruhe. Dass Piet sein Geld in Clubs auf den Kopf hauen würde, war ja absehbar gewesen. Er war halt eine Discotunte. Aber dass

Didi und Wassilij auch zum Unfrieden beitragen mussten, war denn doch ziemlich deprimierend. Allein Didis neue Metallfräse – was die an Lärm verursachte! Und wenn nun auch noch Kameruner in den zweiten Stock zogen, wäre es mit der angestrebten Beruhigung zu Hause endgültig Schluss. Diese Leute würden Musik hören! Freunde empfangen! Oder gar in die WG zu Besuch kommen! Mario wollte gar nicht daran denken. Noch dazu eine Familie! Das bedeutete Kindergeschrei rund um die Uhr.

Müde erreichte Mario Meleks Geschäft. Seit dem Kirmesabend hatten sie sich noch fünf weitere Male gesehen. Fünf Verabredungen! Sie waren im Kino gewesen, oder Mario hatte seine Einzelhandelsgeliebte nach der Arbeit nach Hause begleitet. In den eigenen vier Wänden war Melek auch gar nicht so überdreht, wie es am Anfang den Anschein gehabt hatte. Im Gegenteil. Daheim wirkte sie sogar ziemlich entspannt. Ruhig und gelassen – das genaue Gegenteil von einer WG.

Doch als Mario diesmal in den Laden trat, war Melek mehr als nur gelassen. Sie war ganz still. Wortlos räumte sie Kaffeetassen ins Regal.

»Hallo.«

Keine Antwort.

»Hast du was?«

Melek schwieg.

Mario überlegte, ob sie vielleicht den Sonnenbrillendiebstahl bemerkt haben könnte. Das wäre allerdings unangenehm.

Melek seufzte.

»Was ist denn?«

»Die Tassen. Guck dir diese Tassen an.«

Mario nahm eine der Tassen in die Hand. Sie waren mit Berliner Bären bedruckt. Wie solche Tassen eben waren, nichts Besonderes.

»Und?«

»Das ist doch der letzte Scheiß! Wie kann man nur so einen Scheiß verkaufen?«

»Pffff ...« Mario betrachtete die Tasse genauer. Hampelnde Bären in allen Positionen. Wirklich bescheuert. «Wieso? Die sind doch praktisch. So eine Tasse hat Gebrauchswert. Ein Hemd, okay, hat auch Gebrauchswert. Aber nur, wenn es passt. Sonst wird es nicht gebraucht ...«

»Gebrauchswert«, wiederholte Melek. Das Wort erinnerte sie an etwas. War eine Weile her – fünfte Klasse, bosnischer Gemüseeintopf, der Genosse Josip Broz war noch nicht tot. »Quatsch! Der ganze Laden ist Mist. Guck dich doch mal um. Dieses schwachsinnige Zeug. Ich verschwende hier meine Zeit.«

»Na ja, also, ich ...« Mario rang nach den passenden Worten. »Ich find das gut, wenn man was gestalten kann ...«

»Was kann man denn in so einem Scheißladen gestalten?«

Okay, die Frage drängte sich auf. Aber deswegen musste Melek sie noch lange nicht so defätistisch hinausposaunen.

»Na, du kannst ihn einrichten, wie du möchtest. Und du verkaufst was Nützliches. Dinge, die die Freundschaft erhalten, zum Beispiel.«

»Blödsinn.« Melek nahm eine der Tassen und brach

ihr mit einer schnellen Bewegung den Henkel ab. Ziemlich kickboxerinnenmäßig. »So ein Laden ist Mist.«

»Ich dachte ...«

»Ich spar auf was Richtiges. Auf ein Kino ...«

»Kino ...« wiederholte Mario. Kino war allerdings wirklich besser als Geschenkeshop.

»De Niro, Al Pacino, Jean-Claude van Damme.«

»Van Damme?«, fragte Mario. Da schien ein Geschenkeshop allerdings schon wieder gar nicht sooo schlecht.

»Ja, wegen der Kampfszenen. Oder einen Edeka... Da hat man immer Lebensmittel im Haus. Für die Kinder. Eine große Familie isst schließlich auch viel.«

»Familie, Edeka«, wiederholte Mario mit tonloser Stimme.

»Das ist was Handfestes. Ich habe mich erkundigt. Das ist nicht wie bei anderen Supermärkten. Man bekommt eine Lizenz. Das ist keine richtige Kette.«

»Aber Supermarkt. Ich meine, ein Supermarkt ...«

»Das ist krisensicher. Lebensmittel brauchen die Leute immer. Geschenke, Hemden, Kaffeetassen – das geht mir doch am Arsch vorbei.«

»Ja?« So konnte man sich täuschen. Man war zusammen und kannte sich doch so schlecht. Na gut, zugegeben. Sie waren erst seit acht Tagen zusammen.

»Ja. Entweder Spielfilme mit Robert de Niro oder was Handfestes.« Melek stand auf. »Willst du Tee? Ich habe frischen gemacht. Nicht so Spülwasser.«

»Äh ...«

»Das Problem ist, dass ich dafür noch 50.000 an Startkapital bräuchte. Und die kriege ich nicht.«

Mario wusste nicht, was er sagen sollte. Eine Familie,

de Niro, Edeka. Immer wenn er dachte, Melek sei doch nicht so plemplem, sondern eine ganz normale Post-Punkerin, die das mit den Eigentumsverhältnissen ein bisschen zu ernst nahm, fing sie an, merkwürdige Sachen zu erzählen. Worauf hatte er sich da bloß eingelassen? Andererseits: Zu Hause war es auch nicht besser. Und außerdem konnte einem Melek wirklich leid tun: Bosnien, Bürgerkrieg, Kontingentflüchtling, und dann auch noch so ein trostloses Geschäft. Irgendjemand musste ihr helfen. Und wer kam da in Frage außer Mario? Kinder würde sie von ihm nicht erwarten können. Nur über seine Leiche. Schon allein wegen des Lärms. Aber bei dem Edeka würde er ihr helfen. So ein Laden bot Sicherheit und war auch nicht so laut.

Mario atmete tief durch. Die Rumänen, Patzky, die Geldeintreiberei – alles ergab plötzlich irgendwie einen Sinn. Mario spürte, wie ein Lebensabschnitt zu Ende ging. Mama hatte es vorausgesagt. Mit 32 war man nicht mehr so jung.

»Okay.«

»Okay was?«

»Okay halt.«

Nun hatten sich also alle in der WG mit der Geldeintreiberei angefreundet: Piet, der seine laufenden Kosten zu bestreiten hatte, Didi, in dessen Werkstatt immer ein unverzichtbares Messgerät fehlte, Wassilij, der mittellosen Einwanderern ein neues Zuhause geben wollte, und jetzt Mario, den völlig unerwartet die Zuneigung antrieb. Die Sache hatte nur einen entscheidenden Haken: Im Grunde war klar, dass es mit dem Geldeintreiben auf die Dauer nicht gut gehen konnte. In der Nachbarschaft spekulierte man schon seit längerem wortreich darüber, wann, wie und von wem den vieren das Handwerk gelegt werden würde. Während die einen den noch von Wassilij ins Gespräch gebrachten Trupp durchgeknallter Heavy-Metal-Maurer als Reiter der Apokalypse voraussahen, behaupteten andere, türkische Rechtsradikale mit Kreditproblemen, die speedsüchtigen Polizisten der 23. Hundertschaft oder schlicht und einfach ein mit Waffenschein ausgestatteter Kunde Patzkys werde die WG zur Strecke bringen: Erfurt, Columbine, Pearl Harbor. Doch der Ärger, der sich einstellte, hatte mit roher Gewalt nichts zu tun. Ganz im Gegenteil.

Patzky hatte die WG zu einer Wilmersdorfer Steuerberaterin geschickt, die bei einem Tankerflottenabschreibungsprojekt nicht nur das Vermögen, sondern auch ihre Ehe havariert hatte. Mario hatte den Auftrag für reine Routine gehalten: klingeln, vorsprechen, abkassieren. Aber mit der Routine schleicht sich ja bekanntlich auch immer eine gewisse Nachlässigkeit ein.

Es fing damit an, dass Piet Schwierigkeiten hatte, die Treppe hinaufzukommen. Nach einer Nacht mit Pillen litt er immer an Durchblutungsstörungen.

»Ich fühl mich so kraftlos …«

»Heul nicht rum!« Mario zeigte keine Spur Mitleid. Er hatte jetzt ein Projekt: Edeka! »Wir sind gerade mal zwei Treppen hochgestiegen.«

» … und leer.«

»Er ist blass«, stellte Wasilij fest.

»Warum musst du auch immer so viel feiern?« So motiviert hatte sich Mario schon lange nicht mehr gefühlt.

»Total leer …« Endlich erreichten sie die Wohnungstür. Piet lehnte den Kopf gegen den Rahmen. Der war angenehm kühl, der Rahmen. »Und ich habe Kopfschmerzen.«

»Jetzt lass dich nicht so gehen. Wir haben hier einen Job zu erledigen.« Mario atmete tief ein. »Man muss sich auch mal ein bisschen zusammenreißen.«

»Mein Leben macht gar keinen Sinn.«

Didi drückte den Klingelknopf.

»Dann musst du dein Leben halt ändern«, stellte Mario fest.

Die Tür ging auf. Aber nicht die Tankerflottenhavaristin, sondern ein Halbwüchsiger mit großen Kulleraugen erschien. Besser gesagt Viertelwüchsiger.

»Ich bin auch dabei, mein Leben zu ändern«, referierte Mario weiter. »Man kann alles ändern, wenn man nur will.«

»Papa?« Der Viertelwüchsige blickte die WG hoffnungsvoll an.

»Nein, nicht Papa«, sagte Mario ungerührt. »Wir kommen von Patzky und wollen mit deiner Mutti sprechen.«

»Papa.« Das war keine Hoffnung, das war Verzweiflung.

»Nein, nein. Mit deiner Mutti. Nicht Papa.«

»Papa!!!« Oder Starrsinn.

Mario trat an Piet und dem Jungen vorbei in die Wohnung. In der Mitte des Raums stand eine müde, etwas abgemagerte Frau und rauchte.

»Sie kommen wegen des Balkons?« Die Frau fuchtelte nervös mit ihrer Zigarette herum. Offensichtlich eine

Kettenraucherin. »Wurde auch Zeit. Das Regenwasser läuft nicht ab. Jedenfalls nicht da wo's hin soll. Die Nachbarn unter mir ...«

»Nein«, unterbrach Mario die Havaristin entschlossen. »Nicht wegen des Balkons. Wegen Patzky.«

Trotzdem trat Didi einen Moment auf den Balkon, um den Abfluss unter die Lupe zu nehmen.

»Patzky?«, fragte die Havaristin.

»Patzky! Die Elektroarbeiten in der Bismarckstraße.«

»Ach, das Abschreibungsprojekt.«

»Abschreibungsprojekt?« Mario machte ein verwundertes Gesicht.

»Können wir mal hinmachen?«, warf Wassilij ein. »Ich habe um halb drei Plenum.«

»Sie schulden Herrn Patzky 20.000«, bemerkte Mario.

»Ha, ha«, hysterisches Bankrotteurinnenlachen. »Wissen Sie was ...« Doch die Tankerflottenhavaristin kam nicht zu ihrer Erklärung. Ihr Sohn trat auf sie zu. Mit Piet an der Hand. Was hatte das jetzt schon wieder zu bedeuten?

»Mama.«

»Peter Steinkopf, angenehm.« Piet gab der Hausherrin die Hand. Irgendwie sah er verändert aus. In seinen Augen lag ein eigenartiges Glänzen.

»Was soll'n das jetzt?«, versuchte Mario die sich abzeichnende Fraternisierung zu verhindern. Doch die Frau lächelte Piet glücklich an. Kinderliebende Männer waren schließlich so was von dünn gesät.

»Angenehm ... Christine Baumann.«

»Das ist ruck-zuck ... r-repariert«, verkündete Didi vom Balkon.

»Ja?« Die Tankerhavaristin kämpfte mit Tränen der Rührung. »Sie sind so nett.«

»Spielst du mit Reppa?«, fragte der Kulleraugennachwuchs.

»Reppa?«, erwiderte Piet.

»Du weißt schon«, Wassilij verzog spöttisch den Mund. »Diese homophoben Cabriolet-Typen.«

»Hey, was soll der Scheiß?« Mario hatte durchaus Verständnis dafür, dass seine Mitbewohner Beschützerinstinkte entwickelten. Immerhin waren ihm solche Regungen seit neuestem auch nicht mehr ganz fremd. Aber musste das ausgerechnet jetzt sein? Jetzt, wo er ernsthaft mit dem Geldverdienen anfangen wollte? »Können wir mal zum Thema zurückkommen?«

»Was für ein Thema denn?«

»Reppa! Reppa!« Das Kind griff sich in den Schritt und hüpfte vor Piet hin und her.

»Ich hab nur 80«, antwortete Christine lapidar und steckte sich die nächste Zigarette an.

»80 was?«

»80 Euro.«

Mario lief krebsrot an. Was wurde jetzt mit Meleks Edeka? Von Patzky ganz zu schweigen. »Mir ist scheißegal, was Sie haben ...«

»Lass mal«, unterbrach ihn Piet. «Das können wir auch später klären.«

»Was soll das heißen, dass wir das später ...?!«

»War schön, Sie kennen zu lernen.« Piet gab der Frau die Hand, tätschelte kurz den Kopf des Viertelwüchsigen und wandte sich zur Tür. Mario konnte es nicht fassen: Piet! Machte eine Frau an!

»Wir erwarten die Kohle innerhalb der nächsten acht Tage!«, schrie Mario dazwischen.

»Reppa, Reppa«, nölte das Blag.

»Ich habe wirklich nur 80.«

»Wir brauchen das Geld!« Mario spürte, wie ihm die Stimme versagte. »Ich habe Verpflichtungen! Ich muss …!«

Doch Didi, Wassilij und Piet waren schon im Treppenhaus verschwunden. Schweigen breitete sich aus, nur der Junge brabbelte unbeeindruckt vor sich hin, den Blick auf den Fernseher gerichtet.

»Reppa … Papa …«

Davon, dass das Geschäftsleben einem nichts als Probleme bereitete, konnte auch Wolfgang ein Lied singen. Bei Brüderchen hatte sich der Liquiditätsengpass mittlerweile zur Generalkrise ausgeweitet. Nach Tomimotos Online-Transaktionen war es zwar noch nicht zur befürchteten Totalpfändung gekommen, aber die Rechnungen häuften sich auch ohne Citibank: Hausschwamm in der Pürknerstraße (die sich schließlich doch als OHG & Co entpuppt hatte – erstaunlich, dass diese Rechtsform überhaupt noch existierte), Notarrechnungen, Umschuldungsweigerung der Commerzbank, Verfall der Grundstückspreise, Handwerkerforderungen, Materialprobleme, Mieterklagen und die Unterhaltszahlungen für Sybille (obwohl Wolfgang mit der nur aus Steuergründen verheiratet gewesen war – man konnte wirklich niemandem mehr trauen). Das ganze verdammte Firmen-Familien-Geflecht wuchs Wolfgang allmählich über den Kopf.

Doch wie immer, wenn er ein Problem hatte, gab

Wolfgang nicht einfach klein bei, sondern besann sich auf seine Stärken: auf seine Kommunikativität zum Beispiel. Er war nicht der Typ, der aus seinem Herzen eine Mördergrube machte – im Gegenteil. Den Frust fraß er nicht in sich hinein, sondern teilte seine Probleme offenherzig mit Freunden und Mitarbeitern. Damit die sich in ihn hineinfühlen konnten. Und mit wem konnte er besser reden als mit Hasan, seinem langjährigen Partner? Der lief nicht davon, wenn man mit ihm sprach – vor allem nicht, wenn er bei Tempo 60 neben einem auf dem Beifahrersitz saß –, und war berühmt für sein sanftmütiges, verständiges Wesen. Einer von diesen Nickelbrillenausländern, die einer exotischen Minderheit angehörten und nur deshalb vom Studium der Sozialpädagogik ins Baugewerbe gewechselt waren, weil der Generalstab der türkischen Armee bei der Extremismusbekämpfung Mitte der Achtzigerjahre aus Versehen den Fachbereich Erziehungswissenschaften in Ankara in Brand gesetzt hatte.

»Weißt du«, begann Wolfgang mit dem Herzausschütten, »ich hab's immer schwer gehabt. Ich musste von klein auf Verantwortung tragen ... Bei meinem Bruder, da war das anders. Der hatte nie so Druck, da hatten sich meine Eltern schon auseinander gelebt ...«

In diesem Moment klingelte das Handy. Wolfgang ging ran – konnte ja was Wichtiges sein. Die Frau, die er neulich in der Cocktail-Lounge kennen gelernt hatte zum Beispiel. Wolfgang hatte ihr seine Karte gegeben. »Ja? ... Aha ...«. War nicht die Frau aus der Cocktail-Lounge. Seltsam. Dabei war das schon über eine Woche her. »In der Kastanienallee 58, sagen Sie?« Er bedeckte den Hörer und wandte sich Hasan zu. »Sag mal, haben wir eine Kastanienallee 58?«

Hasan nickte. »Da haben wir Bäder gemacht. Mit den Weißrussen.«

Wolfgang sprach wieder ins Telefon. »Okay, 58. Und was ist da? … Wasserflecken?! Wasserflecken sind natürlich nicht so schön.«

Hasan zuckte zusammen. Vielleicht hätten sie statt PVC doch besser Kacheln genommen, aber die waren Wolfgang zu teuer gewesen.

»In welchem Stock wohnen Sie denn? … Im zweiten, aha … Haben Sie schon …? Jemanden vorbeischicken? … Aber ja, gut, sicher.«

Es piepte erneut.

»Moment mal, können Sie mal einen Moment dranbleiben? …« Wolfgang beantwortete einen Anruf auf der anderen Leitung. »Sybille!« Nicht die Frau aus der Cocktail-Lounge, nur Sybille. Die Ehefrau mit den Unterhaltszahlungen. »Hallo Sybille. Wie geht's denn? … Ob ich was? … Ob ich das Geld schon überwiesen habe?« Typisch – immer ging es nur um Geld. »Aber klar … Das muss an der Bank liegen … Sicher kann ich das nachprüfen … natürlich … Du Sybille, ich hab gerade ein anderes Gespräch. Können wir …? Klar, ich melde mich dann. Tschüss.« Blöde Kuh. Dabei war das gar keine Ehe gewesen, keine richtige. »… Hallo? Hier bin ich wieder. Wo waren wir gerade? … Ach, ja. Wasserflecken … In welchem Stockwerk sagten Sie? … Im zweiten. Gut … Natürlich kümmern wir uns drum. Aber sicher! Gern geschehen.« Wolfgang legte auf.

»Und was?«, fragte Hasan.

»Was was?«

»Der andere Anruf.«

»Anruf«, wiederholte Wolfgang. »Sybille, eine Ex. Wollte mich mal wiedersehen. Aber kommt man ja nicht zu. Man kommt ja zu nichts.«

»Ich meine der andere?«

»Der andere was?«

»Anruf.«

Sie stoppten an einer Ampel. Wolfgang blickte auf einen neben ihnen stehenden Cabriolet. Eine Pudelbesitzerin. Schrecklicher Pudel. Aber die Besitzerin – gut gebaut, mit dem Pudel gar nicht zu vergleichen. »Keine Ahnung … Wo war ich stehen geblieben?«

»Kastanienallee 58. Die Wasserflecken.«

»Ach ja, mein Bruder«, ignorierte Wolfgang Hasans Hinweis. »Weißt du, der hatte nicht so einen Vater, der ständig die leistungsorientierte Erziehung raushängen ließ … Da waren unsere Eltern schon getrennt, als Mario geboren wurde. Vielleicht sollte ich mal eine Therapie machen. Hilft ja vielen.« Die war wirklich nicht schlecht gebaut, die mit dem Pudel. »Au Mann, wird's nie hier grün?! … Weißt du, Hasan, mein Problem ist, dass ich mich immer für alles verantwortlich fühle … Aber ist das meine Schuld? … Dauert ja ewig. Sag mal, mische ich mich zu sehr ein?«

»Wie?«

»Ich muss mich ja auch einmischen. Macht ja sonst keiner … Boah, endlich … Scheiße, die Ampeln … wenn ich's nicht mache, macht's keiner. Oder findest du, Michaela hat alles im Blick?«

»Michaela?« Hasan zuckte mit den Achseln.

»Äh, Martina … die aus dem Büro … Sag mal, könntest du mir mal meine Vitamine geben?«

»Vitamine?«

»Die Pillen da vorne … Ist Koffein drin … Oder Ephedrin … Macht auf jeden Fall fit. Willst du auch eine?«

Hasan schüttelte den Kopf.

»Na, wer nicht will, der hat schon, haha …« Wolfgang lachte nervös auf. »Hast du zufällig was zu trinken dabei? … Scheiße, nichts zu trinken … Egal. Dann brösel mir das halt in die Hand …«

Hasan zerkrümelte die Tablette, während sie erneut an einer Ampel zum Stehen kamen.

»Siehst du? Fick Ampeln! … Das liegt an der Regierung.« Wolfgang leckte sich die Krümel aus der Handfläche, schluckte sie herunter und atmete tief durch. «Ahhh … Jetzt geht's besser … Viel besser!« Ein paar Punks kamen auf den Wagen zu und begannen auf der Windschutzscheibe herumzuschmieren. Normalerweise konnte Wolfgang es nicht gut leiden, wenn einem Leute am Auto rummachten. Aber in diesem Augenblick war er gut drauf. Es tat gut, sich mal auszusprechen. Und das Ephedrin war auch nicht schlecht. Er drehte die Musik lauter. Freejazz Noise mit einer Spur Metal Trash. »Find ich gut, dass die arbeiten. Besser als drauf zu warten, dass einem jemand hilft. Oder dass das Sozialamt zahlt. Sich selbst was ausdenken … Muss krasse Armut sein, da im Osten.«

»Ja«, bestätigte Hasan und wurde sofort von Wolfgangs nächster Frage unterbrochen.

»Hast du einen Euro? … Für die Putzer … Ich hab'

kein Kleingeld … Kannst du mir mit auf die Rechnung setzen.«

»Einen Euro?« Hasan kramte eine Münze aus seiner Tasche.

»Hier, euer Geld …« Wolfgang lehnte sich ein Stück aus dem Fenster. War doch immer wieder schön, wenn man helfen konnte. »Besonders sauber sind die Scheiben zwar nicht, aber darum geht's ja nicht, was? … Wo seid'n ihr her? … Polski? Russki?«

»Reutlingen«, antwortete einer der Scheibenputzer.

»Reutlingen, Deutschland?«

»Reutlingen, Schwaben.«

Schwaben, alter Schwede. »Da habt ihr aber nicht so viel Armut, was?«

»Nö.«

Glücklicherweise schaltete die Ampel wieder auf Grün. Irritiert gab Wolfgang Gas. Jetzt kamen die Scheibenputzer schon nicht mehr aus dem Ostblock, sondern aus Schwaben. Unfassbar. Auf nichts konnte man sich mehr verlassen. Wolfgang brauchte einen Moment, um sein Gleichgewicht wiederzufinden. So etwas konnte man ja angeblich unter professioneller Anleitung lernen: die Mitte wiederfinden. Kostete aber ein Heidengeld, das Spielchen. Von der Zeit mal ganz abgesehen. »Auf jeden Fall belastet die Verantwortung schon sehr … Immer Druck, immer Leistung … Das macht mich ganz schön kaputt. Verstehst du?«

Hasan nickte.

»Weißt du, was ich machen möchte?«

Hasan schüttelte den Kopf.

»Noch zwei, drei Jahre arbeiten, dann alles verkaufen

und mir ein Stück Land im Süden besorgen. Gemüse züchten, den Körper wieder spüren, die Sonne genießen.«

»Ja, Süden, das ist gut …«

Was Wolfgang an Hasan besonders schätzte, war, dass er immer verstand. Seit acht Jahren arbeiteten die beiden jetzt zusammen. Wolfgang als Kapitalgeber, Hasan als Mann fürs Praktische. Wenn sie ein Haus entdeckten, das eine Sanierung vertragen konnte, kümmerte sich Wolfgang um Kauf und Finanzierung, während Hasan einen Trupp belastbarer Osteuropäer anheuerte, um die Bude auf Vordermann zu bringen. Saubere Arbeitsteilung. So hatten die zwei – *Wir sind nicht Partner, wir sind Freunde* – an die 120 Häuser gekauft, saniert und an westdeutsche Zahnärzte verscheuert. Zahnärzte und Sportorthopäden. Ziemlich einträglich, bis zur dämlichen Immobilienkrise. Aber auch die würde man durchstehen und danach zu neuen Ufern aufbrechen.

»Zwei, drei Jahre, Hasan«, wiederholte Wolfgang, «dann haben wir's geschafft!«

Der Mann fürs Praktische nickte.

»Tomaten züchten!« Wolfgang ballte triumphierend die Faust. »Dann sind wir über den Berg! Und ab in den Süden! … Jetzt ist Durststrecke! Aber keine Durststrecke dauert ewig!« Das Handy klingelte, doch diesmal ging Wolfgang nicht ran. Zumindest nicht sofort. Endlich konnte er mal über seine Visionen reden. Über Zukunft, Utopien. Die guten alten Utopien. »Wegen des Geldes musst du dir keine Gedanken machen … Okay?«

Stummes Nicken.

»Oder habe ich dich schon mal hängen lassen?« Das

Handy klingelte weiter. Machte einen ganz nervös, dieses ewige Geklingele.

»Nein«, gab Hasan zu.

»Siehst du«, das verdammte Telefon hörte gar nicht mehr auf. Vielleicht war es doch was Wichtiges. Was wegen Tomimoto. Oder die Frau aus der Cocktail-Lounge. »Ja?« Es war Martina. Die aus dem Büro. »Alles klar bei euch?« Wolfgang nahm sich vor, an seiner positiven Grundhaltung festzuhalten. Die Mitarbeiter motivieren. Nur so würden sie es schaffen. Stand in jedem Ratgeber: Mitarbeiter reagieren auf gute Stimmungen mit höherem Einsatz, und man selbst fühlt sich auch besser. Viel besser. Jedes Tief lässt sich in ein Hoch verwandeln! Man kann sich hinausmanövrieren! »Natürlich, Martina. Sehr gut ... Und was haben sie gesagt?« Wolfgang lächelte. Lächelte Hasan, das Lenkrad, den Spiegel an. Motivierend. »Wie bitte??« Das war allerdings nicht so zum Lächeln. Und auch nicht motivierend. Unvermittelt begann er zu schreien: »Die sollen mal aufpassen, dass ich sie nicht ... Wie meinst du das? ... Ist mir doch egal, was Kretschmer dazu denkt! ... Was?? ... Ich werde die, das ist doch ...!!« Wolfgang schmiss sein Handy auf den Rücksitz, ging auf die Überholspur und hupte.

Hasan brauchte einen Moment, um den Schreck zu überwinden. »Was ist denn? Ist was passiert?«

»Nichts ist passiert! Du musst dir keine Sorgen machen!«

»Aber ...«

»Wir haben alles unter Kontrolle!«

Dass alles unter Kontrolle war, entsprach nicht ganz der Wahrheit. Nach Sybille, Tomimoto und der Frau aus der Cocktail-Lounge machte jetzt auch noch dieser Idiot von Schabrowski Ärger. Dieser Heidelberger Sportorthopäde mit Tennisspielerlächeln weigerte sich, die Reihenhaussiedlung abzunehmen, die ihm Wolfgang in die Prärie gestellt hatte. Nur weil die Siedlung zehn Zentimeter tiefer lag als geplant. Diese Wessis! Keine Ahnung vom Osten, aber gleich vor Gericht gehen! Das war Sandboden in der Uckermark! Da sackte man schon mal ein paar Zentimeter ab. Und was waren schon zehn Zentimeter? Die Länge eines Fingers, ein Detail, die belangloseste Nebensächlichkeit der Welt, die ihm, Wolfgang, jetzt wieder wochenlang den Schlaf rauben würde. Beziehungsweise den Verstand.

Denn weil Schabrowski nicht zahlte, konnte Wolfgang einige Handwerker nicht bezahlen, und weil Wolfgang nicht zahlte, zahlten diese Handwerker wiederum einem Typen aus Marzahn. Um genauer zu sein: einem Langzeitarbeitslosen im rosafarbenen Bugs-Bunny-Kostüm, der Wolfgang auf Schritt und Tritt verfolgte. Auf Schritt und Tritt! Ob im Kaufhaus, in der Pizzeria oder bei Geschäftsterminen – überall hatte Wolfgang die Hasengestalt an der Hacke. Verglichen mit den osteuropäischen Inkassogeschichten, wo einem bei Zahlungsrückständen schon mal die Verwandtschaft in Autobahnbrücken einbetoniert wurde, war das zwar eine zivilisierte Form der Schuldnerbelästigung, aber trotzdem: eine Sauerei! Zum Aus-der-Haut-Fahren! Schabrowski, dieser Pedant. Zehn Zentimeter. Was waren schon zehn Zentimeter?!

»Wenn Sie sich auf eine Sache konzentrieren würden, liefe es vielleicht besser.«

Wolfgang antwortete dem Mann im Hasenkostüm hinter sich nicht.

»Konzentration aufs Kerngeschäft, Sanierung, Schuldenrückzahlung – das wäre es.«

»Es liefe vor allem besser, wenn du deine Fresse halten würdest.«

»Ich kann doch aber meine Fresse nicht halten. Ich soll Sie ja dazu bringen zu zahlen.«

Auf so eine verpisste Geschäftsidee musste man erst mal kommen: ehemalige Stasi-Offiziere auf freie Bürger ansetzen und damit in der Öffentlichkeit bloßstellen. Dass das erlaubt war, warf kein gutes Licht auf den Rechtsstaat. Aber beim Rechtsstaat lag ja sowieso einiges im Argen. Und was da alles im Argen lag. Allein, wie nah der Typ einem kam.

»Kannst du mal zwei Meter Abstand halten?«

»Sind doch zwei Meter.«

»Das sind keine zwei Meter!«

»Jetzt sind es zwei Meter, sehen Sie? … Wo gehen wir eigentlich hin?«

Wolfgang knirschte mit den Zähnen. Obwohl das so ungesund war. Man ruinierte sich die Kronen.

»Lassen Sie mich raten. Wittenbergplatz?«

Wolfgang knurrte.

»Ich geh doch sowieso mit. Da ist es besser, ich weiß, wo es hingeht. Dann weiß ich Bescheid, falls Ihnen was passiert. Lassen Sie mich raten. KaDeWe? Gehen wir zum KaDeWe?«

»Blödsinn!« Alles, was Recht war. War Wolfgang

Krösus? Schmiss er das Geld sinnlos zum Fenster raus? »Was soll ich im KaDeWe?! Ich gehe nie ins KaDeWe. Ich kaufe bei Aldi.«

»Aldi?« Der Hasentyp machte ein erstauntes Gesicht.

»Das mit den Marken ist Betrug.« Was sich die Leute immer vorstellten. Die dachten, nur weil man 50 Firmen kontrollierte, wäre man eine Art Rockefeller. »Sehe ich vielleicht aus wie ein Millionär?«

Der Hasentyp musterte Wolfgang. »Nein«, erwiderte er aufrichtig und hielt dann für ein paar Meter den Mund. Aber eben leider nur für ein paar Meter. »Ich hab's. Wir gehen zur Bank! Am Wittenbergplatz gibt's ja viele Banken. Deutsche oder Citibank? Hey, aber denken Sie an uns, wenn Sie wieder flüssig sind, ja? Ich meine, nicht, dass ich ungern mit Ihnen plaudere, aber das können wir ja dann vielleicht nach Feierabend ...«

»Wir plaudern nicht!«, fuhr Wolfgang dem Hasentypen über den Mund. »Und wenn du an der Ecke vor der Bank immer noch neben mir herwatschelst, gibt's Ärger.«

»Nein, nein«, der Hasentyp winkte ab, »da brauchen Sie sich keine Sorgen zu machen. Ich weiß ja, dass es auch für uns besser ist, wenn Sie in der Bank nicht schlecht dastehen. Mit dem Kredit könnten Sie schließlich ein paar Schulden bezahlen. So gesehen gibt es also wirklich keinen Grund sich zu fürchten. «

»Ich fürchte mich nicht!«

»Das ist sehr gut. Wissen Sie, locker bleiben ist das Wichtigste in wirtschaftlich schwierigen Situationen.«

Wolfgang fragte sich, warum der Typ nicht schlappmachte in seinem mistigen Kostüm. Da musste man doch drin ersticken.

»Um was geht's eigentlich? Umschuldung? Kreditverlängerung? Ratenaussetzung?«

Es waren 26 Grad. Im Hasenplüsch mindestens 35. Und dann die schlechte Luft. Warum wurde der nicht müde?

»Ich meine, vielleicht könnte ich Ihnen Tipps geben.«

»Was solltest du mir für Tipps geben können? Wenn du mir Tipps geben könntest, würdest du Baufirmen leiten, und ich würde als Bugs Bunny herumlaufen.«

»Na ja, man sieht so einiges«, antwortete Bugs Bunny souverän. »Man lernt eine ganze Menge, wenn man ständig Leute begleitet. Da könnte ich Ihnen Geschichten erzählen ... Bankrotteursgeschichten ...«

»Will ich nicht hören.«

Bankrotteursgeschichten. Wer interessierte sich für Bankrotteursgeschichten?

Der Hasentyp nickte. »Ist auch besser so. Sind ziemlich deprimierend.«

»Deprimierend!« Wolfgang schrie hysterisch auf.

»So, da ist das gute Stück ja auch schon.« Der Hasentyp blieb stehen. »Ich warte hier am Kiosk auf Sie und trinke einen Kaffee ... Nicht, dass Ihre Kreditwürdigkeit noch weiter den Bach runtergeht ...«

Der Typ war fast so schlimm wie Heidelberger Sportorthopäden.

»Meine Kreditwürdigkeit geht keinen Bach runter ...«

»Und toitoitoi. Ich drücke die Daumen. ... Geht's denn um viel?«

»Um ungefähr ...«, setzte Wolfgang an. Warum ging

er eigentlich immer wieder auf diese Nervensäge ein?
»Das geht dich überhaupt nichts an!«

»War ja nur eine Frage. Sie können mich dann wieder abholen, wenn Sie fertig sind.«

Weil Wolfgang von Umschuldungsprojekten in Anspruch genommen war, konnte er seine Mutter nicht vom Bahnhof abholen, die zur Ausstellungseröffnung eines auf das Zersägen von Barbiepuppen spezialisierten Pop-Art-Chinesen zum zweiten Mal innerhalb von nur vier Wochen aus Solingen-Ohligs angereist kam. Es blieb also an Mario hängen, sich zur kleinfamiliären Begrüßungszeremonie einzufinden und Koffer gegen Blumenstrauß zu tauschen. Normalerweise wäre die weitere Abfolge U-Bahnfahrt, Kaffeetrinken (auf Mamas Einladung) und Unterbringung der ehemaligen Erziehungsberechtigten bei einem Cousin zweiten Grades mit Gästezimmer gewesen. Aber Mario hatte sich etwas Besonderes vorgenommen: Er wollte seiner Mutter die Veränderungen in seinem Leben vor Augen führen. Von wegen Mario-fehlt-es-an-einer-geregelten-Existenz. Er würde das Taxi zu Meleks Geschäft spendieren, Mama die Einzelhandelsgeliebte vorstellen und einen auf traute Zweierbeziehung machen.

»Hier lang.«

»Ich hab nicht genug Bares für ein Taxi ...«

»Mach dir darum mal keine Gedanken.«

»Hat dir Wolfgang ...?«

»Wolfgang? Wieso Wolfgang?!«

Wenige Minuten später hielten sie vor Meleks Laden.

»Brittas Geschenkeshop? Wieso Britta? Ich dachte, sie heißt Malke.«

»Melek, Mama. Melek.«

»Interessant.« Marios Mutter stieg aus dem Taxi und begutachtete das Schaufenster. »Diese Mischung aus Trash und Bodenständigkeit, das gefällt mir. Das hat etwas ...«

»Mama ...!«

Im Prinzip wusste es Mario natürlich. Der Mutter die Freundin vorstellen – eine Schnapsidee. Allein psychomäßig. Der ganze Ödipus kam einem hoch.

»Hallo!« Melek trat mit einem freundlichen Lächeln auf Marios Mutter zu. Das heißt, mit Privatfernsehgrinsen. Hatte Mario völlig verdrängt, dass Melek so blöde grinsen konnte. »Schön, Sie kennen zu lernen. Ich heiße Melek. Das bedeutet auf Türkisch ›Engel‹ ... Ich bin aber aus Bosnien.«

»Ich dachte aus Serbien ...«, warf Mario ein.

»Das ist Bosnien! Wir Muslime leiden unter einer Okkupation.«

»Aber ...«, setzte er erneut an

»Das weiß ich wohl selbst am besten.«

Was hatte die denn? Die war doch sonst nicht so.

»Willst du Tee? Ich habe gerade welchen gemacht. Nicht so Spülwasser.«

»Gern.«

Während Melek in Richtung Küche ging, ließ Marios Mutter den Blick schweifen. »Du hast ja eine Menge interessanter Sachen hier ...«

»Ach, der Laden, ja. Der Laden ist Mist. Eigentlich würde ich gern ...«

»Sie will ein Kino aufmachen«, fiel ihr Mario ins Wort. »Das ist doch eine gute Idee, da könnte man ...«

»Ein Kino?«, fragte Mama.

»Ja ... Oder einen Edeka«, erklärte Melek, als sie mit dem Tee zurückkam.

»Einen Edeka?«

»Ja«, Mario lachte auf. »Ich habe ihr auch gesagt, dass ein Edeka ...«

»Ein Edeka ist sehr gut«, unterbrach ihn seine Mutter. «Da hat man immer frische Lebensmittel im Haus. Außerdem vergeben die Lizenzen. Das ist gar nicht so eine richtige Kette.«

Mario blickte Mama sprachlos an. Irgendwie hatten sie sich in den letzten Jahren auseinander gelebt.

»Ja, genau. Und bei den Lebensmitteln weiß man auch, was drin ist.« Melek steckte sich eine Zigarette an.

»Du rauchst?« Stimmt, Mama hatte es nicht gern, wenn man in ihrer Anwesenheit rauchte.

»Na ja«, Melek zuckte mit den Achseln. »Sterben muss man sowieso.«

Mama nickte.

Mama nickte?

»Ich könnte jetzt auch eine gebrauchen. Gibst du mir eine?«

Die beiden rauchten zusammen! Wie lange hatte Mama keine Zigarette mehr im Mund gehabt. Mindestens seit dem SDS nicht. Und damals hatte man rauchen müssen! Schon allein wegen des Existenzialismus.

»Ich hatte mir das auch mal überlegt ... So ein Lebensmittelladen. Allerdings eher Tante Emma. Um den Discountern etwas entgegenzusetzen.«

»Ach ja?«

»Ja. Aber meine Lebensgefährtin war dagegen. Vegetarierin. Und der Laden sollte nicht vegetarisch sein. Wir wollten das nicht für Aussteiger machen, sondern für die Massen. Die proletarischen Massen, verstehst du?«

»Ist ja pervers.« Melek verzog angewidert das Gesicht.

Einen Moment lang herrschte frostiges Schwiegen. Jetzt hatte Mario den Salat. Eine lesbische Mutter beziehungsweise eine Mutter, die geglaubt hatte, ihre lesbische Seite ausleben zu müssen – war doch klar, dass Melek da durchdrehen musste. Immerhin kam die vom Balkan. Das war doch das 17. Jahrhundert da unten.

»Hey, sollen wir nicht …?«, versuchte Mario das Thema zu wechseln.

»Was?«, fragte Marios Mutter scharf.

»Was, was?«, erwiderte Melek.

»Was ist ›pervers‹?«, hakte Marios Mutter nach. Das war sehr verständnisvoll formuliert. In Sachen Zwangsheterosexualität war Mama eigentlich immer sehr streng gewesen. Nicht wegen ihr selbst. Das mit der Lebensgefährtin war schließlich 25 Jahre her und hatte nur ein paar Monate gedauert. Es ging ums Prinzip.

»Na, vegetarisch …«, antwortete Melek. »Vegetarisch ist pervers. Wenn die Menschen sich nur von Pflanzen ernähren sollten, hätten sie Hörner. Unsere Familie hat immer selbst geschlachtet. Auf dem Hof meiner Großmutter in Pridvice …« Melek seufzte.

Das Gesicht von Marios Mutter hellte sich auf. »Deine Familie kommt aus Pridvice? Da waren wir immer auf der marxistischen Sommerakademie. Das waren zwar Revisionisten bei euch, aber für die Kinder war es sehr schön. Erinnerst du dich, Mario?«

Revisionisten? Mario erinnerte sich an gar nichts.

Es erwartete aber auch niemand ernsthaft, dass er etwas zum Gespräch beisteuerte. »Er war da noch klein. Wir haben den jugoslawischen Marxismus diskutiert. Es war nicht alles optimal damals. Aber schlecht ging's den Leuten nicht. Das ist alles eine große Tragödie.«

»Ja.« Melek drückte ihre Zigarette aus. »Wollen Sie noch einen Tee?«

»Gerne.«

»Oder lieber einen Schnaps?«

»Schnaps ist auch gut.«

»Mario, holst du mal?«

»Ich dachte ...«, hob Mario an.

»Ich kann ihn auch selbst holen.«

Resigniert stand er auf.

»Und wie ist der Junge zu dir? Ist er anständig? Woher kennt ihr euch eigentlich?«

Mario, der am Kühlschrank angekommen war, ließ vor Schreck fast die Flasche fallen. Mama war zwar liberal, aber das mit dem Ladendiebstahl brauchte sie nicht zu wissen. Vor allem nicht nach ihrer abfälligen Bemerkung über seine Einkommensverhältnisse neulich. »Wir haben uns ...«, brüllte er aus der Küche.

»... auf der Straße kennen gelernt«, vollendete Melek den Satz. »Ich habe ihn angesprochen.«

»Ach ja?« Marios Mutter lächelte.

»Es hat sofort gefunkt«, fuhr Melek fort.

Gefunkt? Sie hatte ihn zeternd 200 Meter verfolgt.

Mario stellte hektisch die Gläser aufs Tablett und kehrte aus der Küche zurück. »Mama, habe ich dir schon erzählt, dass ich gestern mit Wolfgang telefoniert habe und er ...?«

»Wir haben über verschiedene Lebenskonzepte diskutiert«, erzählte Melek. »Ich finde ja, dass man sich nicht ewig durchs Leben schummeln kann.«

»Stimmt.« Mama kippte den Schnaps in einem Zug weg.

»Vor allem wenn man mal Kinder hat.«

Kinder?

»Familie ist für mich das Wichtigste.« Das war ja jetzt schon fast zusammenhanglos. »Wer keine Kinder hat, ist ein verlorenes Vieh.«

»Ja«, Mama nickte betreten, »im Alter ist man manchmal sehr einsam ... Obwohl Kinder heutzutage auch keine Garantie mehr dafür sind, dass man später nicht im Heim landet.«

Melek gab sich entschlossen. »Meine Eltern kommen nicht ins Heim.«

»Wo sind denn deine Eltern? Pridvice?«

»Belgrad. Vielleicht möchte ich deswegen so gern Kinder. Weil unsere Familie immer getrennt war.«

Mario hatte allmählich die Schnauze voll. Das mit dem Job, der Taxifahrt, der Beziehung – die taten, als wären das alles nur Belanglosigkeiten. Die wollten immer noch mehr von ihm. Aber mit Kleinfamilienglück brauchten die ihm gar nicht erst zu kommen. Er würde sich nicht unter Druck setzen lassen. Kinder, das waren putzige, kleine Gestalten, die drollige Bildchen malten, an den unpassendsten Stellen ihre Essensreste hinterließen und die Inneneinrichtung zertrümmerten, wann immer sich eine Gelegenheit dazu bot. Liebenswerte, sympathische Geschöpfe – wenn sie nicht gerade bei einem zu Hause wohnten. Da waren ja Rumänen erträglicher.

Nein, von ihm würde es keinen Nachwuchs geben. Da konnte Melek noch so sehr auf die Tränendrüse drücken.

»Was hältst du davon, wenn wir Mama mal dein Geschäft zeigen?«, schlug Mario vor.

»Geschäft?«, fragte Melek.

»Sie hat wirklich abgefahrene Sachen.« Mario lächelte seine Mutter an. »Zum Beispiel diese Importwecker mit Muezzin-Schrei. Echt lustig.«

»Jetzt lass uns doch mal reden«, sagte Mama ungehalten. »Du bist wirklich ein unsensibler Klotz.«

Unsensibel? Klotz? Wer war hier unsensibel und ein Klotz?

»Okay, okay. Wollt ihr noch was trinken? Wir könnten nach Ladenschluss noch ein bisschen spazieren gehen, was meint ihr?«

Melek steckte sich die nächste Zigarette an und schwieg. Komisch, dass Mama Rauchen nicht mehr eklig fand. Wolfgang hatte Recht. Mit der Kommunikation stand es in ihrer Familie wirklich nicht zum Besten.

»Ich meine, nicht dass ich *jetzt* Kinder wollte«, nahm Melek den Gesprächsfaden wieder auf. »Mario ist kein Familientyp. Klar, er ist ein netter Junge. Aber nichts für eine Familie. Undenkbar!« Sie lachte.

Undenkbar? Mario war empört. Was sollte das jetzt? Zu allem Überfluss stimmte Mama auch noch in das unverschämte Lachen mit ein. »Klar.«

»Das mit den Kindern«, redete Melek weiter. »Das kann ja auch noch vier, fünf Jahre warten.«

»Vier, fünf Jahre gehen schnell vorbei«, sagte Marios Mutter.

Mario verzog beleidigt das Gesicht. »Woraus schließt ihr das eigentlich?«

»Was?«, erkundigte sich Melek.

»Dass ich kein Familientyp bin?«

»Du ein Familientyp?«

Auf dem Heimweg kochte er vor Wut. Erst belästigte man ihn wochenlang mit Vorträgen über innere Reife und Erwachsenwerden, aber kaum hatte er die eingeforderten Veränderungen eingeleitet, sprach man ihm ab, sich überhaupt verändern zu *können*. Woher nahm sich Melek das Recht, darüber zu entscheiden, ob *er* sich fortpflanzen durfte? Worauf wollte die hinaus? Zwangssterilisierung für Arbeitsscheue? Euthanasie? Gesundheit des Volkskörpers? Warum sollte Melek allein entscheiden dürfen, was für eine Beziehung sie führten? Was für eine Liebe war das überhaupt, wenn man nicht mal eine Familie zusammen gründen durfte? Mal theoretisch gesprochen. Ganz abgesehen von der Demütigung! Sie hatten sich unterhalten, als wäre er nicht da. Das letzte Mal hatte ihn Mama während der Zeit im Keramikkollektiv »Schwester Erde Emsland-West« so behandelt. Und damals war Mario acht gewesen!

Ohne auf die niedergetretenen Blumenbeete, die alten Waschmaschinen und Zonen-Gabis, die in lebensbejahenden Leuchtfarben-Tops Richtung Bushaltestelle flanierten, zu achten, stieg Mario in der Adalbertstraße vom Fahrrad.

Im Treppenhaus traf er auf Wassilij, der gerade dabei war, eine Spüle in die Flüchtlingswohnung zu tragen. »Kannst du mir mal helfen?«

Mario stapfte wortlos an seinem Mitbewohner vorbei. Er hatte die Schnauze gestrichen voll. Die waren alle plemplem! Nicht nur Wolfgang, Mama und Melek, sondern auch die WG. Aber das Schlimmste bemerkte Mario erst, als er schnaufend die WG-Küche betrat. Neben dem Kühlschrank stand ein Kind. Ein Kind! Bei ihnen zu Hause!

Und es war nicht Tomimoto. Es war jünger als Tomimoto.

»Papa!«

Irgendwo hatte er dieses Dings schon einmal gesehen, verdammt.

»Bist du mein Papa?«

Mario schob sich an dem Halbwüchsigen vorbei und traf auf Piet. Der Mitbewohner sah verändert aus – machte weder Bauchmuskelübungen, noch trug er einen seiner hautengen Gymnasiastenpullis. Er hatte sich eine Küchenschürze umgebunden und schnitt Bananen klein.

»Was iss'n hier los?«

Piet antwortete nicht.

»Woher kommt dieses Kind?«

Piet beförderte die Bananenstücke in den Standmixer.

»Und was machst du da überhaupt?« Eine rhetorische Frage. Man sah auf den ersten Blick, was er machte: mit einer blöden Küchenschürze vor dem Bauch herumstehen und Bananen zerquirlen.

Endlich stellte Piet das Gerät aus.

»Oh! Hi! Hab dich gar nicht gehört.«

»Was soll das?«

»Ich mach' Bananenmilch. Für Jean-Paul Amador.«

Jean-Paul Amador. Schon wieder so ein Name wie aus der Medienagentur. Eine bemitleidenswerte Generation. »Und wer ist das?«

»Der Kleine von Christine.«

»Hä?«

»Die Frau, bei der Didi heute den Balkon repariert.«

Die Tankerflottenhavaristin! Richtig. Daher kannte Mario das Gesicht.

»Und was macht dieses ... Kind hier?«

»Christine hatte heute so viel zu tun, und da habe ich ihr angeboten ...«

»Aus Frauensolidarität ...«

»Frauensolidarität? Nein, wir sind zusammen. Haben dir die anderen das nicht erzählt?«

Mario machte ein entsetztes Gesicht. Eine Welt brach für ihn zusammen. »Ihr seid was? Aber Piet, du bist doch schwul!«

»Ich bin bi. Alle Menschen sind bi.«

Mario konnte es nicht fassen. Dieser narzisstische Nymphoman wollte plötzlich den Familienvater spielen. Mit einer Bankrotteurin! Bei der Mario abkassieren musste! »Außerdem schuldet sie uns Geld!«

»Sie schuldet Patzky Geld.«

»Das ist dasselbe!«, sagte Mario.

»Ist es nicht.«

»Es ist unser Betrieb.«

Piet machte eine spöttische Miene. Okay, er hatte in den letzten Jahren die meiste Zeit in der Disco verbracht. Aber völlig behämmert war er deshalb noch lange nicht.

»Das ist das Geld, das uns fehlen wird.« Mario ging an den Kühlschrank, um sich einen Saft einzuschenken. Die

Unterhaltung ging ihm auf die Nerven. Sie hatten mit dem Geldeintreiben angefangen, um es zu Hause ruhiger zu haben. Und jetzt das: Kinder. Die waren viel lauter als kochende Rumänen.

»Spielst du mit mir?« Jean-Paul Amador zerrte an Marios Hose herum.

Piet lächelte. »Ist er nicht niedlich?«

»Was soll daran niedlich sein?« Mario machte einen Schritt zur Seite, doch das Blag ließ sich nicht abschütteln. Schreiend stürzte er auf Mario zu.

»Ich bin das Flugzeug, und du bist New York ... Iaah-Wumm!«

»Das ist überhaupt nicht niedlich. Das ist protofaschistisch. So was findet man nur bei den eigenen Kindern niedlich. Weil man dann einen Hormonschaden hat.«

»Ja«, seufzte Piet, »eigene Kinder sind natürlich das Schönste.«

»Sag mal, bist du total durchgetillert?«

Doch Piet kam nicht dazu zu antworten. Während sich Jean-Paul Amador immer wieder gegen Marios Kniekehlen warf, betrat Didi die Küche. Er trug einen großen, durchsichtigen Stuhl vor sich her, eine Art Plexiglas-Thron – offensichtlich das Ergebnis neuer Handwerkskünste. Und hinter ihm folgte ein Trupp Kaffeehaustypen, sieben Männer mit dunkler Rotzbremse. Was sollte die Scheiße jetzt schon wieder?

»Entschuldigung.« Einer der Schnurrbartheinis trat vor.

»Si-si-sie ...« So stark hatte Didi schon lange nicht mehr gestottert. »... sa-sagen ... sie sind Alewiten ...«

»Alewiten?«

»Lo-locker-Muslims … T-tragen keine Kopftücher und … gehen nicht in die M-moschee.«

»Wir haben gehört, ihr seid gut für Geldeintreiben«, ergriff einer der Männer das Wort.

»Als«, korrigierte ein Zweiter.

»Ihr seid gut als Geldeintreiben?«

»Als Geldeintrei*ber*«, ergänzte der Zweite. »Oder ›ihr seid gute Geldeintreiber‹.«

»Wir haben gehört, ihr seid gute Geldeintreiber«, wiederholte der Erste.

»Korrekt«, stellte der zweite Mann fest.

Mario atmete auf. Keine Schlägertruppe, sondern eine Deutschklasse. »Und woher wollt ihr das wissen?«

»Ganea. Rumänisch Freund.«

»*Ein* rumänischer Freund«, korrigierte ihn der Deutschlehreralewit.

Mario nickte. Da hätte er allein drauf kommen können.

Jean-Paul Amador nutzte das kurze Schweigen, um die Aufmerksamkeit wieder auf sich zu lenken. Die Kulleraugen auf die Unbekannten gerichtet, flog er an Mario vorbei auf die Alewiten zu.

»Spielen wir Bin Laden? Ich bin das Flugzeug, und ihr …«

Der Deutschlehreralewit machte ein empörtes Gesicht. »Das darfst du nie sagen! Bin Laden ist ein Massenmörder! Ein Terrorist und Menschenfeind!«

Seltsam. Mit den Muslims war auch nichts mehr los. Alle, die Mario kennen lernte, hatten einen Rechtsfimmel.

»Na, so kannst du nicht sagen«, antwortete der andere.

Na gut, fast alle.

»Das im World Trade Center, das waren Zivilisten! Außerdem hat der für die Amerikaner gearbeitet – jahrelang!«

»Und im Pentagon? Waren auch Zivilisten, was?«

»Niye bunu diyorsun?«, mischte sich ein anderer ein, aber Mario unterbrach die Diskussion. Das war ja schon fast wie mit Wassilij und seinen Kumpels. »Entschuldigung, aber weswegen seid ihr jetzt eigentlich da?«

»Wir gehört, dass ihr gut Geld eintreibt«, begann der Wortführeralewit von neuem.

»… *haben* gehört …«

»Ja, so weit waren wir schon«, antwortete Mario.

»Also wir zwanzig. Wir arbeiten Bau.«

»Na, großartig«, warf Piet aus dem Hintergrund ein.

»Jetzt nur sieben. Chef schuldet 3000, jede.«

Das waren jetzt auch haufenweise Fehler gewesen, aber der Deutschlehrerkollege ließ sie durchgehen. Sehr nachsichtig.

»Pro Mann«, warf der Nebenmann ein.

»Macht 60.000. Aber er nicht zahlen. Und da haben uns Rumänen …«

»Hi.« Wassilij betrat mit einigen Ikea-Lampenschirmen unter dem Arm die Küche. Erinnerten irgendwie an Müllsäcke. Sehr unansehnlich. Als er die Alewiten entdeckte, machte er eine sorgenvolle Miene. »Kommt ihr wegen der Wohnung? Die ist leider schon vergeben. Aber bis dahin könnt ihr auch erst mal bei uns …«

»Sie kommen nicht wegen der Wohnung!«, unterbrach ihn Mario. »Sie sind Bauarbeiter …«

»Oh«, Wassilijs Gesicht hellte sich auf. »Bauarbeiter kennen wir eine ganze Menge. Zum Beispiel …«

»Deswegen sind sie ja hier.«

»Wenn wir zum Chef gehen«, sagte der Deutschlehreralewit, »holt er die Polizisten.«

»Die Polizei«, sagte Wassilij.

»›Die Polizisten‹ ist falsch?« Der Deutschlehrer machte ein schockiertes Gesicht.

»›Die Polizisten‹«, erklärte Wassilij, »ist grammatikalisch richtig, aber man sagt es nicht.«

»Nein?!« Kaum zu glauben. Vier Jahre Goethe-Institut Adana, und jetzt das.

»Nein, leider.«

»Weil sind wir illegal«, schob der Wortführer hinterher. »Und deswegen wir denken, vielleicht könntet ihr ...«

»Nee, keinen Bock.« Piet, der gerührt verfolgte, wie Jean-Paul Amador auf seinem Schoß die Bananenmilch trank, schaltete sich ein. »Vom Geldeintreiben haben wir die Schnauze voll!«

»Wir zahlen natürlich!«, sagte der Deutschlehrer, der immer noch ziemlich irritiert aussah.

»Na ja, aber das ist gefährlich«, erwiderte Mario.

»Ihr bekommt 20 Prozent!«

»20 Prozent?« 20 Prozent, das war weniger als bei Patzky. Andererseits handelte es sich um einen großen Auftrag. Das war in Sachen Edeka ein ziemlicher Schritt vorwärts. »Das macht ...«

»Sag mal, spinnst du?« Wassilij wedelte mit seinen Lampenschirmen herum. »Das sind Illegale, du kannst doch nicht bei Illegalen ...«

»12.000 Euro!« Mario pfiff durch die Zähne.

»Auf keinen Fall!«, brüllte Piet durch die Küche. So

laut, dass Jean-Paul Amador vor Schreck die Bananenmilch ausspuckte. Das Zeug landete auf Didis Köter, der, aus seinem Dämmerzustand gerissen, zu bellen begann. Wie ein richtiger Hund und nicht wie eine phlegmatische Hirschkuh.

»Ich will endlich meine Ruhe! Ich will ein Privatleben! Ich will nicht immer in Clubs gehen!«

»B-brav ... U-uschi ...«, versuchte Didi seinen Hund zu beruhigen.

»Ihr könnt Geld behalten«, redete der Wortführeralewit gegen das Bellen an.

»Nein!« Piet warf den Kopf theatralisch in den Nacken.

»U-uschi!«

»Aha«, sagte Mario, »du willst nicht mehr Geld eintreiben? Warum haben wir denn das letzte Geld nicht bekommen? Hä? Doch wohl wegen dir und deiner blöden Bisexualität!«

Die Alewiten blickten betreten zu Boden. Einen Streit hatten sie nicht auslösen wollen.

»Nur diese Mal«, versuchte es ihr Wortführer unterwürfig. »Bitte.«

»Gut«, Wassilij lächelte versöhnlich, »aber wir wollen kein Geld.«

Doch niemand achtete auf ihn. Die Aufmerksamkeit konzentrierte sich auf Piet. Und auf Mario.

»Seit wann machst du eigentlich einen auf Familie? Was für ein bescheuerter Tick ist das jetzt wieder? Du bist schwul! Du stehst auf Männer, nicht auf Tankerhavaristinnen mit dreijährigen Kindern!«

»M-mario ....«, hob Didi an.

»Er was?«, fragte einer der Alewiten irritiert seinen Kollegen. »Schwull?«

»Wenn man Männer liebt.«

»Jean-Paul Amador ist nicht drei«, meldete sich das Blag zu Wort. »Ich bin vier.«

»Schwul?«, brüllte Piet. »Erstens bin ich – zum hundertsten Mal – bisexuell, zweitens ist nicht der Bisexuelle pervers, sondern die Gesellschaft, die … «

»Ach, halt's Maul!«

»Biseksüel?«, fragte einer der Alewiten.

»Wir treiben dieses Geld ein!« Mario schrie so laut, dass selbst U-uschi erschrocken verstummte.

»Bravo!«, rief der Alewit aus.

»Weil sie das Geld brauchen!«, sagte Mario mit verklärtem Blick und zeigte auf die Bauarbeiter. »Und weil wir es brauchen! Nicht für uns, nein! Für unsere Freunde, Verwandten, Nachbarn.« Und Lebensgefährtinnen, dachte er im Stillen. »Die davon träumen, ein anderes Leben zu führen. Ein besseres Leben!« Edeka.

Mario mochte ein Parkwiesenrumhänger sein, aber eins musste man ihm lassen: Er hatte Charisma. Die Gäste klatschten.

»Und wenn ihr nicht mit mir gehen wollt, dann werde ich diese Mission eben alleine …«

»N-nein«, sagte Didi. »Ich k-komm mit.«

Und wirklich brach die WG am nächsten Morgen auf, um ausstehende Bauarbeiterlöhne einzutreiben. Dass Mario das Haus schlecht gelaunt verließ, hatte weniger damit zu tun, dass Piet, dem es mit der Familiengründung offensichtlich ernst war, mit Jean-Paul Amador daheim geblieben war, als vielmehr mit Melek und Mama. Wegen des idiotischen Gesprächs mit den beiden hatte Mario die ganze Nacht über kein Auge zugedrückt. Nicht so der Familientyp! Jeder Vollidiot hatte das drauf: Sozialhilfe beantragen, einen gebrauchten Kombi mit umklappbarer Rückbank besorgen und im Wohnzimmer strapazierfähige, dunkelblaue Auslegeware verkleben. Nur Verlierer hielten so etwas für eine Lebensaufgabe. Wenn Melek ausgerechnet das für den höchsten Ausdruck von Männlichkeit hielt, bitte. Dann würde Mario eben die entsprechenden Qualitäten unter Beweis stellen. Nicht nur die eine oder andere Taxifahrt spendieren und Melek ein wenig unter die Arme greifen, nein! Den ganzen verdammten Edeka würde er ihr hinstellen. Schlüsselfertig und mit allem, was dazugehörte: Käsetheke, Kotzwurstschneider, Getränkecenter. Die würde sich noch umschauen, diese undankbare Ziege.

»Wo sind wir?« Am S-Bahnhof Karlshorst angekommen, faltete Wassilij den Stadtplan auf und versuchte sich zu orientieren. »Thälmannstraße, Thälmannstraße ...«

»H-hier gibt's .... k-keine Thälmannstraße ...«

»Wieso nicht?«

»Von wann iss'n der Plan?«, fragte Mario.

»1988«, las Wassilij aus dem Impressum vor. »Verdammt, die haben alles umbenannt! Scheiß Antikommunisten!«

»Mann, bist du blöd.«

»Wieso bin ich blöd? Du hättest auch mal dran denken können, einen neuen Plan zu kaufen.«

»F-fühlt ihr euch auch so ... a-allein?«

»Allein?«

»Z-zu dritt ist irgendwie … a-allein.«

»Quatsch!«, bügelte Mario den Einwand ab. »Wir sind auch ohne Piet ein super Team.« Außerdem war so der Anteil höher.

Wassilij blickte vom Stadtplan auf. »Mario, wo sind wir'n hier? Du musst das doch kennen.«

»Wieso ich?«

»Du wohnst am längsten hier.«

»Ich wohne in Westberlin. Das hier ist Ostdeutschland.«

»Westberlin, Ostberlin! Das gibt's seit bald 15 Jahren nicht mehr.«

»Und was ist mit der Mauer in den Köpfen?«

»Ich g-glaub es ist … h-hier lang …« Didi zeigte eine Seitenstraße hinunter. Weil er sich in praktischen Dingen in der Regel ziemlich gut auskannte, folgten ihm die anderen beiden widerspruchslos.

Stumm gingen sie eine Weile nebeneinander her.

»Meine Güte, ist das hier ostig!«

»Was hast du gegen den Osten?«, fragte Wassilij. »Natürlich mal abgesehen davon, dass die damals für die Wiedervereinigung gestimmt haben. Und das mit Hoyerswerda. Aber sonst sind die gar nicht so schlecht … Es gibt eine Umfrage, wonach im Osten vier Mal so viele Menschen dem sozialistischen Gedankengut nahe stehen wie …«

»Hi-hier!« Didi zeigte auf eine Baustelleneinfahrt.

Mario überprüfte die Adresse. Stimmte mit den Angaben auf seinem Zettel überein.

»Hallo? Hallo?«, rief Wassilij leise in Richtung Neubau. »Wie heißt der Typ noch?«

»Kavcioglu«, las Mario vor.

»Das ist ja ein Ausländer!«

»Na und?«

»Ich treib doch nicht bei Ausländern ein! Ich bin doch nicht die Wehrmacht!«

»Was hat das mit der … W-wehrmacht …?«

»Die sollen das unter sich ausmachen.«

»Aha!« Mario blickte Wassilij streng an. Da hatte er seinen Mitbewohner tatsächlich in flagranti erwischt. »Wer einen türkischen Nachnamen hat, ist automatisch Ausländer. Deutsch hingegen ist man nur, wenn man seit mindestens drei Generationen …«

»Nein, natürlich nicht!«, widersprach Wassilij nervös. Da war er aber auch ins Fettnäpfchen getreten! »Wenn er einen deutschen Pass hat, ist er natürlich Deutscher und nicht Ausländer. Aber ich dachte, dass er vielleicht …«

»Kavcioglu!«, rief Mario selbstbewusst. Falsch ausgesprochen, aber selbstbewusst. »Hallo, Kavcioglu!«

»Hör auf!«

Doch in diesem Augenblick steckte der Gerufene schon den Kopf aus einem Rohbaufenster. Sah nicht sehr gefährlich aus, der Gerufene.

»Herr Kavcioglu«, krakeelte Mario über die Baustelle, »haben Sie einen deutschen Pass?«

»Entschuldigung?«, antwortete der Gerufene.

»Bist du wahnsinnig?« Wassilij raufte sich die Haare. »Der muss doch glauben, wir sind von der Ausländerpolizei.«

»Blödsinn. Sehen wir aus wie die Ausländerpolizei?«

Gute Frage! Wo heutzutage Polizisten wie Drogendealer und U-Bahnkontrolleure wie Sozialhilfeempfänger aussahen.

»Könnten wir Sie mal sprechen?«

»Aber sicher.« Die WG schlappte an Zementmischern vorbei Richtung Rohbau. Bauleiter Kavcioglu kam ihnen auf der Treppe entgegen.

Wassilij trat vor. »Guten Tag«, sagte er, um einen höflichen Ton bemüht, »mein Name ist Wassilij Hausleitner. Nicht, dass wir was gegen Sie hätten, aber wir sind von einigen Kollegen, einigen alewitischen Mitarbeitern, Sie wissen schon, gebeten worden, weil sie, das heißt die Alewiten, nicht Sie, ihren Lohn schon so lange nicht bekommen haben und doch auch illegal sind und ziemliche Probleme mit ihren Rechnungen haben, ob wir, das heißt Sie, nicht vielleicht wegen einiger ausstehender Zahlungen aktiv werden könnten, um diese zu begleichen. Ich meine, wenn es Ihnen nichts ausmacht.«

»Hä?« Bauleiter Kavcioglu verstand gar nichts.

»Wenn Sie Leute für sich arbeiten lassen«, erklärte Mario gereizt, »müssen Sie die auch bezahlen.«

Das war bestechend einfach ausgedrückt. Irgendwie gewerkschaftsmäßig. Konnte selbst Wassilij nichts gegen einwenden.

»Ja, ich weiß.« Der freundliche Bauleiter nickte einsichtig. Komischer Typ. »Ist mir klar, diese Sache. Das Problem ist nur, dass ich nicht der Auftraggeber bin, sondern …«

»Ja, ja«, Wassilij lachte auf, »Outsourcing, o Gott, o Gott! Im Baugewerbe ist das ja auch immer so eine Sache, und wir wollten Sie deswegen nur erinnern, damit Sie vielleicht …«

»Nein!«, platzte Mario dazwischen. Eine Pleite wie bei der Havaristin würde er nicht noch einmal mitmachen. »Nicht nur erinnern!«

»Aber Mario«, sagte Wassilij, »du siehst doch, dass der Kollege …«

»Ich sehe gar nichts.«

»Entschuldigung.« Der freundliche Bauleiter bemühte sich, wieder ins Gespräch zu kommen. »Ich sehe das ja ein, aber ich bin nicht für die Finanzen zuständig.«

»Egal!«

»Ich muss erst mit meinem Partner sprechen ….«

»Aber schnell«, würgte Mario das Gespräch ab und drehte sich grußlos um.

»Mario!« Wassilij lief seinem Mitbewohner aufgeregt hinterher. Nur Didi verabschiedete sich, wie es sich gehörte.

»Sch-schön Sie k-kennen gelernt …«

»Mario!« Wassilijs Schrei gellte über die Baustelle.

Doch Mario dachte nicht im Traum daran, schwäbischen Moralaposteln ein Ohr zu schenken.

»Du siehst doch selbst, dass der Mann nichts dafür kann! Das ist ein Bauarbeiter. Ein Scheinselbständiger! Eine Ich-AG!«

Mario ging zielstrebig seines Wegs. Edeka, 4000 Euro. Wenn sie durch drei teilten!

»Hey, warte doch, Mann! Wo läufst'n du hin? Was ist mit dir los? Was hast du vor?«

4. KAPITEL, IN DEM ALLES AUS DEN FUGEN GERÄT UND SICH MARIO DIE BEZIEHUNGEN SEINER BEZIEHUNG ZU ERSCHLIESSEN BEGINNEN

Blöde Frage. Was sollte Mario schon vorhaben, während seine Mutter in der Stadt war? Aber so waren seine Mitbewohner. Für alle hatten sie ein Herz: alleinerziehende Steuerberaterinnen, Haustiere, Einwanderer, gestörte Viertelwüchsige. Nur für Mario nicht. Wie es mit seinem Gefühlsleben aussah, war den Mitbewohnern völlig egal. Und das obwohl Marios Leben – vor allem das familiäre – immer mehr aus den Fugen geriet.

Keine vier Tage nach der unerfreulichen Begegnung in Meleks Geschäft fand sich die Kleinfamilie wieder zur harmonischen Dreierrunde zusammen. Wolfgang hatte Mama und den kleinen Bruder in ein Charlottenburger Nobelrestaurant bestellt, in dem sich hauptsächlich Baumagnaten, Innensenatoren und Frauenhändler verabredeten, um bei Nudelgerichten über Immobilienprojekte, Reformstau und Nudelgerichte zu diskutieren. Wolfgang zufolge handelte es sich um »die erste Pasta-Adresse Deutschlands«, aber für Mario war der Speiseplan weniger hervorhebenswert als die Inneneinrichtung. Die Wände waren verspiegelt. Etwas für Mittvierziger mit selbstverliebter Kokserpsyche. Lästig! Vor allem, wenn man seit einigen Tagen nicht mehr richtig geschlafen hatte und in den Spiegeln nichts als Spuren des Verfalls entdeckte. Mama hatte vielleicht doch Recht: Mit 32 war man nicht mehr wirklich jung.

Die Familie kam wie immer zu spät. Und musste genau jene Kommentare abgeben, die man nun wirklich nicht hören wollte.

»Siehst nicht gerade frisch aus heute.« Wolfgang sackte auf seinen Platz.

»Danke.«

»Stimmt, siehst wirklich nicht gut aus«, bestätigte Marios Mutter. »Hast du Drogen genommen?«

Großartig. Erst verlangten sie, dass man sich stärker engagierte, und wenn man dann erschöpft war, bezeichneten sie einen als Wrack.

»Nein, ich habe nur viel zu tun.«

»Zu tun?« Wolfgang zeigte sich interessiert. »Was denn zu tun?«

»Na ja, meine Freunde und ich machen ...«

Doch so genau wollte Wolfgang es auch wieder nicht wissen. »Hey, wisst ihr, wer gleich kommt?«

Auch diesmal ließ der Bruder keine Zeit für eine Antwort.

»Tomimoto! Damit die Familie mal wieder kommuniziert!«

»Ja?« Mama machte ein erstauntes Gesicht. »Hast du mir gar nicht gesagt.«

»Überraschung!« Wolfgang lächelte triumphierend. »Tomimoto hat es bei euch in der WG neulich übrigens super gefallen. Er kommt jetzt regelmäßiger vorbei.«

»Wie bitte?«, hob Mario an, doch wieder war Wolfgang schneller.

»Hallo, Francesco!« Brüderchen hatte den Kellner

entdeckt. »Die Warterei hat mich schon ganz nervös gemacht.«

Warterei? Wolfgang war seit genau 25 Sekunden in dem Lokal.

»Einen dreifachen Espresso, bitte ... Und ihr? ... Was wollt ihr? ... Wollt ihr auch was? ... Kamillentee?«

»Einen Cappu ...«, setzte Mario an.

»Wo hast du denn deine Freundin gelassen? Die Malke.«

»Melek, Mama. Melek.«

»Mario hat jetzt eine Freundin.«

»Ach ja?« Wolfgang war sichtlich überrascht.

»Ein ganz nettes Mädchen. Sie hat einen Laden. Sehr schön.«

»Ach so.« Wolfgang prüfte den Empfang seines Handys. Schien nicht gut zu sein, der Empfang. »War übrigens eine tolle Ausstellung ... Hättest mitkommen sollen, Mario ... Stimmt's, Mama?«

Mama nickte. »Wolfgang sagt, du warst noch nicht drin.«

»Mario geht nicht so oft in Ausstellungen.«

Der Angesprochene biss sich auf die Lippen. Diese Bemerkung grenzte an Denunziation. Früher hatte Mama ihren Ältesten für so etwas gescholten. *Der schlimmste Feind im ganzen Land* ... Jetzt hingegen fiel ihr das nicht einmal mehr auf.

»Du solltest öfter in Ausstellungen gehen, Mario.« Mama hatte auf jeden Fall jemanden aus einem Aufsichtsrat kennen gelernt. Konnte sie erzählen, was sie wollte. »Kunst erweitert den Horizont.«

»Zerstückelte Barbiepuppen erweitern den Horizont?«, fragte Mario. Doch auch diese Bemerkung ging unter, denn Wolfgangs pickelgesichtiger Ziehsohn kam durch die Tür.

»Tomimoto!«, rief sein Erziehungsberechtigter glücklich.

Unbeholfen schlappte der Junge auf den Tisch zu.

»Setz dich zur Oma.« Mama lächelte pädagogisch. Im Grunde auch ein Privatfernsehgrinsen. Das griff in der Gesellschaft wirklich um sich wie früher die Pocken. »Na, Tommy, mein Schatz? Geht's dir gut?«

»Gut«, wiederholte das Pickelgesicht.

»Was möchtest du trinken?«, fragte sein Ziehvater. »Saft, Kaffee, einen Wein?«

»Wolfgang!«, wies Mama ihren Ältesten zurecht.

»Er ist 13. Fast erwachsen.«

»Mit 13?«

»Mit 13 haben wir auch schon gekifft. Und hat es uns geschadet?«

»Na ja«, warf Mario ein.

Mama sah dem Jungen in die Augen. »Kiffst du, Tommy?«

Tomimoto antwortete nicht. Was Mario sehr in Ordnung fand. Der Junge mochte gestört sein, aber er wusste, wie man mit der Verwandtschaft umging.

»Nein«, mischte sich Wolfgang ein. »Er kifft nicht. Er trinkt auch nur selten Wein.«

»Bist du dir sicher?«

Tomimoto klappte ein knäckebrotdickes Etwas auf.

Mario betrachtete es irritiert. Was war das? Sah nach einer Maschine aus. War das ein Laptop? So dünne Laptops gab es inzwischen?

»Linux?«, erkundigte sich Mario. Er hatte mal zwei Wochen in einem Softwareversand gejobbt. Da schnappte man einiges auf.

»Unix«, antwortete das Pickelgesicht.

»Herr Kellner«, krähte Wolfgang durchs Lokal, »einen Kirsch-Banane für Bill Gates junior.«

Bill Gates junior – Tomimoto blickte Wolfgang hasserfüllt an. Wie kam dieser Vollidiot von einem Ziehvater auf den Gedanken, ihn mit diesem ekelhaften Konzernchef zu vergleichen. Mit Microsoft-Hitler! Der für Windows und den ganzen schlecht programmierten Müll verantwortlich war!

»Und für mich noch einen dreifachen Espresso macchiato! ... Kirsch-Banane ist doch okay, Tomimoto, oder?«

»Willst du dich nicht mit der Oma unterhalten?«, erkundigte sich Mama.

»Lass ihn arbeiten«, Wolfgang war in voller Fahrt. »Er trägt zum Familieneinkommen bei.«

»Wie bitte?« Mario traute seinen Ohren nicht. «Du machst nicht mehr auf Immobilienspekulation, sondern auf Kinderarbeit?«

»Er hat mich in den Bankrott getrieben. Da ist es doch wohl nur recht und billig, wenn er mir wieder auf die Beine hilft.«

»Bankrott?« Das klang allerdings gut. »Was hast du denn gemacht?«

Tomimoto hackte schweigend auf seiner Tastatur herum.

»Er hat den Citibank-Rechner geknackt«, erläuterte Wolfgang.

Den Citibank-Rechner – Mario nickte voller Bewunderung.

»Und warum?«

Zum ersten Mal blickte Tomimoto für eine halbe Sekunde vom Bildschirm auf. »Scheiß Citibank.«

»Das stimmt«, sagte Mario, wurde jedoch von einem spitzen Schrei seines Bruders unterbrochen.

»Oh, nein! Der schon wieder!«

Ein Mann in einem rosafarbenen Hasenkostüm betrat das Restaurant.

»Wer iss'n das?«, fragte Tomimoto interessiert. »Der sieht ja aus wie Bugs Bunny.«

»Das ist 'ne Unsitte aus Japan.« Wolfgang stürzte genervt seinen Espresso hinunter. »Der verfolgt mich schon seit einer Woche. Das machen die, um die Wirtschaft platt zu machen. Und uns Unternehmer zu terrorisieren.«

»Ach, der gehört zu dir«, meldete sich Mama in die Runde zurück. »Den habe ich schon in der Ausstellung gesehen. Ich dachte, der gehört zum Konzept.«

»Zu den zersägten Barbiepuppen?«, frage Mario.

Der Hasentyp kam direkt auf ihren Tisch zu.

Wolfgang riss hysterisch die freien Stühle zu sich. »Hier ist besetzt, ja?«

»Ja?«, erwiderte der Typ.

»Hier setzt du dich nicht hin!«

»Was will der denn?« Tomimoto war jetzt ganz dabei. So aufmerksam verfolgte er ansonsten nur die Simpsons.

Der Hasentyp setzte sich an den Nebentisch und warf einen Blick auf die Speisekarte. »Das ist aber teuer. Draußen am Kiosk würde das nur ein Drittel kosten.«

»Am Kiosk kann man aber nicht sitzen.«

»Sag mal, ist der pervers?« Tomimotos Neugier war nicht zu bremsen. »Hat das was mit Sex zu tun?«

»Ihr habt schon die DDR ruiniert!« Wolfgang fletschte die Zähne. »Jetzt ruiniert nicht auch noch uns!«

»Wie meinst'n das?«, fragte Mario.

»Der soll in die Produktion gehen, anstatt Leute aus der Produktion zu belästigen.«

»Ach, Sie sind aus dem Osten«, sagte Marios Mutter. »Von wo denn?«

»Greifswald«, erwiderte der Hasentyp. »Ursprünglich.«

»Ach, schön. Wir haben Familie in Rostock.«

»Warum machen Sie das?«, richtete sich Tomimoto direkt an Bugs Bunny.

»Weil dein Papa Schulden hat ...«

»Ich habe keine Schulden. Die Bank will den Kredit nicht umwandeln! Aber das wollt ihr Kryptostalinisten ja nicht einsehen.«

»Das mit der Geldwirtschaft war ja nun nicht gerade unsere Idee«, bemerkte der Hasentyp spitz.

»Da hat er Recht«, stimmte Mario dem Fremden zu.

Eigentlich fand Mario es ganz lustig, so zu fünft. Er erfuhr Hintergründe zu Wolfgangs wirtschaftlichen Aktivitäten und hatte ausnahmsweise sogar mal ein Thema, über das er mit Tomimoto reden konnte. Es hätte ein schöner gemeinsamer Nachmittag werden können, so im trauten Kreis. Es blieb aber nicht beim trauten Kreis. Es war wie in diesen Wissenschaftssendungen: Verkettung von Ereignissen, Murphys Gesetz, Chaostheorie.

Ein leger gekleideter Mittvierziger mit langem blonden Zopf hatte das Restaurant betreten.

»Hey, Jürgen!«, brüllte Wolfgang.

Mario erkannte ihn sofort. Es war der Keith-Haring-Spinner aus dem Grunewald. Patzkys erster Auftrag hatte die WG zu dem Typen geführt. Erst war die WG drei Mal am Eingang seines Po-Mo-Palastes in Grunewald vorbeigelaufen, weil der Zopftyp, ein Architekt, das Gebäude vor lauter Nachhaltigkeit zwei Meter tief im Sandboden vergraben hatte, aber dann hatte Didi endlich die Parabolantennen neben dem Komposthaufen entdeckt. Im Haus selbst war es hingegen ziemlich schnell gegangen, nachdem Mario ein Bild von der Wand genommen und der Zopftyp »Das ist ein echter Keith Haring« geschrieen hatte. Es hatte sogar sofort Geld gegeben, weil der Zopftyp sein Schwarzgeld in der Plattensammlung zu verstecken pflegte. In einer Thelonious-Monk-Platte, wie Wassilij anerkennend festgestellt hatte.

Wolfgang strahlte. »Komm doch rüber zu uns.« Hätte Mario sich eigentlich denken können, dass die beiden sich kannten.

»Mensch, Wolfgang!«

Doch der Keith-Haring-Zopftyp war nicht allein. Neben ihm schritt Patzky auf den Tisch zu, weswegen Mario erschrocken hinter Tomimotos Knäckebrot-Laptop in Deckung ging. Geldeintreiber war zwar ein Beruf wie alle anderen auch, aber so genau musste die Familie ja denn doch nicht unbedingt Bescheid wissen.

»Setz dich, Jürgen, altes Haus.« Wolfgang machte auf einmal einen ausgesprochen gut gelaunten Eindruck.

»Nee, ich hab zu tun … Projektbesprechung. Mit

meinem Partner … Wir wollen was fusionieren.« Fusionieren? Hatte Mario wirklich *fusionieren* gehört? »Horst Patzky, Elektroinstallateurmeister.«

Im selben Moment gefror das Gesicht des Zopftypen zu einer Grimasse. Er hatte Mario entdeckt. »Belästigt der dich, Wolfgang?«

»Wer?«, fragte der Angesprochene. »Bugs Bunny?«

»Nein, der da.« Der Keith-Haring-Zopftyp zeigte auf Mario.

»Der? Das ist mein Bruder! Kennst du meine Familie nicht? Mario, mein jüngerer Bruder, meine Mutter, Tomimoto, mein Sohn … Er programmiert!«

Keith Haring blieb schweigend stehen. Was Patzky nutzte, um das Wort zu ergreifen.

»Mensch, Mario, Tach. Schön dich zu sehen. Was machst'n so?«

Gott, war das peinlich. Vor der ganzen Familie! »Herr Patzky«, stammelte Mario, »also, die Frau mit dem Öltanker, die havarierte Steueranwältin, die … äh, das ist ein bisschen schwierig, denke ich, die muss … «

»Ach, Junge, ihr macht dit schon.«

»Woher kennt ihr euch eigentlich? Jürgen und du?« Langsam kam selbst Wolfgang nicht mehr mit.

»Er hat mir bei Jürgens Schulden geholfen!« Patzky strahlte.

»Verstehe ich nicht«, sagte Wolfgang.

»Wieso?«, warf Tomimoto ein. »Ist doch klar.«

»Inkasso!«, grölte Patzky glücklich, während Mario die Hände vors Gesicht hielt.

»Inkasso?«, wiederholte Wolfgang.

Und auch Bugs Bunny fragte erstaunt »Inkasso?«

»Mensch«, Mama strahlte, »das ist doch mal was Handfestes, oder?«

»Was Handfestes ...« Wolfgang würgte demonstrativ.

»Und Sie?« Mario verzog die Mundwinkel zu einem schäbigen Lächeln. »Haben Sie sich ausgesöhnt? Patzky und äh ... Sie?«

Patzky klopfte dem Keith-Haring-Spinner auf die Schulter. »Jürgen und ich sind jetzt Partner.«

»Partner?« Dieses Baugewerbe war schlimmer als eine Kommune. Jeder hatte was mit jedem.

»Das ganze Geld, wat ihr eintreibt, das sind doch nicht alles meine Forderungen. So viele Aufträge hab ick doch gar nich. Nee, wir ham uns zusammenjetan ... Wir sind jetzt auf Auftragsmanagement spezialisiert ... GmbH & Co.«

Jetzt wurde Mario einiges klar. Deswegen hatte Patzky so viele Aufträge. Er bearbeitete die Schulden von anderen Bauunternehmen. Das heißt, *die WG* bearbeitete sie.

»Auftragsmanagement?«, erkundigte sich Marios Mutter. Klang auch handfest.

»Annehmen, bearbeiten, delegieren«, erklärte der Zopftyp. »Und danach Geld eintreiben.«

»Genau!« Patzky lächelte. Eher ZDF als Privatfernsehen. Mit einem Rest Schamgefühl. »Outsourcing ist das Gebot der Stunde. Konzentration auf die Kernkompetenzen ...«

»Ja, ja«, sagte Wolfgang, dem es überhaupt nicht gefiel, dass sein kleiner Bruder offenbar im Baugewerbe zu wildern begann. »Jürgen, das ist ein klasse Zufall, dass ich dich getroffen haben. Können wir mal unter vier Augen sprechen? Weißt du, es geht um Teltow, das Projekt Teltow …« So leicht würde er sich nicht von Mario aus seinem Revier vertreiben lassen. Nein, er würde zu kämpfen wissen!

»Klar.« Der Zopftyp nickte.

Als Wolfgang aufstand, um sich mit dem Keith-Haring-Fuzzi an einen anderen Tisch zu setzen, sprang auch Bugs Bunny von seinem Stuhl.

»Du brauchst nicht mitzukommen«, fauchte Wolfgang ihn an. »Ich bin sofort zurück!«

»Sicher?«

»Ja!«

»Kann ich mich darauf verlassen?«

»Meine ganze Familie bleibt hier.«

»Gut. Aber wenn Sie nicht zurückkommen, halte ich mich an Ihre Familie.«

Wolfgang blickte in die Runde. Ein hämisches Grinsen huschte über sein Gesicht. »Okay.«

Der Hasentyp setzte sich wieder.

»Du kannst uns doch nicht als Geisel zurücklassen!«, rief Mario seinem Bruder hinterher, während sich Wolfgang mit dem Zopftypen an einen Tisch in der hinteren Ecke des Restaurants setzte. »Siehst du, Mama? Wie schmutzig der sich verhält? Das ist doch ekelhaft.«

»Schmutzig?«, fragte die Mutter.

»Dieses ganze Baugewerbe.«

»Was?« Patzky war empört. »Ehrliches Handwerk ist das! Wo noch richtig angepackt wird.«

»Ha!« Mario rührte energisch in seiner Tasse herum. »Die beiden packen höchstens ihre Sekretärinnen richtig an … von hinten.«

»Mario!«, rief Mama empört aus.

»Das Problem ist, dass die Bonzen nicht zahlen«, sagte Patzky. »Diese Heuschrecken, die sind das Problem.«

»Genau.« Mario legte den Löffel zur Seite und trank seinen Kaffee.

»Da kann man sagen, was man will«, schaltete sich der Hasentyp ein. »In der DDR gab es so etwas nicht. Da wurden alle bezahlt.«

»Dafür gab's nüscht«, stellte Patzky fest.

»So war's ja nun auch wieder nicht.«

»Wenn wir zu unseren Verwandten rüber sind, mussten wir alles mitbringen.«

»Es gab keinen Überfluss, aber für alle genug. Und so ein Affentheater wie das hier«, der Mann zeigte auf sein Kostüm, »war nicht nötig. Entwürdigend ist das doch.«

Für eine Weile schwiegen alle, obwohl nicht ganz klar war, für wen die Sache seiner Meinung entwürdigend sein sollte: für ihn, den Hasentypen selbst, oder für Wolfgang.

»Und das mit der rosa Farbe«, Tomimoto betastete das Kostümfell, «das hat wirklich nichts mit Sex zu tun?«

Der Familiennachmittag in Wolfgangs »erster Pasta-Adresse« gab Mario den Rest. Patzky hatte die WG ohne ihr Wissen als Inkasso-Dienstleister instrumentalisiert. Von Patzy benützt! Sie! Die WG!

Wenn Wassilij und Didi davon erfuhren, wäre Schluss mit fröhlichem Prozentekassieren – und mit dem Edeka sowieso. Und dann wiederum würde sich Melek bestätigt fühlen. Auf keinen Fall durfte seine WG das erfahren!

Wie jeder Jungunternehmer mit schrumpfendem

Freundeskreis wollte auch Mario in Anbetracht des sich anbahnenden Nervenzusammenbruchs Kraft aus dem eigenen Ich schöpfen. Auf so ein eigenes Ich war im Ernstfall bestimmt mehr Verlass als auf ein paar blöde Mitbewohner, die Freundin oder gar die Familie. Noch am Tag von Mamas Abreise besorgte er sich bei Karstadt ein Zen-Buddhismus- Kassettenpaket und ließ sich im Schneidersitz auf dem Hausdach nieder. Didi hatte dort schon vor ein paar Jahren zwischen Kabelverhau und Regenrinne ein kleines Paradies installiert: Maledivensandstrand, Spanholzwindfang mit Palmentapete, Meeresrauschen vom Band. Doch jetzt ertönten statt der Brandung ein Gong, Wind und gemurmelte Mantras. Kontemplation. Schon eine dolle Sache, so ein Buddhismus.

»Wir atmen tief ein«, säuselte eine Frauenstimme, *»und denken an nichts …«* Nichts denken, dachte Mario. Das war gar nicht so einfach. Irgendwie fiel einem immer etwas ein. Zum Beispiel, dass Piet schon immer etwas asozial gewesen war. Allein das mit dem Putzen. Der hatte nie richtig geputzt, zumindest nicht in den Ritzen. Was half ein Putzplan, wenn die Leute trotzdem nicht in den Ritzen sauber machten?

»Wir halten die Augen geschlossen und sehen eine Gebirgswiese … Und entspannen uns … Wir legen den Kopf in den Nacken und blicken in den Himmel … Wir sehen Blau … ganz tiefes Blau … Und atmen ein …«

Was jetzt: Wiese oder blau? Das war ja völlig widersprüchlich. Es quietschte. Mario blinzelte vorsichtig durch die Augenlider. Jemand kam durch die Dachluke gestiegen.

»Hi.«

Der Zottelhippie aus dem vierten Stock. Der war auch asozial! Jeder war mal mit dem Treppenhaus dran, aber der hatte es noch nie gefegt.

»Du meditierst? Geil! Ich meditiere auch oft, aber australisch. Ich habe da so Didgereedoo-Musik …«

»Ja«, unterbrach Mario den Zottelhippie.

»Das Blau weckt eine große Gelassenheit in uns … Es umströmt uns … Wir spüren eine große Kraft.«

»Die Kassette hier, die habe ich aus Australien.«

Gute Güte: Didgereedoo, Australien. Da war doch so viel Platz. War da nicht auch Platz für Zottelhippies aus dem vierten Stock? Gab es da keine Surferstrände? Keine Wohnwagenburgen? Keine Hippiebräute? Warum war der nicht dort geblieben, wenn es ihm da so gut gefiel? Die Leute waren aber auch oft so was von inkonsequent.

»Wir werden Teil des Blaus, fühlen den Klang der Farbe, spüren, wie seine Energie unseren Körper durchfließt … Und atmen aus …«

»Hey, ich finde das irgendwie unlogisch.«

»Hä?«

»Ein Farbklang, der einen durchfließt?«

»Das ist eine Metapher«, erwiderte Mario schlecht gelaunt.

»Eine Metapher? Meinst du? Was ist das denn für eine Kassette?«

»Und wieder atmen wir langsam ein. Wir halten unseren Oberkörper aufrecht, alle Muskeln sind entspannt.«

»Zen.«

»Zen …«, wiederholte der Zotteltyp und nahm die Kassettenhülle in die Hand. »Darf ich mal?«

Was fragte der noch? Er hielt die Kassette ja schon in der Hand. Die Leute hatten keinen Respekt vor dem Eigentum anderer.

»Zen«, plapperte der Typ vor sich hin. »Zen ist ja manchmal ein bisschen autoritär ... Und unlogisch!«

Konnte man diesen Zottelhippie nicht abstellen? Hatte der Ecstasy geschluckt? Gott, waren das glückliche Zeiten gewesen, als solche Leute unter Opiumeinfluss zu Hause im abgedunkelten Zimmer vor sich hingedöst hatten.

»Ich lege jetzt mal meine australische Kassette ...«

»Nein!«

»Aber die ist wirklich ...«

»Nein!!!«

»Wir konzentrieren uns weiter auf das Nichts und spüren die Gelassenheit.«

»Schon wie die reden. Das ist doch autoritärer Scheiß!«

»Ruhe.«

Obwohl ... Mario ließ sich wirklich leicht beeinflussen. Vor allem von Frauen. Polizei-Anna, Mutti, Melek ... und jetzt auch noch die Zen-Buddhistin. Oder war die Stimme auf der Kassette nicht etwa auch von einer Frau?

»Sag mal, habt ihr hier nicht irgendwo Satellitenanschluss?«, wechselte der Zottelhippie das Thema und griff nach einem der über das Dach gespannten Kabel.

»Hey, Vorsicht!«, schrie Mario panisch. »Da ist Hochspannung drauf.« Vorbei war es mit der ganzen schönen Gelassenheit. Nicht dass er was für den Zottel übrig hatte, aber direkt neben einem musste der ja nicht unbedingt verschmoren.

»Quatsch. Das ist das Antennenkabel. Und das …«, der Typ fasste ans nächste Kabel, so dass Mario gleich noch einmal erschrocken zusammenzuckte, »… das ist das Telefon.«

Antennenkabel, ach so. Mario hatte es immer für eine Hochspannungsleitung gehalten.

»Die Leere wird größer. Es gibt nichts mehr, was uns berühren könnte. Wir lassen die Probleme zurück …«

Genau, die Probleme. Marios Autoritätsprobleme mit Melek zum Beispiel.

»… und wir atmen aus …«

Es ging nicht darum, sich mit ihr zu streiten. Nein, sie sollte nur anerkennen, was sie an ihm hatte. Dass er zwar kein Familientyp war, aber theoretisch das Zeug dazu hatte.

»Der Gedanke an das Nichts erfüllt uns mit Wärme, wir spüren die Energie, die durch uns hindurchfließt, die warme Kugel, die sich in unseren Händen formt.«

»Warst du schon mal in Australien?« Der Typ nahm ein Kabel nach dem anderen in die Hand. Nicht zu glauben, wie viele Kabel auf so einem Hausdach gespannt waren. »Das ist wirklich geil da.«

»Kannst du dich jetzt bitte mal verziehen?«

»Also, wenn ich hier nicht so viel zu tun hätte, ich wäre schon längst nach Australien ausgew …«

»Mann!«, brüllte Mario.

»Okay, okay … Peace …« Endlich hatte der Typ begriffen. »Sag doch, wenn du deine Ruhe willst. Das versteh' ich total. Das Dach gehört zwar allen, aber man kann ja Rücksicht nehmen.« Er ging zur Dachluke zurück. Mario war erleichtert. Wenigstens das Hippieproblem war gelöst. Und warum? Weil er sich klar und deutlich artikuliert hatte.

»Wir finden zu uns selbst zurück.«

Zu sich selbst zurückfinden – das war es. Die gute alte Identität.

»Hey, ciao denn. Wir sehen uns.«

Mario atmete tief ein. Gar nicht schlecht, so eine Meditation. Man hatte Erfolgserlebnisse und kam auf neue Ideen.

»Wir sind allein und doch mit vielen ...«

Genau das war es: allein sein. Das mit den vielen ergab sich dann ja meistens wie von selbst.

»Alles ist eine Einheit: unser Ich, die Umwelt, die Energie, die uns durchströmt ... Nichts kann uns erschüttern ... Nichts kann uns mehr aufhalten ...«

Genau! Nichts konnte Mario mehr aufhalten.

Eine halbe Stunde später stand er vor Meleks Tür und drückte ergriffen den Klingelknopf. Sein erstes Beziehungsgespräch seit über sechs Jahren! Er hatte es viel zu lange vor sich hergeschoben.

»Moment ...« Von drinnen waren Schritte zu hören. Überraschend schwere Schritte.

»O!« Bei der Person, die im Türrahmen erschien und die Mario irgendwie bekannt vorkam, handelte es sich nicht um Melek. Erstens machte Melek normalerweise nicht mit nacktem Oberkörper auf, und zweitens war sie oben bei weitem nicht so behaart.

»Scheiße!« Der Typ machte ein erschrockenes Gesicht. »Woher hast du die Adresse? Tut mir leid, aber ich hab das Geld noch nicht.«

Ficken! Das war der Bauleiter. Der von den Alewiten. Kavcioglu. Was machte der hier?

»Aha …«, sagte Mario.

»Ich tu wirklich alles, um das Geld zusammenzukriegen. Ich mache jeden Tag bei meinem Partner Druck. Ehrlich! Wir haben gerade eine Krise … einen Engpass … also finanziell. Aber nach jedem Tief kommt ja auch wieder ein Hoch, was?«

Mario blickte in den Flur. Die Klospülung war zu hören. Und dann ging die Badezimmertür auf, und wie erwartet erschien Melek. Aber in so einem Kleid? Das war ja gar kein Kleid! Das war eine Gardine!

»Mensch, Mario! Schön …«, sagte Melek seelenruhig. Alles sah man da durch, alles. »Kennst du Serol? Serol: Mario« Deswegen hatte sie letzten Mittwoch lieber zu Mario gehen wollen! Wegen diesem Typen. War Mario gleich komisch vorgekommen.

»Was für ein Zufall.« Der Typ entspannte sich ein wenig. »Weißt du, Melek, wir kennen uns vom Bau. Mario war Geld eintreiben bei mir!«

»Ach?« Warum schaute die so?

»Ja«, Mario schluckte. »Für so Alewiten.«

»Ja, süß, nicht?«

Sie lächelte.

»Mario treibt öfter Geld ein. Für Kleinunternehmer und illegale Bauarbeiter.«

»Supersüß«, sagte der Türtyp.

Supersüß? Hatte der einen Hau?

Melek machte einen Schritt auf Mario zu und nahm seine Hand. Sie trug einen BH unter der Gardine, und es war auch ziemlich heiß heute. Aber warum, verdammt noch mal, lief sie in so einem Fummel herum, und der Typ ganz ohne Fummel?

»Komm rein.« Melek zog ihn den Gang hinunter. »Ich habe Serol gerade massiert.«

»Massiert.« Mario versagte fast die Stimme.

»Komm mit ins Wohnzimmer. Willst du was trinken?«

»Nö.«

»Jägermeister? Birnenbrand? Asbach Uralt?«

Was erzählten die im Fernsehen eigentlich die ganze Zeit von wegen zunehmender Fundamentalismus? Alkoholverbot, Geschlechtertrennung, Verschleierung von Frauen? Wenn man mal ein bisschen Fundamentalismus brauchte, war weit und breit keiner zu sehen.

»Nein. Wirklich nicht.«

»Für was für einen Elektromeister arbeitest du denn?« fragte der Typ.

»Patzky heißt der. Kennst du den?« Das hätte noch gefehlt, dass der den kannte.

»Nein.«

Gott sei Dank.

»Mannomann, so ein Zufall! Dass wir uns hier begegnen! Bei Melek!«

»Ja, Wahnsinnszufall«, bekräftigte Mario.

Das Wohnzimmer machte einen ziemlich puffigen Eindruck. Mario war zwar noch nie in einem Puff gewesen, aber so stellte er sich das vor: Kerzenlicht, Kuschelrock, Räucherstäubchen.

»Na dann.« Der Typ legte sich auf eine auf dem Boden ausgebreitete Decke.

»Ich massiere Serol mal zu Ende, ja?« Melek lächelte unschuldig, als wäre das das Normalste von der Welt.

War es aber nicht.

»Klar.« Wie sie sich das Öl auf die Hände goss, glitschiges Öl, das reinste Gleitmittel.

»Man muss kräftig reingreifen. In die Muskeln.«

»Stimmt«, erwiderte Mario gequält. Ein Rücken war das nicht. Eher ein Flokati.

»Sag mal, willst du was rauchen?« Der Flokati öffnete die Augen. »Auf dem Tisch liegt ein Joint …«

Melek kicherte.

»Nein, danke«, erwiderte Mario. »Ich bin …«

Ja, was jetzt? Meleks Kichern ging in eine Art Pferdewiehern über.

»… zu Fuß da.«

Stille.

»Was hast du heute so gemacht?«, gab sich Melek unkompliziert.

Ja, was hatte Mario gemacht? Versucht, Abstand von ihr zu gewinnen? Sein bisheriges Leben in Frage gestellt? Pläne geschmiedet?

»Meditiert.«

Serol stöhnte auf. Das reinste Luststöhnen. Verdammt. Früher hatte man sich wegen so was gegenseitig umgebracht, heute dagegen musste man so tun, als wäre es ganz normal. Blödes 21. Jahrhundert.

»Wie?«, fragte Melek.

»Na, meditiert.«

»Meditation ist immer gut«, sagte der Flokatityp.

Melek strich Serol über den Nacken – den Nacken! Das war doch eine der erogensten Zonen überhaupt!

»Man ruht dann mehr in seinem Mittelpunkt«, behauptete der Typ.

»Und? Ruhst du jetzt in dir?« Melek klimperte mit den Augenlidern.

»Na ja ... Man sollte an nichts denken ...« Mario überlegte. »Das heißt, nur an Blau ... Aber es ist nicht so einfach, an nichts zu denken. Wenn man Verantwortung für andere Leute trägt, meine ich.« Genau! So würde sich Mario an dem Flokatitypen rächen. »Weißt du, ich fühle mich den Leuten verbunden, für die ich den Lohn eintreibe.« Gut, dass er Lohn gesagt hatte, nicht Schulden. Klang viel vorwurfsvoller. »Für mich ist das nicht einfach ein Job, sondern eine richtige Aufgabe ... Etwas Sinnvolles, wisst ihr?«

Räucherstäbchenschwaden waberten durchs Zimmer, von der Platte quengelte irgendeine orientalische Leier, Melek nickte. Ein wunderbarer Augenblick: Was der Flokati jetzt für Gewissensbisse haben musste.

Doch Marios Gehässigkeit schien an dem Typen völlig vorbeizuziehen: «Mario, willst du auch mal? Melek macht das toll. Die ist super!«

Was erlaubte sich der Typ, Mario zu einer Massage von Melek einzuladen?

»Ja«, Melek nickte eifrig, »in diesen Händen steckt Magie.«

Magie!

»Also los, Schatz, mach dich frei.« Melek ruckelte an Marios Ärmeln. Warum gingen die eigentlich nicht auf seine Anspielungen ein? Wie unsensibel waren die?

»Ich weiß nicht ...«

»Komm schon.« Serol stand auf. Der war nicht nur behaart, der war vor allem zäh. Nicht wirklich muskulös, aber drahtig. Einer von diesen Oberkörpern, auf die

Frauen heutzutage standen. Viel sportlicher als Marios Oberkörper.

»Du wirst es nicht bereuen«, bekräftigte Melek.

»Nee.«

»Wieso? Ist dir das peinlich?«

Es wurde immer unglaublicher. Sie, die nach dem ersten Kuss fast eine Woche gebraucht hatte, um mit ihm zu schlafen, fragte ihn, ob es ihm peinlich sei, den Oberkörper freizumachen und sich massieren zu lassen. Okay, er hatte auch eine Woche gebraucht, aber bei einem Mann war das doch etwas ganz anderes. Da hatte das mit Charme zu tun: ein bisschen Zurückhaltung, den Dingen Zeit lassen. Bei einer Frau wirkte es einfach nur prüde. Katholisch! Oder muslimisch. Auf jeden Fall verklemmt.

»Quatsch!« Mario riss sich kurzentschlossen das Hemd über den Kopf und warf sich auf die Ethnodecke, in der eben noch der Flokatityp seinen Schweiß verteilt hatte. Ekelhaft.

»Na, also!« Melek goss sich Massageöl auf die Hände.

»Und? Wie isses?« Der Flokatityp fläzte sich in den Sessel und lächelte anzüglich.

Dass das aber auch alles so körperlich sein musste.

Wir denken an nichts, an nichts außer an Blau …

»Super«, presste Mario hervor.

»Ich mach einen Tee«, sagte der Typ und verschwand in der Küche. Mario nutzte seine Chance. Er war hergekommen, um sich auszusprechen, um die Initiative zu ergreifen und Respekt einzufordern.

»Ich hab's mir überlegt. Das mit den Lebensperspektiven.« O Gott, er konnte doch jetzt nicht wirklich von Familie anfangen. Wie peinlich war das, bitte? Er hatte

Melek gardinenumwickelt beim Tête-à-tête mit einem Bauarbeiter erwischt und wollte mit ihr über die gemeinsame Zukunft reden? »Das mit dem Edeka, meine ich.«

»Hä?«

»Ich finde, wenn man …« Ja, was? Wenn man was? »… was will, dann …« Dann, dann …? »… muss man das auch angehen …« Okay. Es war noch nicht der Kern der Angelegenheit, aber die Richtung stimmte.

»Habe ich mit Serol auch gerade drüber gesprochen.«

Mario zuckte zusammen. »Worüber?«

»Über den Edeka.«

Aha. Mit Serol sprach sie also auch darüber.

»Ist was?«, fragte Melek.

»Nö. Was habt ihr denn geredet?«

«Na ja … dass so ein Geschäft zu viel kostet.«

Sieh an. Serol war es zu viel Geld.

Marios entscheidender Trumpf. Aber er durfte ihn nicht zu plump ausspielen »Aber da können dir doch andere helfen. Ich meine, auf mich zum Beispiel kannst du zählen.«

Melek schaute ihn an. »Das würdest du tun?«

Jetzt war Bescheidenheit das Gebot der Stunde. »Dafür sind Freunde doch da …« Sehr gut, sehr gut.

»Hey, hier ist der Tee.« Serol, der jetzt nicht mehr so sehr nach Flokati aussah, weil er sich ein Hemd übergezogen hatte, kam mit dem Tablett herein.

»Das ist ja süß!«, sagte Mario.

»Für dich gerne!« Der Typ lächelte. »Wie viele Stückchen Zucker möchtest du denn?«

»Zucker?«

»Du bist doch schön schlank.«

Warum lächelte der so?

»Oder trinkst du ihn lieber bitter? Cowboystil, schwarz?«

Auf dem Heimweg war Mario nicht gut drauf. Gar nicht gut. Das wurde allmählich zu einem Dauerzustand, dieses Schlecht-drauf-Sein. Erst das Zusammentreffen mit Melek und dann noch ein Sommergewitter. Scheiß Sommergewitter!

Und die Tatsache, dass er sich so aufgeregt hatte! Melek und er waren doch erwachsene Menschen. Da ging jeder seinen eigenen Weg. Ein Massagekumpel, eine Affäre, vielleicht ein Cousin – meine Güte. Melek und Mario führten doch keine Spießerbeziehung. Nicht wie diese Pärchen, die sich gegenseitig die Luft abschnürten. Genau genommen waren sie gar kein Pärchen. Gut, er hatte Melek seiner Mutter vorgestellt. So gesehen waren sie eine Beziehung. Eine Beziehung – das ja, aber kein Pärchen. Jeder machte, was er für richtig hielt, jeder war Herr auf seiner eigenen Burg. Und was innerhalb der Burg geschah, darüber musste niemand Rechenschaft ablegen. Wie spießig das war, daran auch nur zu denken. Spießig und peinlich. Nein, er würde kein Wort darüber verlieren. Am Ende glaubte Melek noch, er wäre eifersüchtig. Er! Mario! Eifersüchtig! Er war nicht eifersüchtig. Dass da ja kein falscher Eindruck entstand. Wenn in dieser Beziehung Spießigkeiten aufkommen sollten, dann sicher nicht von seiner Seite. Das war doch absurd. Dass in einer Beziehung mit einer Muslimin vom Balkan Mario den eifersüchtigen Part übernahm. Völlig absurd.

Er war nicht so der Familientyp? Richtig! Er war eher so der Hausbesetzertyp. Der ewige Rebell, der für Freunde und Verwandte einstand. Ein Robin Hood: uneigennützig, anspruchslos, locker. Den Reichen nehmen, den Armen geben! Locker genug für jede noch so lockere Beziehung. Warum hatte er sich aufgeregt? Es gab 1000 bessere Gründe, um sich aufzuregen. Plötzliche Sommergewitter zum Beispiel. Oder Hundebesitzer, deren Köter ihr Geschäft unmittelbar vor der Haustür der WG erledigen durften.

»Was soll'n das?«

Es gab nichts Widerlicheres als kackende Hunde.

»Was soll'n was?«, erwiderte der Hundebesitzer.

»Na, das direkt vor der Tür.«

»Ja, und?«

»Wir wohnen hier!«

»Stellt ihr doch sowieso nur eure Fahrräder hin.«

»Lassen Sie Ihren Scheißköter gefälligst vor die eigene Tür kacken!«

Der Typ baute sich auf. »Hast du was gegen meinen Hund gesagt?« Der war wirklich ganz schön breit. Fast schon anabolikabreit.

»Ich habe gesagt, Sie nehmen Ihren Scheißköter jetzt da weg und machen unseren Gehweg sauber. Sonst kracht's.«

»Sonst kracht's?« Der Typ zog die Mundwinkel hoch.

»Allerdings.«

Und schon krachte es. Aber nicht so, wie Mario sich das vorgestellt hatte. Ohne mit der Wimper zu zucken, gab der Kerl Mario eins auf die Glocke.

Weil der Klügere nachgibt, wenn der andere Anabolika nimmt, ging Mario wortlos die Treppe hinauf. Das war schon keine schlechte Laune mehr, da bahnte sich ein handfester Tobsuchtsanfall an.

Und in der Küche wartete schon die nächste Katastrophe auf ihn: das Blag. Jean-Paul Amador. Der Viertelwüchsige.

So eine Frechheit! Um 21.30 Uhr. Um 21.30 Uhr gehörten Kinder ins Bett!

»Was iss'n hier los?«

Niemand antwortete. Aus dem Wohnzimmer dröhnte ein japanischer Zeichentrickfilm, Jean-Paul Amador war damit beschäftigt, ein neben dem Kühlschrank stehendes Orangensaft-Tetrapak mit Kartoffeln zu bewerfen, und aus Piets Zimmer drang Stöhnen. Lautes Stöhnen. Unglaublich – die vögelten bei angelehnter Tür! Durch den Schlitz konnte Mario Abschreibungs-Christine erkennen – oben und mit hüpfenden Brüsten.

Es war immer dasselbe: Man sehnte sich nach Ruhe und innerem Gleichgewicht, und Piet, der asoziale Kerl, konfrontierte einen mit Liebhabern, Kindern oder nackten Frauen. Die ganze Zeit ging das schon so. Aber jetzt würde Mario sich das nicht mehr länger bieten lassen.

»Spielst du mit?« Das Blag zupfte Mario am Hosenbein. »Ich spiele bohlen.«

»Was?«, erwiderte Mario gereizt. Sehr gereizt.

»Bohlen, bohlen.«

»Verstehe ich nicht.« Er schob das Kulleraugenkind zur Seite. Erst mal Piets Zimmertür zumachen. Das machte einen ja ganz wahnsinnig, dieses Gekeuche. Fast so penetrant wie das Massagestöhnen von dem Flokati.

Dass die Mario aber auch schon wieder daran erinnern mussten.

»Danke.« Piet hob grüßend die Hand.

Mario nahm sich erst einmal einen Saft aus dem Kühlschrank. »Macht die das immer, während du nebenan spielst?«

»Bohlen, komm. Wir spielen ...«

»Nein!« Mario tappte in sein Zimmer. Er war klitschnass. Allein wie die verdammten Socken schmatzten. Das klang ja wie eine ganze wiederkäuende Kuhherde.

»Hey!« Mario stellte fest, dass das Kind ihm gefolgt war. Eine richtige Plage war das. »Ich will mich umziehen!«

Unbeeindrucktes Kinderlächeln. »Ich bin Bohlen-Weltmeister.«

»Ja, ja, Weltmeister«, Mario seufzte. Die Kinder von heute hatten echt einen Hau. Das kam von den Gameboys. Bei Tomimoto hatte sich das in Software-Kenntnissen niedergeschlagen, aber bei diesem Viertelwüchsigen? Mannomann, da kam noch etwas auf die Menschheit zu ...

»Weißt du, ich werf Kartoffeln, und dann fällt der Saft um, und ich hab gewonnen.«

Mario griff sich in den Schritt. Selbst die Unterhose war völlig durchnässt.

»Du meinst Kegeln ...«

»Bohlen!«, schrie das Kind wütend. Das war nicht nur nervig. Das war auch cholerisch, das Kind.

»Oder Bowling. Bowling kann man auch sagen. Aber Bohlen ist was anderes. Bohlen ist so ein Schleimscheißer, auf den deine Mutter stehen würde.«

»Mutti?«

»Bohlen ist würg, okay? Was du meinst, ist Bowling. B-o-w-l-i-n-g! Das ist ganz nett. Aber nicht bei uns in der Küche. Verstehst du?« Mario warf sich ein Handtuch über den Kopf und ging in die Küche zurück. Dort sammelte er die Kartoffeln ein, was bei Jean-Paul Amador den nächsten Wutausbruch verursachte. Irgendwann hatte es geheißen, das Kind sei vier. Aber das konnte nicht wahr sein. Das steckte in der finstersten Trotzphase. Das war höchstens zwei!

»Ich will bohlen.«

»Man spielt nicht mit Lebensmitteln! Das kannst du bei deiner Tankermutti machen, aber nicht bei uns.«

Jean-Paul Amador ging eine Quinte nach oben und stieß einen markerschütternden Schrei aus.

Familienernährerqualitäten unter Beweis zu stellen, war ja schön und gut. Aber letztlich ging doch nichts über eine saubere Sterilisierung. 14 Tage Schmerzen, und danach hatte man den Kopf frei. Viele von Marios Freunden hatten das gemacht, und alle waren sehr zufrieden – bis auf Günter. Der hatte neulich versucht, sich rückoperieren zu lassen. Weil Steffi unbedingt ein Kind mit ihm wollte. Ach ja, und Hannes. Der wollte plötzlich auch Nachwuchs. Aber der hatte ja schon immer einen Schaden gehabt.

»Ruhe! Ich habe einen anstrengenden Tag hinter mir.«

Das verdammte Kind wurde noch ein bisschen lauter. Unglaublich, was so ein laufender Meter an Lärm verursachen konnte.

Mario ging ins Wohnzimmer und nahm das Video aus dem Rekorder.

»Mein Manga!« Die Göre war ihm gefolgt und suchte empört nach der Fernbedienung. Hätten sie damals doch nicht die Tür zwischen Wohnzimmer und Küche ausgehängt! Dann hätte Mario jetzt einfach die Tür zumachen, den Fernseher lauter stellen und seine Ruhe haben können.

»Du hast in der Küche gespielt. Also ab! Zack, zack!«

Jean-Paul Amador biss in das Sofakissen. Gut! Dadurch wurde das Gekeife ein wenig gedämpft.

»Ha-hallo.« Didi erschien im Türrahmen.

»Hallo!«

Mario war erleichtert. Sein Mitbewohner konnte gut mit Kindern – fast genauso gut wie mit Hunden und defekten Heizungsanlagen. Aber wer war der ältere Herr an seiner Seite? Der Gerichtsvollzieher, eine neue Beziehung? Hätte Mario nicht gewundert. Zurzeit entwickelten ja alle in der WG überraschende Obsessionen. Von Wassilij mal abgesehen, der war ein Fixpunkt. Na, so lange sie die Tür zumachten und sich keine Kinder zulegten, war Mario das völlig egal.

»Das ist … He-heinz.«

»Heinz Ohlenbauer. Angenehm.« Der Typ gab Mario die Hand.

Ein Ostler, ganz klar. Wer gab sonst heutzutage noch die Hand? Außer Türken natürlich. Aber Türkei war schließlich auch Osten.

»Tag.«

Didi jobbte gerade in einer Plexiglaswerkstatt. Das heißt, er half unentgeltlich ein bisschen mit. Weil er sich neuerdings für Plexiglas interessierte und »mit den Kokollegen auch … g-ganz gut verstand«. Wassilij hatte es fast nicht glauben können. Das war ja noch nicht mal mehr Lohnsklaverei. Freiwillig arbeiten …

»Hei-heinz ist ein Kollege … Er wollte mal sehen … wi-wie wir wohnen. Weil er … WGs ganz gut f-findet …«

Mario nickte. Jetzt wurden sie auch noch zu einer Art Streichelzoo umfunktioniert. Reinschauen und sich auf die eigenen vier Wände freuen. Aber egal. Immerhin hatte der Besuch dazu geführt, dass das Kind für einen Moment still war. Jean-Paul Amadors Aufmerksamkeit war völlig von den Neuankömmlingen in Anspruch genommen. Vor allem von Didis Plexiglaskollegen. Konnte sich nur noch um Sekunden handeln, bis die obligatorische Papa-Frage gestellt wurde.

»Mmm …?« Das Kissen war Gold wert.

»Ist das Ihrer?«, fragte Heinz.

»Du kannst … du-du zu Mario sagen.«

»Gott bewahre«, Mario zappte ein wenig zwischen den Programmen herum – das beruhigte. »Nein, seine Mutter fickt nur gerade im Nebenzimmer.«

Didi machte ein entsetztes Gesicht. Aber Plexiglas-Heinz schien nicht besonders verwundert. Wo es heutzutage in jedem Kuhdorf einen Swingerclub gab.

»Mvi …mmmsch …«, quengelte das Blag.

»Na, Kleiner«, sagte Heinz und nahm auf dem Sofa Platz. »Wie heißt du denn?«

Der Viertelwüchsige lief schon wieder rot an. »Mm … mmm.«

»Ach, der hat ’nen Parfümnamen«, antwortete Mario, »muss man sich nicht merken.«

Das Kind stieß einen vom Kissen gedämpften Schrei aus.

»Praktisch, was?« Mario war zufrieden. »So ein Kissen ist einfach super!«

»He-heinz ... dein B-bier.« Didi kam mit einem Tablett aus der Küche. Er hatte wie immer an alle gedacht, sogar an das Blag. »Magst du Orangensaft?« Didi lächelte. Kein bisschen gestottert! Drei Worte und nicht eine einzige Silbe gestottert. Blöderweise achtete niemand darauf. Das Kind zog sofort wieder alle Aufmerksamkeit auf sich. Es nahm den Saft, den ihm Didi hinhielt, und begann nach einem kurzen Schluck wieder in normaler Lautstärke zu schreien.

»Du hättest ihm nichts zu trinken geben sollen«, stellte Mario fest. »Das mit dem Kissen war eine Wohltat.«

»Video schauen!«

»Was machst du eigentlich beruflich?« Plexiglas-Heinz schaute sich in der Wohnung um.

»Inkasso«, sagte Mario. »Wir machen Inkasso. Hat Didi das nicht erzählt?«

»Inkasso?« Das schien dem Plexiglasmann nicht zu gefallen. Mario wollte zu einer Erklärung ansetzen: dass es sich natürlich um eine Art Robin-Hood-Inkasso handele - den einfachen Leuten geben, was man den Pfeffersäcken nimmt –, und sie nicht im Traum daran denken würden, bei einer Rentnerin, einem Arbeitslosen oder einem armen türkischen Einzelhändler abzukassieren. Aber kaum hatte er Luft geholt, griff Jean-Paul Amador nach der Fernbedienung. Verzweifelt drückte das Kind auf den Knöpfen herum, um zu den japanischen Manga-Kämpfern zurückzukehren, und warf dann, als seine Bemühungen nicht fruchteten, die Fernbedienung in hohem Bogen aus dem Fenster.

Mario war fassungslos. Verwunderung, die sich erst in Erstaunen, dann in Wut verwandelte. »Du Kröte! Du verdammtes Biest!«

Jean-Paul Amador hatte sich natürlich längst abgesetzt und lief schreiend in die Küche.

Mario hinterher. »Du Missgeburt!«

Jean-Paul schlüpfte unter den Tisch und stimmte ein jämmerliches Wimmern an.

»Wenn du nicht rauskommst, prügele ich dich windelweich! Ich schneide dich in Stücke!«

»E-es ist n-nicht immer … so-so …laut …«, erläuterte Didi seinem Kollegen.

»Ist doch schön, wenn was los ist«, erwiderte der Plexiglaskollege.

»Komm raus!!!«

Jean-Paul war mittlerweile unter der Eckbank verschwunden.

»Ich krieg dich! Ich räume den Tisch weg und dann …« Mario zog zwei von Didis Plexiglasstühlen beiseite. Was für Scheißmöbel. »Verflucht, sind die schwer!«

»Ja, das ist der Nachteil«, gab Heinz zu.

»Was ist denn, Jean-Paul?« Das mit dem Wimmern hatte funktioniert. Die Tankerhavaristin erschien. Nackt! Mitten in der Küche.

»He-he«, Didi gluckste peinlich berührt. «H-heute ist wi-wirklich …« Aber Plexiglas-Heinz blieb ganz entspannt. Seit '89 hatte er schon seltsamere Dinge gesehen.

»Sag mal, bist du total durchgeknallt?« Das war Piet. In einem Camouflage-Tanga! »Lass die Finger von meinem Kind.«

»Deinem Kind?!«, brüllte Mario.

»Er ist auch nicht sein Kind, was?«, erkundigte sich Heinz bei Didi. In der DDR war das ja auch nicht immer ganz einfach gewesen.

»Ne-nein.«

»Ja, *meinem* Kind!«, antwortete Piet, während Jean-Paul schluchzend aus der Ecke kroch und in die Arme seiner Mutter floh. Seiner splitternackten Mutter.

»*Dein* Kind zertrümmert unsere Wohnzimmereinrichtung!«

»Ist ja gut«, beruhigte Christine ihren Sohn. »Ist ja alles gut.«

»Er wird schon einen Grund dafür gehabt haben!«, brüllte Piet.

»Einen Grund? Ihm war langweilig! Weil ihr gefickt habt!«

»Was hast du gesagt?« Vor Empörung zitterte Christine am ganzen Körper.

Doch Mario beeindruckte das wenig. »Ich hab nicht dafür gesorgt, dass die Rumänen ausziehen, damit eine Abschreibungsschnepfe und ihr Kind hier rumnerven!«

»Wen ich einlade, ist ja wohl meine Sache!«, schrie Piet.

Das war das Stichwort. »Wenn wir Kohle ranholen müssen, damit du sie an deine Steuerberaterin verschenken kannst, ist das auch unsere Sache!«

Jean-Paul schluchzte laut auf.

»Hörst du mal auf, so zu brüllen, du Spinner?«, schrie Christine Mario an, wobei der Witz darin bestand, dass sie noch lauter brüllte als Mario. Aber so eng sah das in diesem Augenblick keiner. »Mein Kind kriegt ein Trauma!«

Mario ignorierte die Bemerkung und schrie weiter auf

Piet ein. »Wenn wir bei der das Geld geholt hätten«, Mario zeigte wutentbrannt auf Christine, »wäre alles im Lot!« Das entsprach nicht ganz der Wahrheit. Das mit Mama, Melek und dem Flokati wäre trotzdem passiert.

»Hörst du jetzt endlich auf zu brüllen?«, brüllte Christine.

»Halt's Maul!«, erwiderte Mario.

»Was?!« Jetzt ging es zur Sache! »Sieh mich gefälligst an, wenn du mit mir redest.«

»Halt's Maul!«, wiederholte Mario, ohne die Havaristin eines Blickes zu würdigen.

»Weißt du, was du bist?« Seltsamerweise schien Jean-Paul das Geschrei seiner Mutter zu beruhigen. »Ein Psychopath! Ein kranker Psychopath bist du!«

»Ja, ja«, Mario winkte mit der Hand ab. »Hysterische Fotze.«

Das war jetzt allerdings ganz schlechtes Timing, denn ausgerechnet in diesem Moment kam Wassilij zur Wohnungstür herein. Mit der neu eingezogenen Familie aus dem Zweiten. Den Kamerunern. Oder waren es Ghanaer? Na egal, auf jeden Fall Westafrikaner. »Mario!«, heulte Wassilij auf.

»Ich lass mich von niemandem Fotze nennen. Schon gar nicht von einem pubertierenden Egozentriker, der sich für John Wayne hält!«

»John Wayne, John Wayne …«, wiederholte Mario sinnlos.

»Komm, Piet, wir gehen!« Typisch: Zu Hause machten diese Steueranwältinnen einen auf überforderte Hausfrau, aber auswärts ließen sie die Bataillonskommandeurin raushängen.

»Ja, geht! Aber nehmt euer Blag mit! Und vergesst nicht, die Schulden zu bezahlen!«

Piet, Christine und das Blag stapften in Piets Zimmer und warfen die wichtigsten Dinge in eine Tasche.

»Und betretet nie wieder nackt meine Küche!« *Meine* Küche – das war nicht so klug.

»Mario«, Wassilij trat auf ihn zu und blickte ihm verächtlich in die Augen. »Das hätte ich nicht von dir gedacht.« Jetzt auch noch so ein schwäbisch-evangelischer Sermon.

»Weißt du, was die gemacht haben?«

»Du Macho-Sack!«

»Das Kind hat unsere Fernbedienung aus dem Fenster geworfen!«

»Du misogyner Macho-Sack!«

»Während seine Mutter mit Piet bei offener Tür gevögelt hat!« Mario spürte Verzweiflung aufsteigen. »Findest du es normal, wenn eine wildfremde Frau, die uns Geld schuldet, in unseren vier Wänden bei offener Tür vögelt, während ihr Kind unsere Fernbedienung aus dem Fenster wirft?«

Wassilij und Didi antworteten nicht. »Heinz …«, wandte sich Mario deshalb an Didis Kollegen.

Der Plexiglasbesucher schüttelte den Kopf.

»Seht ihr? Es ist nicht normal.«

»Wir gehen jetzt!« Christine hielt den Viertelwüchsigen an der einen, zwei Plastiktüten in der anderen Hand. Piet trug eine Reisetasche und seine beiden Hanteln. Wenigstens waren Christine und er jetzt wieder angezogen.

»Ge-geht n-nicht…« Didi hatte Tränen in den Augen. »Bitte!«

Doch Piet schüttelte entschieden den Kopf. »Es ist nicht wegen dir, Didi, du weißt das … Und auch nicht wegen Wassilij.«

»Weißt du was?« Mario gestikulierte wild mit den Händen. »Als du noch schwul warst, Piet, da hattest du Stil. Da hast du gut aussehende Typen aufgerissen. Nicht immer intelligent, aber knackig. Das da jedoch«, er zeigte auf Christine, «das ist die reinste Gonorrhie.«

»Gonorrhöe«, verbesserte ihn Plexiglas-Heinz.

»Du, du …« Christine überlegte kurz, ob sie Mario die Tüte um die Ohren hauen sollte, entschloss sich dann aber, mit demonstrativer Verachtung den Raum zu verlassen. Die Wohnungstür fiel krachend ins Schloss.

»Na, das haben wir ja toll hingekriegt«, sagte Mario in die Stille des Raums. »Ganz toll.«

5. KAPITEL, IN DEM EINSAMKEIT UM SICH GREIFT UND MARIO EINEN VERHÄNGNISVOLLEN ZOOBESUCH MACHT

Jeder Mensch braucht einen besten Freund, dem er das Herz ausschütten kann, und wenn es nur der Wauwau ist. Aber wo soll man hin, wenn man kein Haustier besitzt, einen die Mitbewohner, die man bislang für Freunde gehalten hat, wegen eines dahingesagten Halbsatzes als misogynen Macho-Sack bezeichnen und man bei der Frau, mit der man eine Beziehung hat – ohne ein Pärchen zu sein! –, ständig damit rechnen muss, dass ganzkörperbehaarte Bauarbeiter zur Massage hereinschneien? Richtig: Man besinnt sich auf die Familie, auf den großen Bruder zum Beispiel.

Mario war da zwar nicht ganz konsequent, schließlich war die Überbetonung des Familiären eine der Hauptursachen der zuletzt vermehrt auftretenden Probleme und außerdem konnte man mit Wolfgang sowieso nur über *dessen* Probleme reden, doch wer war heutzutage schon richtig konsequent? Bei so viel Postmoderne überall! Mario erinnerte sich also an die gemeinsame Kindheit und das dazugehörige Drum und Dran: Dem großen Bruder die Hausaufgaben aufpeppen, in die Badewanne pinkeln, Finger in der Steckdose ...

Auf dem Weg vom S-Bahnhof Savignyplatz ging Mario auf, wie lange er nicht mehr in Charlottenburg gewesen war. Allein die Häuser! Fast noch imposanter als in Grunewald: Ausladende, tympanonverzierte Fassaden, Neptuns und Athenes über den Fenstersimsen, breite Einfahrten, goldene Geländerknäufe und rote Läufer auf den Treppen. Sogar die Putzmittel rochen hier besser als die Ata-Schmiere zu Hause. Vielleicht hatte Mama ja doch Recht, und man sollte besser den Weg der ökonomischen Sicherheit einschlagen. Den Weg von Briefkastenfirma, Scheinehe und Asozialität.

Mario klingelte, und wie von magischer Hand geöffnet, ging die Tür auf, ohne dass in Wolfgangs Wohnung jemand zu sehen war.

»Hallo?« So oft war Mario denn doch noch nicht bei seinem Bruder gewesen, um sich allein hineinzutrauen. »'tschuldigung?« Schon allein der Flur. Der nahm ja gar kein Ende. »Ist da wer?« Das war natürlich eine blöde Frage. Es musste wer da sein. Jemand hatte die Tür aufgemacht.

»Hallo, Mario ...« Wolfgang schoss mit dem Handy am Ohr aus einer Tür heraus und in den nächsten Raum wieder hinein. »Mach dir einen Kaffee ... Ich komm sofort zu dir ...«

Kaffee, leichter gesagt als getan. Erstens war das keine Küche, sondern ein Terracotta-Ausstellungspark, und zweitens gab es anstelle einer einfachen Espressomaschine nur eines dieser Designerteile, für deren Bedienung man bei der NASA hospitiert haben musste. Dann eben kein Kaffee. Machte sowieso nur nervös.

»Ich will nicht!« Eine Mädchenstimme drang vom Penthouse herunter. Wolfgang hatte sich extra ein Penthouse in die Wohnung bauen lassen. Wegen der Cocktail-

Lounge-Bekanntschaften, auch wenn sie dann meistens nicht anriefen. »Nie achtest du auf mich!«

Das war Sabine. Hatte Mario schon mal gesehen. Ungefähr acht. Sabine oder Susanne. Beziehungsweise Soraya. Die Tochter von Beatrix. Oder von Sybille? Jedenfalls nicht von Wolfgang – behauptete der zumindest.

Mario machte die Anlage an. War auch nicht einfacher zu bedienen als die Espressomaschine. Tausend Knöpfe, Boxen so klein wie Streichholzschachteln. Man musste aufpassen, dass man die nicht aus Versehen wegschmiss. Eigentlich wollte Mario Radio hören. Aber wie stellte man das an? Vom MP-3-Player tönte etwas Zweistimmiges: Kratzen von Schraubenzieher auf Zement mit Klavier. Das Blöde war, dass die Anlage jetzt nicht mehr ausging.

»Nein, Sonja!« Genau, Sonja, hieß die. Nicht Sabine, Susanne oder Soraya … Sonja! »Ich lasse mich von dir nicht erpressen!« Aufgekratzt kehrte Wolfgang in die Küche zurück.

»Hey, Wolfgang. Alles klar?«

»Um was geht's?« Das war allerdings weniger eine Frage als ein Befehl.

»Um, äh … Kommunikation …« Kommunikation war das Stichwort. Auf dem Tisch lag ein schnurloses Telefon, Wolfgangs Handy und … »Was iss'n das?«

»Ein Handy. Sieht man doch.«

Sah den Streichholzschachtelboxen zwar zum Verwechseln ähnlich, aber egal.

»Und das?«

»Auch ein Handy. Neu!«

»Zwei Handys?«

»Bürkner GmbH & Co«, Wolfgang zeigte auf das eine, dann auf das andere Telefon, »Pirkner OHG KG. Verstehst du?«

»Verstehe.«

Wolfgang lehnte sich zurück. »Also was ist los?« Wieder dieser Kommandoton.

»Ich dachte …«

»Ja?«

»Wir haben doch neulich mal über Familie gesprochen.«

»Ach so!« Wolfgangs Gesicht hellte sich auf. »Es geht um Tomimoto? Der ist gerade nicht da. Der verdient sich gerade was dazu … Netzwerk-Administrator …«

»Verstehe.«

»Tja …« Wolfgang spielte nervös mit den Fingern. Es waren ja auch schon fast 60 Sekunden ohne Telefongespräch vergangen. »Aber ich bin dir wirklich dankbar, dass du dich jetzt öfter um ihn kümmerst …«

Öfter kümmern – na ja.

Wolfgang sprang auf. »Ich mach mal einen Espresso … Wie geht's dir eigentlich?«

»Nicht so toll. Ich habe Ärger. Mit meiner WG, und Melek, die hat …« Doch bevor Mario von seiner Verunsicherung zu erzählen beginnen konnte, betrat eine Mittvierzigerin im Bademantel die Küche.

»Beatrix, erinnerst du dich an meinen Bruder? … Mario, das ist Beatrix, meine Ex … Die Mutter von Sabine.«

»Sonja«, warf die Ex ein.

»Sonja, genau«, verbesserte sich Wolfgang.

Für eine Ex war die aber ziemlich knapp bekleidet.

»Lange nicht gesehen.« Händeschütteln.

Ungefähr fünf Jahre. Aber die Zeit verging ja auch wie im Flug.

»Ja, bestimmt fünf Jahre. Aber die Zeit vergeht ja auch wie im Flug.«

»Mario hat Ärger«, stellte Wolfgang fest. Immerhin erinnerte er sich noch daran. »Mit seiner WG. Aber vielleicht sollte er sein Leben sowieso mal auf eine andere Basis stellen.«

Die Bademantelfrau setzte sich an den Tisch und begann einen Brief zu lesen, den ihr offensichtlich Wolfgang in die Hand gedrückt hatte. Irgendwas Offizielles.

»Wie meinst'n das?« Hätte Mario klar sein müssen, dass ihm sein Bruder mit so einem Mist kommen würde.

»Mario, du bist jetzt 29 …«

»32.«

»Schon 32? Gott, o Gott …« Wolfgang war aufrichtig schockiert. »Die Zeit vergeht wirklich wie im Flug.« Das hatten sie schon einmal. »Auf jeden Fall kannst du nicht immer so tun, als wärst du 16.«

»16?«

»Lotterleben, Häuser besetzen, Demos – der ganze Firlefanz.«

»Wie haben nicht besetzt. Wir haben einen Mietvertrag.«

»Das unterschreibe ich nicht«, unterbrach die Bademantel-Ex die Familienaussprache.

Auf Wolfgangs Schläfen traten die Adern hervor. »Was soll das heißen?«

»Das ist ein Insolvenzantrag.«

Eines der Handys klingelte. Pirkner OHG, seltsame

Melodie. Wolfgang ging nicht ran. Das mit dem Brief musste wirklich was Wichtiges sein.

»Du musst das unterschreiben!« Wenn Wolfgang etwas nicht leiden konnte, dann waren es rumzickende Exfrauen. Von unfähigen Mitarbeiterinnen einmal abgesehen. »Ich brauche die Liquidität, verstehst du? Die Turmstraße ist rott!« Und Sportorthopäden. Sportorthopäden waren auch zum Kotzen. »Wedding. Das ist nicht zu retten. Wir geben das Haus verloren, um die anderen Sachen zu retten. Sonst geht alles den Bach runter. Alle Häuser! Verstehst du? Man muss sich konzentrieren.«

»Der Insolvenzantrag ist für die Pankstraße.«

»Für die Pankstraße? ... Ehrlich? ... Lass mal sehen.« Wolfgang nahm das Schreiben unter die Lupe. »Egal! Das ist auch Wedding. Das ist auch rott!«

»Was sollte ich denn deiner Meinung nach machen?«, fragte Mario. Jetzt klingelte das andere Telefon, das von der Bürkner.

»Ich unterschreibe keinen Insolvenzantrag«, beharrte die Bademantel-Ex.

»Mein Leben ist voll in Ordnung.« Mario war langsam wirklich genervt. Er hatte sich einen Job gesucht, eine Freundin zugelegt – Beziehung, kein Pärchen – und den Lebensstil in der WG revolutioniert, und trotzdem erzählten ihm nach wie vor alle was von nötigen Einschnitten. Was sollte er denn noch alles ändern? Die Frisur? Den Freundeskreis? Den Vornamen?

»Das ist kein Insolvenzantrag!«, schnaufte Wolfgang. »Das ist eine Sanierungsmaßnahme.«

»Wenn ich mich zahlungsunfähig erkläre, nehmen die mir alles weg.«

Wolfgang verdrehte die Augen. Die war aber auch echt bescheuert, die Dings. »Die können dir nicht alles wegnehmen. Den Fernseher zum Beispiel darfst du immer behalten.« Die Beatrix.

Verwunderte Blicke.

»Außerdem ist das nur pro forma.«

»Nö!«

»Ich zahle für euch Unterhalt! Wie soll ich noch Unterhalt zahlen, wenn ich pleite bin?«

»Ich gehe mal rüber zu Sonja …« Mario stand auf. Eine Schnapsidee, sich mit dem Bruder aussprechen zu wollen. Mit Wolfgang konnte man doch gar nicht sprechen.

»Du bleibst sitzen!«, befahl Wolfgang seinem kleinen Bruder. Er hatte wirklich Charisma. »Und du«, er fixierte Beatrix, »musst endlich einsehen, dass das Geld nicht vom Himmel fällt.«

»Spinner!« Die Bademantel-Ex stand unbeeindruckt auf.

»Setz dich hin!«

»Mach dich nicht lächerlich.« Die Ex ging, ohne Wolfgang eines Blickes zu würdigen. Mario schaute ihr voller Bewunderung hinterher. Die war wirklich ganz schön charakterstark, die Ex.

»Blöde Kuh!« Wolfgang stand auf und wandte sich dem Espressoautomaten zu. Offensichtlich war das Ding auch für ihn nicht ganz einfach zu bedienen. Als er den Milchschäumer aufdrehte, flog erst einmal das Ventil durch die Küche.

»Geht es deiner Firma«, Mario versuchte, die Frage so vorsichtig wie möglich zu formulieren, »nicht so gut?«

»Quatsch! Was heißt ›nicht so gut‹? Der ganzen Immobilienbranche geht es miserabel … Das ist der rot-rote Senat, verstehst du? … Eine Katastrophe … Aber deswegen muss man noch lange nicht mit der Flinte, äh …«, Wolfgang ballte die Fäuste, »die Flinte, äh …« Verzweiflung stieg in ihm auf. »Na, wie heißt das? … Die Flinte, die Flinte … Man darf halt nicht aufgeben!« Ein Aufschrei. »Kämpfen, verstehst du? … Sich von schlecht laufenden Betriebssegmenten trennen! Gesundschrumpfen ist das Gebot der Stunde! Sich konzentrieren, Umstrukturieren. Darum geht's. Hast du meine Tabletten gesehen? Magnesium – gut für die Konzentration. Und gegen Kopfschmerzen!«

»Nö.«

Wolfgang stöberte in der Küche herum, sank dann aber erschöpft und etwas unvermittelt auf einem seiner schottischen Bauernstühle nieder.

»Das wollte ich dich schon letztes Mal fragen … Hast du Zeit?«

»Hä?«

»Ich brauche jemanden, auf den ich mich verlassen kann … Für einen Job.«

»Als Immobilienspekulant?«

Wolfgang war beleidigt. »Wir spekulieren nicht. Wir entwickeln Wohnprojekte.«

Die Kaffeemaschine gurgelte bedrohlich.

»Außerdem redet niemand von Wohnungen … Ich hab da diesen Architektur- und Kunstverlag. Neue bildende Kunst. Da gibt es nicht so große Konkurrenz. Außerdem hat man in dem Bereich nicht mit so vielen Arschlöchern zu tun … Ich brauche jemanden für die

Büroarbeit ... Jemanden, der selbständig denkt. Nicht solche Idioten wie bei mir im Büro. Kapierst du? ... Sag mal, hast du meine Armbanduhr gesehen?«

»Nö.«

»Nö, was?«

»Ich habe sie nicht gesehen.«

»Aus den Immobilien gehe ich mittelfristig raus. Abgefuckte Typen ... Kunstbücher, Avantgarde, Architektur – das ist es! Und in dem Sektor gibt es auch nichts Vernünftiges. Nur so Yuppiescheiße.«

Mario ließ den Blick über die Terracottakacheln, Halogenlampen und Rostinstallationen schweifen und nickte.

»Ich dachte, du willst dich konzentrieren.«

»Eben.« Wolfgang nickte. »Nischen erschließen! Pioniergeist! Umorientierung! Sobald es einigermaßen läuft, kriegst du Anteile! Ich bin unbedingt dafür, dass Mitarbeiter Eigentümer werden. Ich mache das ja schließlich nicht, um reich zu werden.«

»Klar ...« Marios Blick blieb an der NASA-Espressomaschine hängen.

»Ich weiß, dass du das drauf hast. Du bist doch kreativ! ... Du warst immer der Kreativere von uns beiden.«

Kreativ. Mario überlegte. Okay, er hatte mal in einer Band gespielt, irgendwas zwischen *Napalm Death* und Hannes Wader. Eigentlich ganz interessant. Seine Gitarre, eine Fender '74, war der Hammer gewesen. Wo war die eigentlich? Die musste noch in diesem Keller in der Mainzer Straße stehen. Wenn die das Haus nicht abgerissen hatten. Scheiß Umstrukturierung. Mist, die musste Mario unbedingt holen, die Fender.

»Und du hast doch auch schon mal bei einer Zeitung gearbeitet.«

Stimmt, das hatte Mario völlig verdrängt. 1992 war er mal Volontär bei so einem alternativen Drecksblatt gewesen. Weil jemand gesagt hatte, man müsse radikalere Positionen in der Bürgerpresse verankern. Mannomann, was Mario schon alles erlebt hatte.

»Das ist doch schon ewig her.«

»Schreiben ist wie Fahrrad fahren.« Wolfgang wedelte aufgeregt mit den Händen. »Das verlernt man nicht.«

Blöderweise hatte Mario das Volontariat zum größten Teil in der Abo-Abteilung verbracht.

»Außerdem hab ich doch einen Job.«

»Einen Job, einen Job.« Der große Bruder stand auf und schlug einmal kraftvoll auf die Kaffeemaschine. Endlich wurde es still. »Du gehst manchmal für Bauarbeiter Geld eintreiben. Die Mutter-Teresa-Nummer. Finden alle nett. Aber das ist was für Jugendliche … Du musst mal was Richtiges wagen. Was Eigenes. Kapierst du?«

Mario war ratlos. So hatte er sich die Aussprache mit seinem Bruder nicht vorgestellt.

»Du probierst es einfach eine Weile, und dann schauen wir weiter.« Wolfgang drehte sich um. »Scheiße … Die muss hier doch rumliegen, die Drecksuhr.«

Da wollte man zum ersten Mal seit der zweiten Klasse dem Bruder das Herz ausschütten und was bekam man zu hören? Nichts als dumme Ratschläge und ein dubioses Jobangebot.

»Diese Drecksuhr … Sonja!«

Aus etwas Abstand betrachtet, war Wolfgangs Vorschlag gar nicht so schlecht. Das Inkassogeschäft bot langfristig ja wirklich nicht gerade berauschende Perspektiven. Man hing von Typen wie Patzky ab, das soziale Renommee der Branche tendierte gegen null, und ganz allgemein stand in den Sternen, wie lange Wassilij und Didi überhaupt noch mitziehen würden.

Wie weit der Zerfall der WG bereits fortgeschritten war, zeigte sich, als Mario mit den beiden zwei Tage nach Piets Auszug auf dem Hausdach zu einem Plenum zusammenkam. Sandstrand, Palmentapete und Meeresrauschen vom Band täuschten zwar nach wie vor fröhliche Leistungsverweigerung vor, aber tatsächlich war die Stimmung alles andere als fröhlich.

»Dann wollen wir mal positiv nach vorne schauen«, Mario kritzelte in seinem Block herum.

»Nach vorne? Was meinst'n damit«

»Na, wir brauchen einen neuen Putzplan, zum Beispiel.«

Grabsteine. Mario zeichnete Grabsteine. Sehr positiv war das nicht.

»I-ich«, meldete sich Didi nach einer Weile zu Wort. »Ich könnt erst mal das … K-klo machen.«

»Gut.« Das fand Mario schon mal spitze. Dass sie wieder miteinander redeten. Auch wenn es nur um das Klo ging. »Und Nachmieter? Fällt euch ein Nachmieter ein?«

»Nachmieter?«, wiederholte Wassilij.

»Pi-piet … soll nicht a-ausziehen.«

»Natürlich nicht«, stimmte Mario ihm zu. »Aber er *will* ausziehen. Man darf die Augen nicht vor der Realität verschließen. Er hat sich sehr verändert in letzter Zeit. Sich neue Ziele gesetzt – Ziele, die wir respektieren müssen.«

»Was denn für Ziele?«, fragte Wassilij.

»Ist doch klar.« Mario kritzelte wieder in seinen Block. Diesmal keine Gräber, sondern Dreiecke. Ganz neutrale Dreiecke. Die waren zwar auch nicht wirklich positiv, aber positiver als Grabsteine. »Er möchte eine Familie gründen. Wir haben Piet für schwul gehalten und gedacht, die WG wäre für ihn so etwas wie seine Familie, und jetzt stellen wir fest, er war gar nicht schwul und wünschte sich …«

»Es gibt keine Homosexualität«, unterbrach ihn Wassilij. »Das sind alles nur Konstruktionen. Man kann ja nicht einmal genau sagen, wodurch sich das biologische Geschlecht eigentlich auszeichnet – vom sozialen einmal ganz abgesehen. Es lassen sich …«

»Ja!«, warf Mario ein. »Aber hast du damit gerechnet, dass er mit einer Frau und einem Kind zusammenzieht? Ich nicht.«

Didis Köter erhob sich, ging zwei Schritte im Kreis und sank schlaff wieder zu Boden. Wenigstens einer, der sich treu geblieben war.

»Ne-nein«, gab Didi zu.

»Ich finde das auch nicht verwerflich. Mit den Jahren verschiebt sich der Schwerpunkt. Ist doch in Ordnung, wenn man dem nachgeht … Sogar sehr in Ordnung, oder?« Die nickten. Beide! Das war schon mal nicht schlecht. »Natürlich hätte diese Trennung undramatischer verlaufen können.« Mario räusperte sich. »Aber ich war klitschnass, und das Kind hat die Fernbedienung aus dem Fenster geworfen.« Das konnten sie ihm jetzt schon mal nicht mehr vorhalten. »Außerdem muss ein Auszug nicht das Ende der Freundschaft bedeuten.«

Wassilij und Didi machten zustimmende Gesten. Sehr beruhigend. Da wiederholte Mario seine Frage am besten gleich noch mal. »Also wisst ihr jetzt jemanden, der als Nachmieter in Frage käme?«

Schweigen. Klar, keiner wollte der Verräter sein.

»Na ja«, sagte Wassilij schließlich zögerlich. »Ich kenne da so einen Usbeken, der …«

»Einen Usbeken?«

»Ja, Taschkent«, sagte Wassilij.

»Musiziert er?«

Warum blickte ihn Wassilij nur so böse an? Das war doch eine legitime Frage.

»Nein.«

»Super. Sag ihm, es geht in Ordnung, wenn er nicht immer Besuch hat. Freundin und ab und an ein Arbeitskollege sind okay. Aber kein Dauerbesuch.«

Wassilij machte ein noch empörteres Gesicht.

»Und … w-wie heißt er?«

»Ivanov«, sagte Wassilij. »War mal Fischer. Störe. Aber der See ist weg.«

»W-weg …?«

»Ja, Aralsee, Klimakatastrophe, da ist jetzt Wüste.«

»Ivanov«, wiederholte Mario. »Sehr gut. Kann man sich leicht merken. Sonst noch was?«

Die beiden schüttelten den Kopf.

»Ganz weg? … I-ist ja schrecklich …«

»Dann hab ich noch was«, sagte Mario. »Könnten wir eine Weile getrennt einkaufen? Ich meine, wir behalten natürlich den gemeinsamen Kühlschrank. Aber die Fächer … wir könnten getrennte Fächer einführen …«

»Hä?«, entfuhr es Wassilij.

»Ich werde jetzt viel außerhalb sein … Möglicherweise … Also wahrscheinlich … Und da wäre es doch idiotisch, wenn ich immer doppelt Essen einkaufen müsste. Draußen und zu Hause …«

»Verstehe ich nicht.«

Mario druckste herum. »Na ja, ich habe einen Job.«

»Was hast du?«

Hätte er nicht gedacht, dass ihm das so peinlich sein würde. »Eine Arbeit.«

»Super!« Wassilij wirkte erleichtert. »Das heißt, mit dem Geldeintreiben ist jetzt endlich Schluss?«

»Wieso? Nein! Wie kommst du darauf? Das kann man auch in der Freizeit machen.«

»Was für einen … Job hast du denn?«

»Verlag«, sagte Mario.

»Verlag?«, fragte Wassilij ungläubig.

»Ja, Kunstbücher, Architektur, Städtebau. So Sachen.«

»Da hast du doch gar keine Ahnung von.«

»Wieso?«

»Von Städtebau?«

»Na ja«, Mario zuckte mit den Achseln. »Wieso? Städtebau, das kennt doch jeder: Vorstadt, Innenstadt, Parkhaus, S-Bahn. Außerdem habe ich mal in einer Zeitung volontiert.«

»Und wo? … W-wo ist dein Job?«

Mario zögerte. »Egal.«

»W-wieso egal?«

»Na, egal halt.«

»S-sag schon.«

Warum wollten die das wissen? Auf der anderen Seite: Er kannte Didi seit 26 Jahren, seit dem Kindergarten. Er konnte dem doch nichts verheimlichen. »Bei meinem Bruder.«

Wassilij stieß einen spitzen Schrei aus. »Bei deinem Bruder! Ich dachte, dein Bruder ist Immobilienspekulant.«

»So sehr spekuliert er nun auch wieder nicht. Er hat ein paar Projekte, aber da will er ja weg, von den Immobilien ... Deswegen will er ja diesen Verlag ausbauen ... Außerdem macht er auch Sozialbau. Für Familien.«

»Aha!«, sagte Wassilij trocken.

»Hab ich euch eigentlich erzählt, dass Wolfgang diesen Zopftypen aus Grunewald kennt? Den mit dem Keith-Haring-Bild und dem Geld in der Plattensammlung? Und dass Patzky mit dem jetzt Geschäfte machen will? Und dass mein Neffe Tomimoto die Citibank fast ruiniert hat? Mit einem neuen Überweisungsprogramm?« Mario lachte hysterisch auf. Klang ziemlich übertrieben, aber Hauptsache, sie redeten nicht mehr über seinen Job. »Was ist das nur für eine Welt?«

»Nein«, antwortete Wassilij. Mann, zog der eine Fresse. »Hast du nicht erzählt.« Der schien wirklich sehr schlecht gelaunt. »Aber so gesehen müssen wir ja richtig froh sein, dass wir nicht mehr Geld eintreiben gehen. Sonst würden wir eines Tages bei deinem Bruder vor der Tür stehen ...«

»Quatsch!« Mario unterbrach ihn schroff. »Mein Bruder bescheißt keine Handwerker. Nur Sportorthopäden und Rechtsanwälte. Und er kennt Patzky auch nicht. Ich habe ihn gleich am Anfang gefragt! Was denkt ihr denn?«

Wie konnte Wassilij nur so misstrauisch sein? Wo Mario und er so lange zusammen wohnten. Na ja, so lange nun auch wieder nicht. Vier Jahre. Kam ihm irgendwie länger vor. »Und was heißt das überhaupt, nicht mehr Geld eintreiben gehen? Haben wir doch gerade ausgemacht, dass wir das in der Freizeit weitermachen können.«

»Haben *wir* ausgemacht?«

»Wir wären doch blöde, wenn wir das aufgeben würden. Du brauchst das Geld doch auch, oder?«

Wassilijs wunder Punkt. Die Wohnung im Zweiten. Mario lachte sich ins Fäustchen. Hätte er nicht gedacht, dass sich diese Wohnung noch bezahlt machen würde.

»Nö.«

»Wie, nö?«

»Ich brauche das Geld nicht.«

»Warum nicht?«

»Die Miete ist für eineinhalb Jahre im Voraus bezahlt.«

»Was? Wie? Das kann doch gar nicht sein«, stammelte Mario. Früher hatten sie sich gegenseitig auf dem Laufenden gehalten. Pläne, Probleme, Affären – über alles hatten sie geredet. Und jetzt diese Kommunikationslosigkeit. »Du hast doch auch die Flugblätter bezahlt. Und die Anwälte. Und die Fahrtkosten für diese Asylanten!«

»Asyl … b-bewerber …«, korrigierte Didi.

»Didi hat mir seinen Anteil gegeben.«

»Warum das denn …?« Mario legte sich die Hand auf

die Stirn. Gute Güte, sie kommunizierten ja überhaupt nicht mehr miteinander. »Und ich? Was mache ich jetzt?«

»Na, arbeiten. Sagst du doch selbst. Wofür brauchst du eigentlich so viel Geld? Du gibst doch gar nichts aus. Außer mal für ein Abendessen mit Melek. Oder willst du jetzt in Immobilien anlegen?«

Wahrscheinlich wäre es das Beste gewesen, Mario hätte einfach die Wahrheit gesagt. Aber wie das schon klang: *Ich brauch's für Meleks Edeka. Wir sind zwar kein Pärchen, sondern nur eine Beziehung, aber gerade weil wir uns Spielräume lassen, brauchen wir das Gefühl, uns aufeinander verlassen zu können. Und so merkt Melek vielleicht, was sie an mir hat.* Das würden seine Mitbewohner nie verstehen. Sie würden glauben, Mario wäre ein Opfer seiner Hormone geworden, so wie dieser schreckliche Piet.

Nein, Mario behielt die Sache lieber für sich; genau wie die anderen Fragen, die ihn beschäftigten: Warum war es zu Hause immer so laut? Gehörte man mit 32 wirklich schon zum alten Eisen? Was fand Melek an diesem Bauarbeiter? Und: Warum war der so behaart? In der WG hätten sie ja doch wieder nur auf Marios Gefühlen herumgetrampelt.

»Was für ein putziges Ding!«

Stattdessen hatte Mario sich mit Melek verabredet. Sie hatte ihn zu einem Zoobesuch eingeladen. Was für eine bekloppte Idee. Schon allein der Gestank. Und überall diese Fortpflanzung: zwei-, vier-, sechs-, acht-, 1000-füßige oder komplett fußlose Bioeinheiten, deren einziger Daseinszweck in der Kopulation bestand. Die Natur konnte so was von ekelhaft sein. Und ausgerechnet hierher hatte Melek Mario geschleppt, um mal wieder »was Schönes zusammen zu machen«. Lächerlich. Einfach lächerlich war das.

»Ja, toll.«

»Und der da erst.«

Ein hängebäuchiger Bettvorleger mit manisch-depressiver Ausstrahlung schlurfte durchs Blickfeld. Sehr putzig.

»Sag mal, hast du was?«

»Nein. Was sollte ich denn haben?«

Melek wandte sich wieder dem Bettvorleger zu. »So ein ähnliches Tier habe ich schon mal irgendwo gesehen.«

Stimmt, jetzt erinnerte Mario sich auch. Die Ähnlichkeit war nicht von der Hand zu weisen: allein der behaarte Rücken.

»Komm.« Melek zerrte Mario weiter. Wo wollte sie hin? Aber er würde nicht fragen. Bloß nichts fragen. Bloß nicht den Gedanken aufkommen lassen, sie wären eines von diesen Pärchen, die immer alles besprachen. Nichts da. Jeder führte sein eigenes Leben, jeder nach seiner Façon, jeder Herr auf der eigenen Burg. Und wenn es bei ihr auf der Burg noch andere Bewohner gab, war das auch nicht dramatisch.

»Hier lang.« Sie deutete auf ein Nebengebäude mit ausgesprochen steriler Ausstrahlung. Mario folgte ihr unwillig. Was war das? Ein Schild war nicht zu sehen. Es roch auch nicht. Also schon mal keine Nilpferde.

»Jetzt kommt die Überraschung.« Melek lachte. Übers ganze Gesicht, aber nicht Privatfernsehen. Nicht so leicht zuzuordnen. Ein bisschen heimtückisch. »Du musst aber die Augen zumachen.«

»Warum?«

»Damit es eine Überraschung ist, du Trottel.«

Trottel.

»Ich sehe ja nichts, wenn ich die Augen zumache.«

»Du sollst ja auch nichts sehen.«

»Und wenn ich stolpere?«

»Du stolperst nicht. Ich führe dich.«

Warum machte sich Mario eigentlich so einen Kopf? Vielleicht waren Melek und der Flokati wirklich einfach nur Freunde. Oder er war schwul. *Du bist doch schlank, wie viele Stückchen Zucker hättest du denn gern? Oder magst du es lieber Cowboy-Stil, schwarz?* Genau, der war schwul. Der hatte Mario angemacht!

»Hast du jetzt die Augen zu?«

»Mmm.«

Aber das war auch nicht besser. Auf Schwule konnte man sich heutzutage nicht mehr verlassen. Wenn es darauf ankam, wurden die im Handumdrehen zu Heteros.

»Ich sehe nix.« Mario tappte unsicher neben Melek her.

»Jetzt stell dich nicht so an.«

»Das fühlt sich aber komisch an.«

Sie stiegen eine Treppe hinauf.

Wie zart Melek seine Finger umfasste. Also, wenn sie mit dem Flokati etwas hatte, dann konnte es nichts Festes sein. Wie könnte Melek sonst so zärtlich zu Mario sein? Und im Bett so leidenschaftlich? Okay, das konnte gespielt sein. Bei Frauen war man sich da ja nie ganz sicher. Aber richtig gespielt wirkte es bei ihr nicht.

»So, wir sind da … Vorsicht … Ich mache die Tür auf.«

Es roch immer noch nach nichts. Also auch keine Affen oder Raubkatzen. Außerdem war es ziemlich leise. Genau genommen hörte man gar nichts. Die wollte ihn verführen! Die schleppte ihn schnurstracks in eine Wäschekammer! Oder einen Putzraum! Verführt zu werden war ja nicht schlecht. Aber doch nicht im Zoo! Da konnte man überall überrascht werden! Und außerdem war da ohnehin schon alles animalisch.

»Jetzt noch zehn Meter geradeaus.«

Mario atmete erleichtert auf. Also doch keine Wäschekammer. Die waren kleiner. Jetzt hörte er Schritte. Leise Stimmen. Aber keine Kinder. Na klar! Bei Mario fiel der Groschen. Sie waren im Schlangenhaus! Bei den Schlangen waren nicht so viele Kinder. Wegen der Traumata. Kinder konnten danach nicht schlafen … Igitt, Schlangen! Da würde Mario wochenlang Albträume von haben. Obwohl: besser als Nilpferde. Nilpferde verschlangen zwar keine lebenden Nagetiere, um danach vier Wochen in Verdauungsstarre zu verfallen, aber dafür stanken sie wie Furz auf vier Beinen.

»Und jetzt nach links und noch drei Schritte …«

Oder Melek war mit dem Flokati in einer Art Tauschring. Weil sie nicht genug verdiente. Massierte die Leute, die für sie den Innenausbau vom Laden gemacht hatten. Oder machen sollten. Ja, das konnte sein. Tauschringe waren ja groß im Kommen. Wegen der Rezession.

»… und stehen bleiben …«

Eine Tauschringbekanntschaft. Das klang doch schon viel besser. Man lernte neue Leute kennen und machte auch mal privat was zusammen. Massieren war natürlich immer ein bisschen privat, aber sie hatte kein schlechtes Gewissen gehabt. Es war was Geschäftliches.

»... und jetzt, mein Schatz, drehst du den Kopf nach unten. Aber noch nicht die Augen aufmachen!«

Was habt ihr miteinander, der Flokati und du? Meine Güte, warum fragte Mario sie nicht einfach? Er konnte die Angelegenheit doch direkt ansprechen. Aber das war so peinlich ... Am Ende würde Melek noch denken, dass er sie kontrollieren wollte. Wie in so einem Pärchen. Oder ihn für eifersüchtig halten. Ihn!

»So! Jetzt darfst du schauen.«

Mario machte die Augen auf und konnte nur mit Mühe einen Entsetzensschrei unterdrücken. 20 Zentimeter vor seiner Nase verputzte ein fußballgroßer Achtbeiner mit den ekelhaftesten, längsten, behaartesten Beinen, die Mario jemals begegnet waren, eine Riesenheuschrecke.

»O Gott!«

»Widerlich, was?«

Mario röchelte. Der Puls raste, Schweiß trat aus allen Poren. Was sollte das? Wollte die ihn fertig machen?

»Schau mal. Die reagiert gar nicht, wenn man klopft.« Melek bollerte gegen das Terrariumsglas.

»Nicht!« Mario griff hysterisch nach Meleks Händen. »Das kann kaputtgehen!«

»Quatsch! Das geht nicht kaputt!« Melek hämmerte zur Demonstration gleich noch mal gegen das Glas. Zwar standen überall im Raum Hinweistafeln, dass man die Terrarien nicht berühren solle, aber wen interessierten schon Hinweistafeln? »Man sollte doch glauben, dass so ein Viech mitbekommt, wenn man da draufhaut. Aber schau mal, wie ruhig sie weitergeht.«

Gehen. Eine ziemlich verharmlosende Bezeichnung für so ein ekliges Krabbeln.

»Was soll der Scheiß eigentlich?«

»Was denn?«

»Warum musst du mich mit so was terrorisieren?«

»Aber Mario!« Melek blickte ihn traurig an. »Ich wollte dich nicht terrorisieren. Ich dachte, das entspannt dich. So wie ein schöner Horrorfilm: Man erschreckt sich, und dann freut man sich, dass es nur ein Film war, und ist ganz entspannt. Bist du jetzt nicht entspannt?«

»Nein, bin ich nicht!« Na ja, gut. Immerhin nett gemeint.

»Tut mir leid.« Meleks Miene hellte sich wieder auf. »Weißt du, was sie nicht mag? Wenn Licht und Schatten sich schnell abwechseln.« Melek wedelte mit den Händen vor dem Terrarium herum. Die Vogelspinne zuckte zusammen. War offensichtlich doch ein bisschen schreckhaft. »Ich glaube, die sehen nicht gut. Und hören auch nichts. Oder siehst du irgendwo Ohren?«

Man sah eigentlich nichts außer Haaren, Beinen und Fresswerkzeugen.

»Nein.«

»Irre, was? Wenn man sich vorstellt, dass die ihre Opfer beißen und aussaugen.«

»Ja, irre.«

»Aber die abgefahrensten Tiere sind nicht Vogelspinnen, sondern die Viecher hier.« Melek ging ein paar Meter weiter. »Schau mal.«

Mario wollte es gar nicht so genau wissen.

»Da hinten.«

Gott sei Dank. Das Tier war kleiner als die Vogelspinne und auch nicht so behaart.

»Und … äh … Wie heißt das?«

»Das ist eine Schwarze Witwe. Und weißt du, was das hinter ihr ist?« Melek zeigte auf ein paar kleine schwarze Stängel am Boden.

»Nein.« Woher auch?

»Das ist das Männchen. Beziehungsweise das, was von ihm übrig geblieben ist.« Melek lachte kehlig auf. Fast wie ein Bauarbeiter. Von wegen nett gemeint!

»Ist ja ekelhaft!«, sagte Mario.

»Ja, total ekelhaft.« Melek betrachtete die schwarzen Beinchen. »Aber das Männchen macht das freiwillig. Es opfert sich für den Nachwuchs.«

Das war eine Anspielung! Das waren alles blöde Anspielungen!

»Ach ja?!«

»Ja«, Melek nickte. »Sehr. Wie rational muss man sein, um so was zu machen? Wobei eine Spinne ja eigentlich nicht rational sein kann, was? Oder haben die Gehirne?«

Mario zuckte mit den Achseln.

»Also, richtige Gehirne haben die bestimmt nicht … Egal! Komm weiter. Da hinten sind ein paar Insekten, da kommt einem die Kotze hoch!«

Mario hatte gehofft, dass sie sich aussprechen würden, dass Melek ihm von ihrem Verhältnis zum Flokati erzählen würde. Und was war? Er bekam die ganze Zeit diesen Insektenmist zu hören!

»Was für eine Missgeburt, was? Gottesanbeterinnen.

Da muss Allah echt einen schlechten Tag gehabt haben, als er sich das ausgedacht hat.«

Es reichte. Mario würde jetzt ganz direkt fragen.

»Meinst du …«, Melek presste den Kopf an die Scheibe, »die fressen gleich einen von diesen possierlichen, kleinen Kä …?« Plötzlich kam Bewegung ins Terrarium. »O!«

Doch diesmal röchelte Mario nicht mit. Diesmal beherrschte er sich. »Melek! Woher kennst du eigentlich …?«

»Ja?«

Die Gottesanbeterin biss einem der putzigen kleinen Käfer den Kopf ab.

» … Serol?«

»Serol?«, fragte Melek abgelenkt.

»Na, deinen …«, schwulen Cousin, Flokati, Tauschring-Bekannten, »… Kumpel?«

»O, Serol«, Melek legte den Kopf schief, um besser ins Terrarium sehen zu können. »Den kenn ich schon lange.«

Schon lange? Was hieß das? »Aber ihr seid nicht verwandt?«

»Nein, nein … Das ist übrigens ein Weibchen. Die Flügel sind kürzer als der Hinterleib.«

Aha.

»Bei den Männchen ist der Hinterleib nicht so lang.«

Konnte die jetzt mal antworten?

»Wir sind zusammen im Container gekommen.«

Im Container?

»Im Container?«

»Glaubst du vielleicht, man kann einfach mit dem

Flugzeug nach Deutschland einreisen?« Die Gottesanbeterin ließ sich Zeit mit dem Käfer. »Er ist aus der Türkei. Aber die haben ihn erst mal nach Zagreb gebracht. Und von da sind wir weiter. Im Kühlcontainer. Zucchini.«

Eine Flüchtlingsbekanntschaft. So was schweißte natürlich zusammen. Die entscheidende Frage war allerdings, in welcher Hinsicht das zusammenschweißte. Obwohl Mario das ja genau genommen egal sein konnte. Sie waren ja kein Pärchen.

»Und da wart ihr nur zu zweit?«

»Wie, zu zweit?«

»Na, im Container.«

»Quatsch, wir waren 30!«

O Gott, 30! Die Ärmsten!

»Meinst du«, Melek lehnte den Kopf nach vorn, »die frisst den Käfer gar nicht richtig auf?« Die Gottesanbeterin knabberte unmotiviert am Käfer herum.

»30 wart ihr, meine Güte!« Mario spürte, wie ihm Tränen in die Augen schossen. »Wie habt ihr denn da Luft bekommen?«

»Ja, eng war es …«

»Das tut mir so leid.«

»Ach …« Melek winkte ab.

»Das ist so ungerecht.« Mario blickte betreten zu Boden. »Wie kann es sein, dass manche Leute, nur weil sie einen deutschen Pass haben, alle Privilegien genießen, während Menschen aus Jugoslawien oder Afrika …«

»Wusstest du eigentlich«, unterbrach ihn Melek, »dass Gottesanbeterinnen auch ihre Männchen fressen?«

Diese Melek war wirklich eine blöde Kuh. Da versuchte Mario, sich in sie und ihr Flüchtlingsschicksal hineinzufühlen, und sie kam mit schon wieder mit unappetitlichen Details aus den Kloaken der Evolution. Aber jetzt war das Maß voll.

»Was soll das eigentlich die ganze Zeit?« Er fletschte die Zähne.

»Was?«

»Deine blöden Anspielungen!«

»Anspielungen?«

»Dieser Insektendreck!«

»Aber Spinnen sind keine Insekten«, wollte Melek erläutern. »Spinnen sind …«

»Diese Geschichten von den gefressenen Männchen. Dieser Tierweltmist.«

Melek blickte ihn verständnislos an. »Was hast du denn?«

»Ich habe nichts!!!«

»Aber …«

Mario schnaufte. »*Du* hast was! Und zwar einen Hau! Aber ich lass mir nicht länger auf der Nase herumtanzen. Ich habe die Schnauze voll von deinen nervigen Geschichten. Familiengründung, Edeka, Männer fressende Weibchen.« Mario zitterte vor Wut. »Das kotzt mich an. Deine ganze Rücksichtslosigkeit kotzt mich an.« Mario spürte, wie eine Last von ihm abfiel. Ganz leicht fühlte er sich auf einmal. »Und weißt du, was du mit dem Flokati machen kannst?«

»Flokati?« Melek begriff überhaupt nichts mehr. Familiengründung? Sie wollte doch noch gar keine Familie gründen. Rücksichtslosigkeit? Sie hatte ihm doch immer geholfen – seit dem Tag mit dem Fahrrad. Und der Edeka – das war doch nur eine lustige, kleine Idee.

Was hatte er denn gegen lustige, kleine Ideen? »Das mit den Spinnen«, setzte sie an, »ich dachte, das entspannt.«

Doch Mario war alles andere als entspannt. »Du kannst den Flokati von mir aus jeden Tag durchkneten. Das ist mir ab jetzt scheißegal.«

Wortlos drehte er sich um und ging. Ein wunderbares Gefühl. Endlich hatte er mal eine Grenze gezogen.

Dass ein Insektenhaus nicht der geeignete Ort war, um Beziehungsprobleme aus dem Weg zu räumen, lag eigentlich auf der Hand. Doch noch zweifelhafter war die Ortswahl, die Hasan und Wolfgang für ihre Firmenbesprechung an diesem Tag getroffen hatten: ein von schweren Antiehefrauengardinen geschütztes Kartenspielercafé in türkischem Plastetapetenchic. Wie sollten sie hier eine umfassende Geschäftssanierung einleiten? Wolfgang war ganz niedergeschlagen. Schrecklich, dass die Gastarbeiter in so was ihre Freizeit verbringen mussten. Oder machten die das am Ende freiwillig? Dann musste denen das viele Migrieren aber mächtig auf den Geschmack geschlagen haben. Allein diese Spielautomaten! Was da für primitive Melodien rauskamen! Nur die simpelsten Terzen und Quinten. Nicht eine einzige etwas anspruchsvollere Septe. Und dann der Rauch! Unerträglich. Als ruinierte man sich auf dem Bau nicht schon genug die Gesundheit. So eine Gastarbeiterfreizeit war wirklich kein Vergnügen.

»Und hier gehst du immer so hin?«

»Na ja, was heißt immer?«

»Ist ja auch … ganz gemütlich … so.«

Hasan ignorierte die Bemerkung. Er machte keinen besonders gut gelaunten Eindruck.

»Und die Musik … ist die türkisch? Kurdisch?«

»Alewitisch.«

»Aha …« Wolfgang nickte. Aleuten. Hatte er schon mal von gehört. Eine Inselgruppe. Wusste er gar nicht, dass Hasan von einer Inselgruppe kam.

»Und spielen die das traditionell mit diesem … Wie heißt das?«

»Saz.«

»Genau. Satz.«

»Nö. Iss keine Saz.«

»Keine Satz?«, wiederholte Wolfgang entgeistert.

Irritierend fand Wolfgang auch, dass die Gäste hier alle Schnurrbärte trugen. Nicht schön. Das war ja die reinste Karikatur, dieses Schnurrbartgetrage. Dabei gab es heutzutage so viele Varianten einigermaßen modischer Bärte: Koteletten, Spitzbärte, streichholzbreite Kinnbehaarung. Aber Schnurrbärte? Die sahen prollig aus und waren außerdem altmodisch. Musste man es den Rechtsradikalen mit ihren Klischees so leicht machen? Manchmal hatte Wolfgang den Eindruck, dass sich die Türken in Deutschland wirklich nicht zurechtfanden. Weder kulturell noch ästhetisch. Obwohl sie sich ja wahrlich nicht verstecken mussten! Der mittlere Osten war doch die Wiege der Kultur. 10.000 Jahre Geschichte! Die ersten Städte, die ersten Schriften, die Erfindung von Astronomie und Philosophie. Und was war geblieben? Schnurrbärte.

»Und hier trefft ihr euch so … zum Plaudern?«

Wolfgang versuchte der Sache etwas Positives abzugewinnen. Immerhin lernte er etwas Neues kennen.

»Ja.«

»So in der Freizeit, was?« Wolfgang tippte mit den Fingern auf den Tisch. Die Folklore war eigentlich ganz interessant. Viervierteltakt, kontrapunktiert. Nur leider vom Synthesizer erdrückt. Barbarisch. »Und was spielt ihr hier so? Poker?«

»Auch.«

»Um Geld?«

»Nein, um Frauen.«

»Um Frauen?«, fragte Wolfgang erschrocken.

Hasan schwieg. Der war nicht gut gelaunt heute.

»Ach, das war ein Witz. Mensch, Hasan, hör auf, mich zu verscheißern. Ich bin doch so gutgläubig …«

Aber Hasan schwieg weiterhin.

»Pokern ist ja so eine Sache.«

Keine Antwort. Na, auch egal.

»Ich habe was gegen Glücksspiel … Ist doch pervers … Man fängt mit einem vollen Portemonnaie an, und plötzlich ist man hochverschuldet … Und umgekehrt hat jemand anders ohne groß was dafür getan zu haben plötzlich Zehntausende in der Tasche … Ist doch ungerecht? Ich meine, was für eine Lebensphilosophie steckt da dahinter? Stell dir mal vor, die ganze Gesellschaft würde so funktionieren … So asozial … Da müsste man doch eine Revolution gegen organisieren … Haha, was?«

»Ich spiel nicht …«

»Ach nein?«

»Ich komme zum Fußballschauen.«

Also Fußball. Hasan interessierte sich für Fußball. Na gut, dann redeten sie halt über Fußball. Kannte sich

Wolfgang zwar nicht so gut mit aus. Aber man konnte ja auch nicht über alles Bescheid wissen.

»Fußball ist besser ... Dieses Sportliche! ... Das ist viel vernünftiger als Glücksspiel ... Laufen, Flanke, Kopfball ... Und Kreativität braucht man auch. Diese Brasilianer zum Beispiel – die Kreativität, wie die ihre Pässe ...«

»Können wir jetzt mal zum Thema kommen?«, unterbrach Hasan seinen Partner schroff.

Wolfgang überlegte. Stimmt, da war etwas gewesen. Hasan hatte etwas besprechen wollen.

»Sicher ... Wo brennt's denn?«

»Das Geld. Ich brauche das Geld für meine Jungs.«

Toll, jetzt hatte Hasan Wolfgang zehn Minuten sinnlos herumquatschen lassen. Hätte er auch gleich sagen können, das mit dem Geld. Dann wäre das für Wolfgang jetzt nicht so peinlich. Aber so waren sie, die Nickelbrillentypen: auf den ersten Blick verständnisvoll wie Jesus der Nazarener, auf den zweiten verschlagen wie alle Basarseltschuken.

»Ja, ich weiß«, erwiderte Wolfgang.

»Ich muss die Woche zahlen.«

Zahlen ... Wolfgang grübelte im Stillen. Es gab so viele Möglichkeiten, dieses Wort zu interpretieren ... Fast schon unendlich viele ... Allein in der Mathematik: ganze Zahlen, reelle Zahlen, irreelle Zahlen, natürliche Zahlen.

»Meine Jungs!«

»Deine Jungs«, wiederholte Wolfgang.

»Ich halte sie seit zwei Monaten hin.«

»Ja, stimmt.« Wolfgang nippte am Teeglas. Eigentlich

ganz drollig diese Gläser. Vor allem die Goldstreifen. Sehr hübsch. »Wo gibt's eigentlich solche Gläser? ... Die sind sehr schön ... Könntest du mir auch so Gläser besorgen, ich meine, weil ...?«

»Was ist jetzt mit dem Geld?«, unterbrach ihn Hasan erneut. Dieser Materialist!

»Glaubst du, ich denke da nicht jeden Tag dran?« Wolfgang legte eine betretene Miene auf. »Ist mir auch klar, dass die das Geld brauchen ... Und ich habe alles versucht! Die ganzen letzten Wochen habe ich nichts anderes gemacht, als Liquidität umzuschichten.« Aber blöderweise von Beatrix eine Abfuhr bekommen. Und ohne Beatrix war das mit dem Umschichten eher Essig. Komplett Essig. »Wir sind Partner, Hasan ... Du machst deinen Job, und ich versuche, meinen zu machen .... Aber ich kann nicht zaubern! ... Das braucht seine Zeit.« Und wenn man sich überlegte, dass es die Menschheit seit dem Holozän gerade mal bis zur Zentralheizung und dem elektrischen Dosenöffner gebracht hatte, war das mit der Zeit erst recht relativ. »Das ist alles schwierig ... Aber du musst dir keine Sorgen machen!«

Hasan blickte Wolfgang mitleidlos an. »Wann kriege ich das Geld?« Was war denn mit dem los? So materialistisch war der doch noch nie gewesen.

Wolfgang seufzte. »Freitag ... Am Freitag hast du das Geld.« Wolfgang wusste zwar nicht, wie er das anstellen sollte, aber Hasan war sein Partner, sein Kumpel. Seit Jahren. 120 Häuser! Das konnte man nicht einfach ignorieren, und außerdem war es wirklich nicht gerade anständig, Arbeiter zu bescheißen. »Du kannst dich drauf verlassen.« Wolfgang schaute nachdenklich auf den Fernseher, es lief Werbung. Türkisch. Ob das wohl dieser berühmte *Al-Dschasira*-Sender war? »Wirklich. Ich strenge mich an. Ganz ehrlich ... Weißt du, Hasan, du bist ein anständiger Typ ... Der anständigste, der mir in dem Gewerbe begegnet ist ... Ich würde dich nie hängen lassen. Okay?« Und war das jetzt Joghurt oder Scheuermilch in dem Werbespot?

»Mmm.« Hasan machte ein misstrauisches Gesicht. O je, o je, war der misstrauisch.

»Ich setze die Zinszahlungen bei der Commerzbank aus. Auch wenn das Ärger bringt.«

Hasan schwieg.

»Habe ich dich jemals hängen lassen?« Okay, Wolfgang hatte Hasan damals versprochen, sich um die Aufenthaltsgenehmigung zu kümmern. Aber dass das nicht geklappt hatte, war nicht Wolfgangs Schuld gewesen, sondern die von dem Anwalt. Das war vielleicht ein Dilettant gewesen, dieser Anwalt.

»Nein.«

»Siehst du?«

Hasan nickte.

»Du kriegst das Geld am Freitag.« Wolfgang kam in Fahrt. »Ich weiß, dass ich dich da in eine blöde Lage gebracht habe. Aber dieser Job ist wie Extremsport ... Bungee-Jumping, Freeclimbing ... Man bewegt sich immer am Limit ... Und es gibt so viele Leute, die wollen einen übers ...äh, Limit ... schubsen? ... In den Abgrund, du weißt schon ... Und man ist von Feinden umzingelt: Chirurgen, Rechtsanwälte, Sportorthopäden – alles Wölfe ... Von den Banken ganz zu schweigen ... Die Banken, sage ich dir, die sind wie Geier. Ach was, wie Hyänen!«

»Ja.« Hasan nickte. Zum ersten Mal an diesem Tag stimmte er ihm zu. »Ich weiß.«

»Aber wir lassen uns nicht schubsen!«

Es wurde August, und das Leben in der Stadt verlief in den gewohnten Bahnen: freie Parkplätze wegen der Sommerferien, die U-Bahnen voll mit unappetitlichen Oberschenkel-Schweißspuren und die Tagespresse (*Geil: Krieg! Boxenluder! Große Top-Getränke-Abstimmungsaktion*) wie stets um Aufklärung bemüht. Nach den Sonnenwochen im Juli hatte sich eine atlantische Feuchtluftglocke über die Stadt gelegt und sorgte für amazonisches Ambiente – ein Lebensgefühl wie in der Dunstabzugshaube. Auf der Straße wurden die zwecks Stadtbesichtigung angereisten Schwulensportvereine aus Holland allmählich wieder von Jugendlichen im Hauptschulalter abgelöst, die nach dem Urlaub – Antalya, Mallorca, Solarium – schlecht gelaunt, aber gut gebräunt an die Orte ihres Schaffens zurückkehrten, und in den Hauseingängen und Rinnsteinen entwickelten Hundehaufen, Mülltüten und Gullis ihre ganze olfaktorische Kraft.

Für Mario waren die zwei Wochen seit Piets Auszug alles andere als erfreulich verlaufen. Der Mitbewohner hatte den Videorekorder mitgenommen, nach den Pleiten bei Christine und Serol wurde das Geld allmählich knapp, mit Melek hatte Mario seit dem Zoobesuch nur zwei Mal telefoniert, und um die Stimmung zu Hause stand es auch nicht zum Besten. Vor allem die neue Einkaufsregelung fanden Didi und Wassilij offensichtlich doch nicht soooo lustig – zumal der Kühlschrank seit Einführung der Fächertrennung Erinnerungen an die innerdeutsche Teilung weckte. Zwar war man sich in der WG einig, dass die Zweistaatlichkeit historisch gesehen richtig gewesen war, aber einen schönen Anblick bot so ein Todesstreifen trotzdem nicht. Schon gar nicht unmittelbar nach dem Aufstehen.

So war Mario eigentlich ganz zufrieden, als er seinen ersten Arbeitstag bei Wolfgang antreten und den Konflikt zu Hause wenigstens für einige Stunden hinter sich lassen konnte. Der Kunstbuchverlag war in dem Souterrain untergebracht, wo auch Wolfgangs Immobilienimperium seinen Sitz hatte, allerdings nicht auf der Seite zum ehemaligen Fliegerbunker, sondern im umgebauten Kohlenkeller. Souterrain war in, seitdem in Mitte die Kellerclubs florierten. Arbeitsleben und Afterwork-Party konnten so gleitend ineinander übergehen.

»Das da …« Wolfgang stand vor dem Wandregal und erklärte seinem kleinen Bruder ein wenig kurzatmig die Büroeinrichtung. »Das ist unsere Bibliothek!« Er warf die Haare nach hinten. »Habe ich von zu Hause mitgebracht… Damit man immer nachschlagen kann, wenn man etwas nachschlagen muss, was? … Haha! … Theoretisch, konzeptionell … Die Stoßrichtung muss nämlich sein, theoretischer zu sein als die anderen… Verstehst du?«

Mario verstand nicht ganz. Aber das sollte man bekanntlich am ersten Arbeitstag nicht so deutlich zeigen.

»Praktischer auch … Aber vor allem theoretischer … Um sich abzusetzen … Von den anderen … Nicht so Mainstream-Scheiße … Okay?«

Wolfgangs Handy klingelte, aber er ging nicht dran. Das hieß, er meinte das ernst. Das mit dem Kunstbuchverlag.

»Du kennst dich doch aus? … Theoretisch …«

»Theoretisch schon.« Mario nickte.

»Städtebautheoretisch! Kunsttheoretisch! … Theorietheoretisch!«

Mario dachte nach. *Theorie.* Das war das Zeug, das sie als Jugendliche gelesen hatten. Guevara, *Theorie des Guerillakrieges.* Dann die Sachen, die einem Wassilij am Frühstückstisch erzählte: normatives Sprechen, Akkumulationszyklus, Intersexualität. Das heißt, erzählt hatte – bevor Mario auf die Idee mit den getrennten Kühlschrankfächern gekommen war. Und schließlich der Teil der Führerscheinprüfung, den man zuerst machen musste. Der ohne Lenkrad. Aber den Führerschein hatte Mario ja nie gemacht. Lohnte sich nicht in einer Stadt wie Berlin.

»Okay«, kürzte Wolfgang die ins allzu Theoretische abdriftende Diskussion ab. »Was du nicht weißt, liest du halt nach … Am besten das … und das …« Er riss Bücher aus dem Regal und warf sie auf den Schreibtisch. »Situationismus kann auch nicht schaden … Subversiv, weißt du? Wir müssen subversiv sein …« Endlich hörte das Handy auf zu klingeln. »Theoretisch und praktisch! … Mann, wir werden einschlagen wie eine Bombe! Bei dem ganzen Mainstream überall.«

Die Schreibtischplatte knirschte. Waren auch eine Menge Bücher und die Platte nur aus Spanholz.

»So!« Wolfgang rieb sich zufrieden die Hände. Mann, war er gut drauf. Ob das am Ephedrin lag? Super, dieses Ephedrin. Hatte ihm Martina mitgebracht. Martina, die Sekretärin. Aus Amerika! Da stellten die sich nicht so an von wegen Kontrollstaat.

»Okay. Womit fangen wir an?«, fragte Mario, um einen motivierten Eindruck zu machen.

»Pressearbeit ...« Wolfgang legte an Geschwindigkeit zu. »Man muss wahrgenommen werden ... Ohne Presse kein Verkauf, verstehst du? ... Und wir brauchen einen besseren Vertrieb ... Jemanden, der uns richtig pusht! ... KNÖ, Köhler, Libri, Amazon, Suhrkamp ...«

»Ich dachte, Suhrkamp ...«

»Trotzdem! Trotzdem! ... Können ja trotzdem was für einen machen. Allein, was die an Renommee haben. Theoretischem!«

Mario fragte sich, ob er gerade einen Fehler beging. Das mit dem Geldeintreiben war eine übersichtliche Angelegenheit gewesen: Man bekam eine Adresse und holte Geld. Außer im Stadtplan nachschauen war da nichts mit Theorie. Und jetzt das ...

»Hey, Tomimoto!«

Wolfgangs sozialer Programmiersohn betrat den Büroraum. So ein Zufall, dachte Mario. Aber so ein Zufall war das gar nicht.

»Wie geht's dir, Junge?« Wolfgang patschte Tomimoto freundlich auf den Kopf.

Aber *Junge* antwortete nicht.

»Tomimoto, habe ich dir das schon gesagt? Der Mario arbeitet auch hier. Weil ihr euch doch so gut versteht.«

Tomimoto stellte wortlos seinen Knäckebrotlaptop auf den freien Tisch.

»Na, ihr könnt euch ja dann Mails schreiben ...« Wolfgang lachte auf. Fast eine Art Wiehern. Was für ein saublödes Lachen. »Tomimoto macht einen Web-Relaunch ... Internet-Performance, verstehst du? ...«

Mario nickte hektisch.

»Das spart Werbekosten … super… einfach *google*, und zack!«

»Hey, Wolfgang.« Plötzlich waren sie zu viert. Eine Blondine hatte den Kunstbuchverlag betreten. Die war keine Ex. Sonst hätte Mario sie schon mal irgendwo gesehen. »Wo ist der Computer?« Die Frau kroch unter den Schreibtisch. »Der, der immer hier unten stand.« Sie gehörte zur Immobilienabteilung. Ganz eindeutig. So blond und vollbusig. Das war eine von Wolfgangs Betriebswirtschaftsbienen.

»Was?«, fragte Wolfgang.

»Der Computer. Mit meinen Sachen drauf.«

»Computer, Computer …« Wolfgang wandte sich wieder Mario zu. »Auf jeden Fall … macht Tomimoto Werbung für unser Verlagsprogramm …«

»Unser Verlagsprogramm …«, setzte Mario an, doch Wolfgang konnte dank Martinas Amerikareise neuerdings Fragen beantworten, die noch gar nicht gestellt worden waren.

»O ja! …« Wolfgang überschlug sich fast. »Unser Programm ist hervorragend … Ganz hervorragend! … Drei Bücher haben wir schon.«

»Drei Bücher?«

»Wolfgang!« Die Betriebswirtschaftsbiene war den Tränen nahe. »Ich brauch diesen Computer. Wirklich!«

»Rosenstein«, sagte Wolfgang zackig.

Richtig. Der Rostwürfelkatalog, der beim Bruder zu Hause im Flur gestapelt war. Das war ja auch ein Buch.

»Und die beiden Architekturpräsentationen.«

Stimmt, Wolfgangs schiefe Fassaden. Der Komplex

war zwar eine Investitionsruine, aber die Presse hatte das Objekt sehr gelobt.

»Der ist weg, der Computer«, jammerte die Betriebswirtschaftsbiene.

»Computer, Computer ... Meine Güte«, antwortete Wolfgang endlich. »Ich habe die alten Teile letzte Woche in die zweite Hand gesetzt ... Zu viele Computer hier ... Anlagekapital abbauen!«

»Was hast du?«, hauchte die Biene entsetzt.

»Das ist der Typ mit der Katzenallergie, oder?«, erkundigte sich Mario. »Rosenstein ... Von dem ist unser erstes Buch?«

»40 Euro«, Wolfgang beschränkte sich mittlerweile auf Satzfragmente. »Liquidität wiederherstellen.«

Für einen Moment war es still. Von den Geräuschen, die Tomimoto beim Popeln machte, einmal abgesehen.

»Da war die Buchhaltung drauf«, brachte die Betriebswirtschaftsbiene nach Luft ringend hervor.

»Wie?! Was!?« Wolfgangs Mundwinkel zuckten. »Die Buchhaltung?... Kann nicht sein! Kann nicht sein! ... Und jetzt? ... Sicherheitskopie! Wo ist die Sicherheitskopie?«

Keine Antwort.

»Keine Sicherheitskopie?« Das sah nicht gut aus. »Wie bescheuert seid ihr eigentlich? ... Es muss doch eine Sicherheitskopie geben! ... Tomimoto, was kann man da machen?« Wolfgang sprang zu seinem Ziehsohn hinüber. »Ich brauche diese Buchhaltungsdatei! ... Laura!« Aha, die Biene hieß Laura. »Mensch, ruf diesen Typen an ... den Computerkäufer ... o Gott, ich habe die Nummer nicht ... Die Polizei! Die müssen nach dem fahnden ... Los, Laura, los!«

»Entschuldige«, wandte sich Mario – sehr devot, erster Arbeitstag! – an seinen großen Bruder, der die Blondine gerade Richtung Immobilienabteilung hinausbugsierte. »Sag noch mal: Mit was fange ich jetzt an?« Eines von Wolfgangs Handys klingelte. Das mit der anderen Melodie. Pirknerstraße. Aber Wolfgang ging auch diesmal nicht ran.

»Weiß nicht. Keine Ahnung! … Andere Probleme … Mach uns bekannt! Mach uns bekannt! … Sorg dafür, dass wir bekannt werden!«

Wolfgang walzte davon. Die Tür fiel ins Schloss, und es wurde still. Sehr still. Irgendwie einschläfernd. Vor allem durch die Heizungsluft. Und noch dazu Souterrain! Ohne Tageslicht wird man ja sowieso sehr schläfrig. Aber Mario durfte sich nicht gehen lassen. Nicht am ersten Arbeitstag. Trotz Kellerclubatmosphäre.

»Bekannt machen, bekannt machen … Wie soll ich das hinkriegen? … Eine Pressemeldung. Was meinst du, Tomimoto? Ich schreib eine Pressemeldung. Ist nicht wirklich was Besonderes, aber so um zu warm werden. Muss mich ja an so was gewöhnen … Und dann telefoniere ich. Mit Zeitungen … Vertriebsfirmen …«

Keine Antwort.

»Das mit der Citibank finde ich übrigens korrekt, Tomimoto. Sehr korrekt. Solltest du öfter machen. Das ist eine große Gabe, die du da hast.«

Vier Stunden später war Mario fertig. Nicht mit der Pressemeldung. Das ging nicht so schnell. Schließlich durfte da nicht der übliche Mist drinstehen von wegen »fetziges Rostwürfelbuch, locker geschrieben, liest sich flott weg«.

Da mussten Inhalte rein! Überlegungen zu ästhetischem Programm, Konzeptkunst, Metalloxydation – so Zeug. Normalerweise hätte Mario seinen Bruder gefragt, aber der hatte sich an diesem Vormittag nicht mehr blicken lassen, sondern mit der Telekom telefoniert, um die Nummer von dem Computertypen rauszubekommen. Mussten die doch irgendwo gespeichert haben, die Nummer.

Die Pressemeldung brauchte also noch etwas, aber mit dem Arbeitstag war Mario fertig. Das war das Schöne an einem Teilzeitjob. Um 14.30 Uhr war Feierabend, wenn man am Morgen einigermaßen zeitig angefangen hatte.

Mario schob Block, Stift und Marker zur Seite, stand auf und verabschiedete sich von Tomimoto, dem Citibankbezwinger.

»Wirklich. Sehr große Gabe ... Ich an deiner Stelle würde diesen Weg weitergehen ... Überleg mal, wie viele Demonstranten man braucht, um nur ein Zehntel von dem Schaden anzurichten, den du ganz allein hinkriegst ...«

Also Feierabend! Marios erster richtiger Feierabend. Okay, Schule damals war auch eine asslige Lagerveranstaltung gewesen, bei der jeden Mittag ein bisschen 27. Januar aufkam, aber nach der Schule war die Zwangsarbeit ja weitergegangen: Mathe, Vokabeln, Auto waschen bei Oberstudienrat Schultze-Müller. Wenn man hingegen abends (oder um 14.30 Uhr) nach der Arbeit aus der Fabrik (oder dem Bürokeller) trat, war man sein eigener Herr. Man konnte tun und lassen, was man wollte. Sich den Hobbys widmen, das Leben genießen, mit der

Freundin ausgehen. Oder einfach ein Video ausleihen, Bier besorgen und sich mit den Mitbewohnern ein paar nette Stunden machen. Freizeit! 35-Stunden-Woche! Am Samstag gehört Papi mir!

Blöderweise standen in Marios Fall zur Zeit weder Freundin noch Mitbewohner zur Verfügung, und der Videorekorder war auch weg. Was also tun? Mario ließ den Blick die Straße entlangschweifen … Genau: Saufen! In den britischen Working-Class-Komödien gingen die Bergleute nach der Schicht auch immer saufen. Und die Arbeit in einem Kunstbuchverlag unterschied sich gar nicht so sehr von deren Maloche: Ausbeutung, Erschöpfung, unter Tage. Mario entdeckte die Eckkneipe *Prussiania*, die schon von weitem nach Hirschtapete aussah, einen polierten Superschnellimbiss mit Regenwaldhackfleisch, die obligatorische Dönerbude und einen griechischen Laden namens *Crysanthos.* Der Name klang nicht besonders, und Griechisch war eigentlich nicht Marios Ding. Zu fettig. Aber wenn es ums Saufen ging, war das egal.

Mario betrat die Kneipe, suchte sich einen Platz, wo man nicht allzu sehr von Busuki-Gedudel belästigt wurde, und bestellte.

»Ein Bier, einen Ouzo.«

»Sehr wohl!« Der Kellner war aber höflich. »Wünschen Sie zu speisen?« Endlich mal jemand, der Mario angemessen behandelte.

»Nee, erst mal nicht speisen, danke.«

Er sammelte sich. Blauweiße Möbel. Ein super erster Arbeitstag war das gewesen. Nur die Pressemeldung machte Mario Sorgen. Das war vielleicht eine Scheiße, diese Pressemeldung. Er hätte Mama anrufen sollen. Die hätte ihm weiterhelfen können. Aber sie hätte ihn auch gleich wieder zugetextet: *Schön, dass Wolfgang und du jetzt mehr Zeit zusammen verbringt. Vertragt ihr euch auch gut? Ich schick euch die Tage mal was Leckeres zu essen.* Oder er hätte sich an Wassilij wenden können! Rosenstein, das war ein jüdischer Name. Konnte man was Politisches drüber schreiben. *Die Struktur des Antisemitismus oder warum nicht nur Rosenstein von Walser Hautausschlag bekommt.* Haha! Aber Wassilij redete ja nicht mehr mit Mario. Von Fragen zum Putzplan mal abgesehen.

War irgendwie doch keine gute Idee gewesen, das mit den Kühlschrankfächern. Die paar Sachen, die man für sich haben wollte, konnte man auch im Zimmer verstecken. Oder auf dem Fensterbrett. Wurde ja sowieso bald wieder kühler.

Mario nahm einen ersten langen Schluck. Wie in den britischen Working-Class-Filmen.

»Aaaaah …«

Ouzo, sauberes Zeug. Die Türken wussten schon, warum sie das unter Milch laufen ließen. Ein Getränk nach Allahs Gusto. Und dieses Klingeln der Eiswürfel. Sympathisch! In feines Weiß geblickt, sich am Anisgeruch gelabt, dem Geräusch von Eiswürfeln gelauscht. Das war Feierabend: Griechenland, Neckermann, Völkerverständigung. Mannomann! Was hatte Mario sich da all die Jahre entgehen lassen.

»Noch'n Ouzo mit Eis, bitte.«

»Sehr wohl.«

»Wissen Sie, was das Beste daran ist?«

»Bitte?«

»Das Klingeling.«

»Klingeling?«

»Ja, Klingeling!«

War Mario jetzt schon besoffen? Oder nur ein bisschen vorlaut? Egal: Dafür waren Kneipen schließlich da. Zum Trinken! Feierabendtrinken! Erster-Arbeitstag-Feierabendtrinken. Super!

Mann, was für ein Schritt vorwärts das war in seinem Leben, ein Riesenschritt. Wenn Marios Umfeld intakt gewesen wäre, hätte ihn zur Feier des Tages irgendwer von der Arbeit abgeholt. Aber nichts war da intakt. Unzuverlässiges Umfeld! Mit jedem Blödsinn beschäftigten die sich: mit Asylbewerbern, Flokatis, entlaufenen Haustieren, Barbiepuppenzersägern. Nur nicht mit ihm, Mario. Nicht das geringste Interesse hatten die an ihm. Gar keins. Scheiße!

»Noch einen Ouzo!«

»Wollen Sie gleich die ganze Flasche?«

Flasche, Flasche. Mit Flaschen war Mario bedient. Die umgaben ihn den ganzen Tag.

Aber eine Ouzoflasche, warum nicht? »Das war heute mein erster Arbeitstag ... Da kann man sich schon mal was gönnen, oder?«

»Sicher.«

»Das ist ein guter Job. Kreativ. Verlagsbranche. Zum Durchbeißen.«

»Glückwunsch.«

»Kriegt man ja nicht mehr so einfach, heute. Einen Job. Schon gar nicht, wenn man älter ist.«

»Ich stelle Ihnen das Eis hierhin.«

Eis, super. Klingeling.

»Deswegen feiere ich, weil ich einen neuen Job habe, obwohl ich schon über 23 bin … Weit über 23!«

»Sehr wohl.«

»Mal ehrlich: Wie alt schätzen Sie mich?«

Der Kellner druckste. »Äh … 30?«

Sehr gut, endlich schätzte Mario mal wieder jemand jünger. Das war ein Zeichen dafür, dass es wieder bergauf ging.

»32 … Das ist nicht alt … Eigentlich … Aber heutzutage gehört man schnell zum alten Eisen. Zack, und man ist weg vom Fenster!«

Der Kellner rauschte ab. Guter Typ. Konnte man sich unterhalten mit. Klingeling. Eigentlich konnte man sich mit den meisten Männern gut unterhalten. Stimmte ja gar nicht, dass Männer mit anderen Männern ein Problem hatten. Blödsinn. Das war mit den Frauen. Wenn Mario sich wie ein Hamster im Laufrad fühlte, dann wegen Melek. Vielleicht wusste der Flokati nicht einmal etwas von Mario und ihr. Mario hatte ja auch nichts vom Flokati gewusst. Melek, die war schuld. Die spielte die Männer gegeneinander aus. Wie Hähne – Hahnenkampf … Oder Hamster … Hamsterkampf … Obwohl das machten ja nicht nur Frauen, sondern auch Schwule. Oder Männer mit Frauen. Und umgekehrt.

Verwirrend.

Was sagte Wassilij immer? Männer, Frauen, die Intersexuellen … alles Konstruktionen. Alles zusammengeschustert, alles Patchwork. Schöne Scheiße … Dann gab es nämlich auch keinen Grund für Männersolidarität. Kompliziert! Wenn niemand wusste, was das war, ein

Mann, brauchte es auch keine Solidarität zu geben, zwischen Männern.

»Aber eins steht fest.« Mit wem redete Mario eigentlich? Ach, egal. Dafür waren sie doch da, die Dreckskneipen: zum Vor-sich-hin-Quatschen. »Wie ein Hahn muss man sich nicht vorführen lassen.« Hähne oder Hamster. »Nein, muss man nicht. Verdammt.«

Mario blickte ins Glas: Anisgeruch, Eisstückchen. Sauber!

Er würde mit ihm reden. Mit Serol. Jetzt gleich. Dass sie sich nicht gegeneinander ausspielen lassen sollten. Waren beides keine Hähne. Und dass da keine Spur Eifersucht war. Scheißeifersucht. Schon gar nicht wegen so ein bisschen Massieren. Sie lebten doch nicht mehr im 17. Jahrhundert. Wobei Wassilij mal gesagt hatte, dass es da viel freizügiger zugegangen sei, damals im 17. Jahrhundert … also Respekt, Kollege. Immer Respekt. Sie hatten überhaupt kein Problem. Serol und Mario. Von den Schulden vielleicht mal abgesehen.

»Kann ich zahlen? …«

Der Kellner kam herüber. »Sehr wohl.«

»Ich habe nämlich noch was zu erledigen … Baugeschäft … Inkasso … Muss ich mich drum kümmern … Kümmert sich ja sonst keiner drum …«

»Macht 20,60 Euro. Die Flasche können Sie mitnehmen!«

»Sehr gut … Bleibt ja alles an mir hängen. Verantwortung … Will ja keiner übernehmen … Heute … zu Tage … Unter Tage. Ich arbeite nämlich unter Tage … Wie in diesen britischen Bergarbeiterfilmen.« Mario lachte auf. Gott, war das ein schreckliches Lachen. Von wem hatte er bloß dieses schreckliche Lachen geerbt? War ihm noch nie so richtig aufgefallen, wie blöde sich das anhörte.

»Aha.«

»Na ja ... Die Flasche nehme ich dann mit.«

»Bitte sehr.«

»Tschüss. Klingeling. Der Rest ist für Sie. Klingeling.«

O je, war das nass ... Mitten im August ... Oder eigentlich nicht nass, sondern schwül ... Diese Wolken. Immer bewölkt ... Dass sich diese Jahreszeiten aber auch gar nicht mehr auseinanderhalten ließen ... Wo wollte Mario jetzt hin? ... Genau: Karlshorst. Osten ... Mit der S-Bahn... Irgendwo fuhr die doch ... Ach ja, richtig. Die Straße runter und dann irgendwo eine Treppe rauf... Runter, rauf. Musste man aufpassen ... Mit den Stufen. Und dann mit der Tür ... Von der S-Bahn ... Schön vorsichtig.

Es dauerte ein bisschen, bis Mario in Karlshorst ankam. Aber die Fahrt gestaltete sich alles andere als langweilig. Das lustige Schaukeln des Waggons, die munter vorbeifliegenden Häuser, Bäume und Einkaufszentren, die Werbetafeln und immer anders beschrifteten Haltestellenschilder mit den witzigen Namen darauf vertrieben ihm die Zeit. Heitere Zeit. Vom Schwindel mal abgesehen. Scheißkarussell. Er fand die Baustelle, wo der Flokati sich rumtrieb, ohne Probleme. Freihändig sozusagen. Wie ein Einheimischer. Hätte Mario nicht gedacht, dass man sich als Westberliner so gut in Osteuropa auskennen konnte. Das machte ihm so schnell keiner nach.

»Hallo!«, rief Mario über den Bauzaun. »Hallohallo!«

Keine Antwort. War der am Ende nicht da, der Flokati? Das würde gerade noch fehlen. Saufen, Anfahrtsweg, alles umsonst.

»Ja?«

Gott sei Dank. Auf den Flokati war Verlass. Wenigstens einer, auf den Verlass war.

»Darf ich … raufkommen?«

»Ach du bist das … Klar, komm rauf.«

Sehr gut, kein Hahnenkampf. Beziehungsweise Hamsterkampf. Einfach raufgehen und reden. Von Mann zu Mann sozusagen. Nur das mit dem dritten Stock war ganz schön anstrengend. Verdammt. Bei so einem Wetter. Da kam man ja völlig außer Atem.

»Alles klar?« Der Flokati wirkte irgendwie beunruhigt. Warum nur? »Was ist los? Ist was passiert?«

Mario zog die Flasche aus der Tasche. »Nö. Willst du?«

»Was?«

»Ouzo, sauber … klingeling …«

»Klingeling?«

»Dann eben nicht …«

Mario trank erst mal einen Schluck. Ohne Eis war das Gesöff allerdings ganz schön fad.

Saufad.

»Und?«

»Was?« Der Flokati war wirklich sehr nervös.

»Hier … aufm … Bau …! Geht gut voran?« Mario schrie fast.

Der Flokatityp nickte.

Mario ächzte. Super, jetzt war er hier. Aber wie sollte er weitermachen? Schöner Mist. Genau: Melek, Hamsterkämpfe, keine Eifersucht.

»Wenn's um das Geld geht …«, hob der Flokati-Typ an.

»Weißt du was?« Mario blickte an seinem Gegenüber vorbei auf einen Betonmischer im Hof. Erinnerte irgendwie an eine Waschmaschine, das Ding. Sehr einschläfernd. Dieses Drehen. Immer dieses Drehen. Überhaupt alles so einschläfernd, der ganze Tag. Ob man unter Tage immer so müde wurde? Schöner Mist. »Das mit dem Container tut mir leid.«

»Container?«

»Die Zucchini.«

»Wie kommst du …«

»Das habe ich nicht gewollt …« Mario spülte mit einem Schluck nach. »Überhaupt nicht.«

Was guckte der so irritiert? Sah der nicht, dass Mario auf ihn zuging? Der begriff wohl gar nichts. So ein Trottel.

»Okay …«

»Na, egal … Zucchini … Container … Kann ich verstehen … Weißt du, wir sollten uns beide verstehen … Wir zwei. Verstehst du? Auf jeden Fall kein Problem … Wegen Melek, aber auch wegen dem Geld … Wir sind ja keine Hähne … Oder Hamster.«

»Nein«, bekräftigte Serol.

»Ich hätte das nicht gemacht, wenn ich gewusst hätte, dass du und Melek und der Container …« Mario seufzte. Das mit dem Container, das war doch Blödsinn. Tat gar nichts zur Sache. Obwohl. »Wir haben nämlich immer … gegen diese Grenze …«, erneutes Schnaufen, »Scheißgrenze … na ja …« Versuch, mit dem Auge zu zwinkern. War gar nicht so leicht. Das ganze Gesicht zuckte. Mann, was war da los? Es gehorchte ihm kein Muskel mehr. Mistmuskel. »Nicht so wichtig ...«

»Nee«, stimmte Serol zu.

»... weil, ich meine ... Melek ... die macht doch nur Anspielungen ...«

Und mit der Zunge, das wurde auch langsam anstrengend.

»Ja.«

»Scheißanspielungen ...«

»Das musst du ihr vielleicht mal sagen.«

»Und der Container... tut mir leid ... Man weiß nie, woran man ist. Nie!«

Der Typ nickte.

»Aber beschäftigt ist beschäftigt .... Das sind Alewiten ...«

»Ja, ich kümmere mich drum.«

Mario überlegte. Wie das durcheinander ging. Rüber und runter und zur Seite. So unsystematisch. Auf diese Weise würden sie sich nie richtig aussprechen können. Ein bisschen deutlicher musste er es schon angehen.

»Woher ...«, was für ein schaler Geschmack war das eigentlich im Mund? Ganz schön eklig, »woher kennt ... ihr euch ...« Hüsteln. »... eigentlich?«

»Die Alewiten und ich?«

Mario schüttelte den Kopf. »Melek und du«. Jetzt war es raus.

»Na, von der Einreise ...«

»Ach ja, stimmt. Zucchinicontainer ... Scheißcontainer ... Aber ihr seid ...« Wie sollte Mario das nun wieder ausdrücken? Dieses ewige Reden. Da wurde man ja ganz wirr von. »Ihr seid ... gut befreundet ...?«

Der Flokati nickte. »Sicher … sehr gut.«

»Aha …« Mario schnaufte. »Weißt du was? Das mit den Anspielungen, das iss nich gut.«

»Nee …«

»Lieber ehrlich … lieber ganz ehrlich. Von Mensch zu Mensch …«

6. KAPITEL, IN DEM SICH WÖLFE ALS VETTERN ENTPUPPEN UND MARIO SEIN ZUHAUSE VERLIERT

Wolfgang hatte es immer gewusst: *Homo homini lupus est.* Rechtsanwälte, Bankfilialenleiter, Sportorthopäden. Nichts als Wölfe, die nur darauf lauerten, einen zu zerreißen. Der Gesetzgeber zum Beispiel: Steuerreform, Finanzamt, Streichung der Eigenheimzulage, Abwicklung des sozialen Wohnungsbaus ... Und dann die geschiedenen Ehefrauen! Saugten einen aus, bis man sich ganz anämisch fühlte, und zeigten nicht die geringste Bereitschaft, einem mal hilfreich unter die Arme zu greifen. Was war an einem Insolvenzverfahren so schlimm? Jeder war mal insolvent. Und das hatte auch seine Vorteile. Man kam in eine höhere Steuerklasse und wurde die schlechten Objekte los. Die mit Schulden, unverkäuflichen Wohnungen, Hausschwamm, pipapo (und Beatrix wusste noch gar nichts vom Hausschwamm. Wenn das mit dem Hausschwamm rauskam – na dann, guts Nächtle!) ... Eine Insolvenz war heutzutage eine richtig saubere Sache. Nach sieben Jahren war alles wieder *tutto bene.* Und währenddessen sorgte Vater Staat für einen: niedrigere Kitagebühren, Wohngeld, Sozialhilfe, Kleiderzuschuss ... als Frau sowieso. Aber davon wollte Beatrix natürlich nichts wissen. Sie ließ Wolfgang allein mit seinen Sorgen.

Es klingelte, Wolfgang zog den Bademantel zu und

schlurfte zur Tür. Wer das wohl wieder war? Um halb zehn Uhr morgens! Nervensägen. Dass die ihn immer nerven mussten, diese Nervensägen!

»Guten Morgen.« Es war Berger. Vom Bauamt.

Berger war auch anämisch, obwohl er nicht ausgesaugt wurde. Bei dem kam das von der Amtsstube. Amtsstuben ließen einen auch verteufelt blass aussehen. Nur was wollte Berger von Wolfgang?

»Ich wollte Sie sprechen.«

Lag eigentlich auf der Hand.

»Etwas Wichtiges.«

Etwas Wichtiges … Wolfgang überlegte, was gemeint sein könnte. Verdammt, die Baugenehmigung für Treptow! Das Projekt, das ihn sanieren sollte. 140-Quadratmeter-Penthouses. Für Werbeheinis, Investmentfuzzis, Fernsehleute (keine Sportorthopäden mehr. Mit Sportorthopäden war Wolfgang ein für allemal fertig.). Todschicke Teile, beste Lage! Wer zog nicht gern nach Treptow? Na, gut, die Lage war nicht sooo toll, aber die Penthouses … Wenn das verdammte Amt ihn die Dinger nur endlich bauen ließ.

»Kommen Sie rein!« Wolfgang legte sein freundlichstes Gesicht auf. Sein Problematisches-Objekt-Loswerden-Gesicht. »Wollen Sie was trinken? Espresso?«

Espresso würde dem Berger gut tun. Schon wegen der Durchblutung.

»Nein, ich wollte …«

Wolfgang zitterte vor Aufregung. »Ja?« Die Baugenehmigung, bitte keine Probleme mit der Baugenehmigung.

»Also, es ist Folgendes …«, druckste der Typ herum.

»Folgendes was?«
»Ich wollte ...«
»Ja?«
»Also ...«
Was denn nun?
»Ich wollte Sie warnen.«
»Wovor denn?«
Der Typ sah verlegen zu Boden. »Haben Sie auch Tee?«
Was sollte der Scheiß jetzt mit dem Tee? Kein Wunder, dass die Wirtschaft am Boden lag. Wenn alle bei der Behörde so lange brauchten, um zum Punkt zu kommen.
»Ja, natürlich.« Wolfgang ging zur Spüle und setzte Wasser auf.
»Es gibt da folgendes Problem ...«
Der Hausschwamm in der Pankstraße! Die hatten den Hausschwamm entdeckt. Guts Nächtle. Hausschwamm, das war das Ende!
»Ich habe Sie ja immer sehr geschätzt ...« Sicher, geschätzt. Ein Amtstyp wusste doch gar nicht, was das bedeutete. »Sie machen das ja auch alles nicht nur aus Profitgier ...« Wolfgang ging in Hab-Acht-Stellung: Wenn einem ein *homo lupus* mit *captatio benevolentiae* kam, war höchste Vorsicht die Mutter der Porzellankiste. » ... sondern auch aus ästhetischen Gründen.«
»Genau!« Wolfgang griff nach Teetassen im Regal. Den Designertassen. Um das mit der Ästhetik zu unterstreichen. »Wie trinken Sie Ihren Tee?«
»Haben Sie vielleicht ... Kräuter?«
»Kräuter?« Nur nicht nervös werden.

»Ja … also … Vielleicht könnten Sie mir dafür mal … also, im Gegenzug …«

Darum ging es also? Der Amtsanämiker wollte Geld für seine Information? Bestechung! Korruption! Wie in der Bananenrepublik. O Gott! Na, dann wusste Wolfgang wenigstens, woran er war. »Ja?«, fragte er nach.

»Mein Sohn, also der hat geheiratet … Und bei meiner Schwiegertochter ist ein Kind im Anmarsch, und die braucht …«

»Einen Kinderwagen?« Wolfgang verstand gar nichts mehr.

Der Amtstyp machte eine beleidigtes Gesicht. »Nein, eine geräumigere Wohnung.«

Dass die Leute aber auch immer gleich so maßlos sein mussten. Die glaubten wohl, Immobilien wuchsen an Bäumen.

»Natürlich, jaja, natürlich … Wir haben da gerade sehr billige Wohnungen.« Wolfgang nickte. »Da machen Sie sich mal keine Sorgen.« Forsches Lächeln. »Und was wollten Sie mir sagen?«

»Die vom Arbeitsamt, die wollen die Tage … Die wollen das nicht mehr, das mit der illegalen Beschäftigung …«

Wolfgang machte ein verständnisloses Gesicht. »Und was hat das mit mir zu tun?«

»Die Honnefer Straße … Sie haben da doch dieses …«

Die Honnefer Straße … Richtig. Hasan. Verdammte Honnefer Straße! Hätte Wolfgang nie kaufen sollen, dieses Drecksobjekt … Im Osten wollte sowieso keiner wohnen. Außer vielleicht Werbeheinis in Treptow. Hoffentlich. Sonst könnte Wolfgang einpacken.

Er riss sich zusammen. Immerhin hatte ihn der Amtsanämiker vor einer Razzia gewarnt. »Wirklich sehr freundlich, dass Sie mir das mitgeteilt haben.«

Also, das stimmte schon mal nicht. Dass alle Menschen *lupi* waren. Eher alle irgendwie verschwägert. Vetternwirtschaft, wo man auch hinschaute. Beziehungsweise Neffenwirtschaft. *Homo homini nepo est.* Schwer anständig von diesem Berger, Bescheid zu sagen – wenn auch nicht ganz uneigennützig. Enkel im Anmarsch. *Homo homini schwiegervater est.* Und trotzdem: Besser gegenseitig Hände waschen als auffressen. Auch volkswirtschaftlich gesehen.

Wolfgang fuhr schnittig auf dem Parkplatz in der Nähe der Baustelle vor – nicht direkt vor dem Haus, man konnte nie wissen –, sprang aus dem Wagen und schaute sich um. Es war ihm niemand gefolgt, abgesehen von dem kleinen roten Ford Fiesta, der ihm zur Zeit ständig hinterherfuhr. Wolfgang spannte den Schirm auf und ging durch den Nieselregen hinüber. Er wollte endlich vernünftig mit Bugs Bunny reden, von erwachsenem Mann zu erwachsenem Mann. Er klopfte an die Seitenscheibe.

»Tag.«

Der Hasentyp ging hinter dem Lenkrad in Deckung, kurbelte dann aber doch das Fenster ein Stück herunter.

»Sag mal ... Wie heißt du eigentlich?«

Der Hasentyp blickte misstrauisch auf. Zum ersten Mal sah Wolfgang sein Gesicht. Der Kopfaufsatz mit den rosa Ohren lag auf dem Beifahrersitz.

»Steinkopf. Erich Steinkopf.«

»Angenehm.« Wolfgang ging mit seinem Regenschirm in die Knie und reichte ihm die Hand. »Ich bin Wolfgang. Wolfgang Grabowski … Aber das weißt du ja wahrscheinlich.«

»Ja …«

»Sag mal, Erich, muss das sein?«

»Was?«

»Ich habe gerade eine echt anstrengende Phase … Und deswegen wäre es wirklich toll, wenn … wenn wenigstens du mich nicht die ganze Zeit stressen würdest.«

»Stressen?«, fragte Erich Steinkopf erstaunt. »Ich mache doch gar nichts.«

»Du bist mir ständig an den Hacken. Laberst andauernd auf mich ein. Das macht mich wahnsinnig! Nie habe ich mal eine Minute für mich.«

»Na ja …« Der Hasentyp kaute verlegen auf seinem Oberlippenbart herum. »Ich hab mir das damals auch nicht unbedingt so vorgestellt.«

Damals?

»Damals?«

»'89.«

Wolfgang atmete tief durch. »Gut. Ich lasse hier mein Auto stehen. Das ist da geparkt. Ich werde kurz zu unserer Baustelle gehen, um mit meinem Polier zu sprechen, und in zehn Minuten zurückkommen. Du könntest in der Zeit ja einen Kaffee trinken oder dir was zu essen kaufen. Was meinst du? Und danach treffen wir uns wieder.«

Der Hasentyp zögerte. »Okay.«

»Das ist nett.« Wolfgang seufzte erleichtert. Wie pervers war das? Jetzt spürte er fast schon so etwas wie

Dankbarkeit für diesen Heini. »Das ist wirklich sehr nett.«

»Aber kein Beschiss.«

»Nein, nein«, bekräftigte Wolfgang. »Habe ich dich vor der Citibank am Wittenbergplatz hängen lassen?«

»Nein.«

»Oder neulich mit meiner Familie im Café?«

Der Typ schüttelte den Kopf.

»Siehst du.«

Wolfgang drehte sich um und ging in Richtung Baustelle. Wie matschig es hier war.

»Hallo!«, rief der Hasentyp Wolfgang nach. Er war ausgestiegen und hatte sich gegen den Regen seine Ohrenmütze aufgesetzt. »Soll ich was mitbringen?«

Was sollte das jetzt wieder? »Hä?«

»Einen Kaffee. Soll ich einen Kaffee mitbringen?«

Wolfgang schüttelte den Kopf, besann sich dann aber eines Besseren. Warum eigentlich nicht? Eine Einladung sollte man nie ausschlagen. Gerade wenn es finanziell nicht so gut lief.

«Okay! Espresso macchiato, doppelt. Mit Zucker! … Und ein Croissant … oder besser zwei …«

»In Ordnung!«, rief der Hasentyp.

Ging doch. Man musste nur mit den Leuten zu reden wissen.

Wolfgang hatte die Baustelle erreicht und rief nach seinem Partner. »Hasan!«

Niemand antwortete. Typisch! Manchmal hatte Wolfgang wirklich den Eindruck, dass außer ihm niemand arbeitete.

»Hasaaaan!«

Und dann dieser Matsch. Mistregen, verdammter. Und Wolfgang natürlich mit Büroschuhen unterwegs. Nicht mal einen richtigen Sommer gab es noch. Wie sollte es da Aufschwung geben? Wenn es immer regnete! Da bekam man ja Depressionen. »Hasan!! Haaaassaaan! Hasannn!« Es reichte. Wolfgang stürmte in den Rohbau hinein.

»Was ist denn los?« Endlich antwortete jemand. »Ach du.« Hasan schaute das Treppenhaus hinunter. »Hey, Wolfgang, hast du das Geld?«

»Geld?«

»Du wolltest Freitag ...«

»Ja, ja, ja!« Man stiefelte in Büroschuhen durch den Matsch, nur um seinem Partner zu helfen, und was war der Dank? Der dachte auch wieder nur ans Aussaugen ... Alle sahen in Wolfgang eine Art wandelnde Blutkonserve. »Ich kümmere mich drum.« Wolfgang kam im zweiten Stock an. »Und sonst ...?«

»Sonst was?«

»Ich meine, kommt ihr voran ...?«

Hasan verzog das Gesicht. »Wie sollen wir ohne Kacheln vorankommen?«

Ohne Kacheln? Wolfgang wurde blass. Leichenblass. »Wieso ohne Kacheln?«

Hasan zuckte mit den Schultern. »Keine Ahnung.« Als ginge ihn das nichts an. Typisch!

»Warum hast du mir nicht Bescheid gesagt? ... Man muss denen doch Feuer unterm Arsch machen! ... Das Haus hier muss in einer Woche fertig sein! ... Da musst du dich bei mir melden!« Wolfgang japste.

»Bei dir ist niemand rangegangen«, sagte Hasan trotzig. »Ich hab's gestern den ganzen Tag versucht. Auf beiden Nummern ... Aber ist niemand rangegangen.«

Stimmt. Wolfgang erinnerte sich. Die Suche nach dem Buchhaltungscomputer. Der verloren gegangene Rechner! Laura! Die klingelnden Handys. Dass die im Büro aber auch so bescheuert sein mussten, keine Sicherheitskopien anzulegen. Um alles musste man sich selbst kümmern.

»Ich hatte eine Besprechung ... Ein Software-Problem, das heißt genau genommen ein Hardware-Problem. Aber du hättest auf Festnetz anrufen können ... In solchen Fällen musst du auf dem Festnetz anrufen ... Weißt du, wie oft mein Handy klingelt?« Ausgerechnet jetzt klingelte natürlich nichts. Totenstille. Der berühmte Vorführeffekt. »Es klingelt den ganzen Tag ... Kann ich ja nicht immer rangehen. Da käme ich ja zu nichts. Mensch, auf dem Festnetz hättest du es versuchen müssen!«

»Letztes Mal hast du noch gesagt, ich soll ...«

»Ja! Letztes Mal, letztes Mal«, Wolfgang fuchtelte mit den Händen. »Letztes Mal hatten wir diese ...« Was war da noch gewesen? »... Festnetzprobleme.«

»Festnetzprobleme«, wiederholte Hasan. »Und diesmal war es die Hardware?«

Hatte sich Wolfgang verhört oder war das wirklich gerade ein Anflug von Ironie gewesen? Ironie von einem Bauarbeiter? Hasan? Von den Aleuten? Seinem Freund? Auf nichts konnte man sich mehr verlassen.

»Und jetzt? Wann kommen jetzt die Kacheln?«

»Keine Ahnung.«

»Was heißt keine Ahnung, Hasan? Wir haben doch

immer gut zusammengearbeitet, oder? Da musst du mir doch hier nicht mit so einer …«, okay, Sabotagehaltung war vielleicht etwas zu heftig, »… Gleichgültigkeit begegnen.«

»Es geht niemand ran.«

»Wo?« Im Büro, am Handy?

»Bei den Kacheltypen. Unbekannte Nummer.«

Wolfgang fühlte sich plötzlich ganz klein. Ein mikroskopisches Ego. »Haben wir da …«, Hüsteln, »etwa schon … bezahlt?«

»Ich weiß nicht, ob du gezahlt hast. Aber eigentlich sollten die wegen Vorkasse ja besonders billig sein.«

Richtig, sie hätten misstrauischer sein sollen, als sie hörten, dass die Kacheln nur ein Drittel vom Normalpreis kosteten. Aber musste man denn immer vom schlimmsten Fall ausgehen? Gab es gar keine Ehrlichkeit zwischen den Menschen mehr? Dieses Gewerbe war aber auch so was von unaufrichtig. Gelobt der Tag, an dem er sich in den Süden zurückziehen würde, um Tomaten zu züchten.

»Die gibt es bestimmt noch, die Kachelfirma. Vielleicht haben die ihre Nummer geändert. Bestimmt haben die ihre Nummer geändert. Außerdem zahle ich nie vorher … Das wäre ja verrückt … Höchstens eine Anzahlung.« Verlegenes Schweigen. »Aber nie und nimmer alles …«

Wieder Schweigen.

»Aber sonst kommt ihr gut voran?«

»Ihr?« Hasan blickte auf die Straße hinunter.

»Na, du und deine Arbeiter.«

»Gibt keine Arbeiter.«

Was sollte das nun wieder? Doch Wolfgang fühlte sich zu schwach, um weiterzuschreien. «Und wieso nicht?« Seufzen.

»Wer arbeitet schon gern umsonst?«

»Was heißt umsonst?«

»Na, wir haben seit sechs Wochen keinen Lohn bezahlt.«

Wolfgang fasste sich an die schmerzende Stirn. »Ja, aber da kümmere ich mich doch drum.« Es klang wie ein Flehen.

»Wenn wir gezahlt haben, werden die Leute auch wieder arbeiten.«

»Aber ich meine, gute Güte, wir zahlen doch! ... Haben wir jemals nicht gezahlt? ... Da gibt es Millionen Arbeitslose, und niemand will anpacken? Das kann doch nicht sein!«

Hasan steckte sich eine Zigarette an. Für Zigaretten reichte das Geld also noch. Dabei waren die erst letzten Monat wieder teurer geworden.

»Gut, ich werde mich um die Kacheln kümmern ...« Plötzlich verspürte Wolfgang ein scharfes Stechen in der Brust. Woher das wohl kam? » ... und um das Geld.« Ob das das Herz war? Es hieß ja, man solle auf die kleinsten Anzeichen achten. Panik stieg in Wolfgang auf. »Sag mal ...«, er blickte Hasan ängstlich an, »... ich habe hier so Stechen auf einmal ... Meinst du, das ist das Herz?«

»Vielleicht die Leber«, sagte Hasan trocken. »Ein Cousin von mir hatte mal was an der Leber. Hepatitis. Das kann tödlich sein.«

»Hepatitis?«, schrie Wolfgang panisch. »Ich dachte, das kriegen nur Stricher und Drogensüchtige!«

In diesem Moment klingelte das Telefon.

»Hallo?« Es war Martina. Wegen der Ruprecht-Bürgschaft. Wolfgang habe vergessen, die dritte Durchschrift noch mal gegenzuzeichnen. Schon wieder so überflüssiger Quatsch. Hatten die nichts zu tun? Das war ja wie im Ostblock: zehn Bürokraten auf einen, der was machte. »Hör mal, Martina ...« Wolfgang versuchte freundlich zu bleiben. Bloß nicht das Betriebsklima ruinieren. »Ich kann mich da jetzt nicht drauf konzentrieren. Ich hab zu tun... Aber du könntest mir einen Arzttermin machen ... Generalcheck ... Internist. Verstehst du? ... Nein, nichts Schlimmes ... Wahrscheinlich ... Ja? ... Gut, danke.« Wolfgang legte auf. »Siehst du, Hasan? ... Ständig ruft jemand an ... Sag mal, wie war das bei deinem Cousin? Haben die den operiert?«

Hasan schüttelte den Kopf. »Nein. War Hepatitis C ... Also, was willst du eigentlich hier?«

Dieser vorwurfsvolle Ton. Man konnte sich noch so sehr bemühen, das Einzige, was man zu hören bekam, waren Anschuldigungen. Aber gut: Dann zog Wolfgang eben andere Saiten auf.

»Warum?«

»Wegen der Kacheln bist du ja wohl nicht gekommen ...«

»Wieso nicht? Was denkst du denn, warum ich gekommen bin?«

Ja, wegen was war er eigentlich gekommen? Wegen eines aufgeregten Amtsstubenhockers, der für seine Tochter eine größere Wohnung wollte und sich deswegen eine Razzia ausgedacht hatte. Eine Korruptionsgeschichte. Eine von Tausenden, die sich im Baugewerbe täglich ereigneten. Nicht weiter wichtig. »Ich …«, Wolfgang zögerte, »ich wollte sehen, ob alles in Ordnung ist.«

»Ja«, Hasan drückte seine Zigarette aus, »bis auf den Lohn ist hier alles in Ordnung.«

»Und ich wollte, dass du merkst, dass du dich auf mich verlassen kannst.«

Genau. Sorgte sich Wolfgang nicht wie ein Freund um seinen Partner? Wie ein Hirte um seine Schäfchen? Wie der Trainer um die Spieler?

»Okay.« Hasan biss sich auf die Lippen.

»Hasan, ich kümmere mich wirklich um die Kacheln …«

Hasan machte ein noch beleidigteres Gesicht.

»Und um das Geld natürlich auch!«, schob Wolfgang hinterher. »Für wen hältst du mich eigentlich?«

Hasan zuckte mit den Achseln.

»Wie viele Häuser haben wir zusammen gemacht?«

»121«, erwiderte der Bauarbeiter knapp.

»121, siehst du! Und hast du dich dabei auf mich verlassen können?« Gut, drei oder vier Ausnahmen hatte es gegeben. Aber die hatten mit Wolfgangs Trennungen zu tun gehabt. So Trennungen konnten einen schon mal ein paar Wochen außer Gefecht setzen. Man war schließlich kein Automat.

Hasan nickte.

»Mittwoch! Sag deinen Leuten, sie kriegen ihr Geld Mittwoch.«

»Du wolltest es mir letzten Freitag …«

Jetzt fing der schon wieder damit an. »Ja, aber das lag nicht an mir.« Undankbarer Kerl. »Das lag an meiner Frau …« Das heißt Exfrau. Gott, die war aber auch undankbar. »Ich brauchte eine Unterschrift … wegen der Liquidität …« Die betrachteten Wolfgang nicht als Blutkonserve, sondern als Blutbank. Als Selbstbedienungsblutbank. »Aber jetzt habe ich die Unterschrift … Jetzt ist das alles kein Problem mehr …«

»Na dann ist ja alles paletti«, unterbrach ihn Hasan.

»Sage ich doch … Ich ruf an … wegen der Kacheln …«

»Klar.«

Wolfgang überlegte ein letztes Mal, ob er Hasan warnen sollte. Aber irgendwie hatte er den Eindruck, dass Hasan gar nicht gewarnt werden wollte. Der wollte herumsticheln. Und wer herumstichelte, legte keinen Wert auf Warnungen. War doch klar. Wolfgang würde sich die Sache noch mal durch den Kopf gehen lassen.

Er drehte sich um und stieg vorsichtig die Treppe hinunter. Mann, war die glatt.

Auf dem Heimweg von der Arbeit dachte Mario noch einmal über die vergangenen Tage nach: getrennter Einkauf, Zoobesuch, *Das mit dem Container tut mir leid.* Nicht einmal ein hormongestörter 15-Jähriger hätte das besser hingekriegt. Und das war nun das Ergebnis: vor Flokati und Melek blamiert, die Freunde in alle Himmelsrichtungen verstreut, die Freizeit vom heiteren Studium kunsttheoretischer Standardwerke bestimmt, bei deren Lektüre einem die Füße einschliefen.

Bei allen Einwänden – so schlecht war das Leben früher nicht gewesen. Die gute alte Zeit: Wenn man nach Hause kam, hallte einem Plaudern entgegen, der Duft frittierter Auberginen strömte durchs Treppenhaus, und zwischen Gasherd und Kochtopf lernte man jeden Tag ein halbes Dutzend neuer Leute kennen. Okay, es war manchmal ein bisschen unübersichtlich gewesen. Und zu laut! Aber dafür auch sehr menschlich. Genau, menschlich! Das war das richtige Wort: voller humaner Wärme. Keine Spur von Missgunst, wer traurig war, ließ sich im Nebenzimmer von Didi den Nacken massieren, und abends vor dem Fernseher kuschelten sich die Freunde aneinander wie Tipsy, Tupsy und Tapsy, die lustige Dackelfamilie. Und jetzt? Trostlose Vereinsamung. Eine endlose Aneinanderreihung von Peinlichkeiten und Blamagen.

Mario blieb stehen und seufzte. Eine ganze Arbeitswoche hatte er hinter sich. Telefonieren, euphorische Reden halten, Unterlagen kopieren – sieben Tage weggeschmissenes Leben. Wer fünf Stunden den hochmotivierten Angestellten gemimt hat, fühlt sich leer und verspürt ein unbändiges Verlangen, irgendwo sinnlos Geld auszugeben. Wie die Leute das bloß aushielten? Und dabei verkaufte Mario Kunstbücher und keine Klospülungen (wobei man bei Klospülungen vermutlich nicht ganz so absurde Erklärungen abgeben musste, um sie loszuwerden, denn sie hatten unbestritten einen Gebrauchswert; was man von Fotobänden über schiefe Fensterfassaden und aneinander geklebten Mülltüten nicht unbedingt behaupten konnte).

Mario hätte sich noch bis zur Kottbusser Brücke weiter mit solchen mehr oder weniger überflüssigen Gedanken beschäftigt, wäre nicht plötzlich etwas dazwischen gekommen. Auf dem Kanal trieb ein Ruderboot. Auf dem Kanal! Hier ruderte nur selten jemand. Und das war nicht das einzig Merkwürdige. Noch verwunderlicher war, wer sich auf dem Boot versammelt hatte: Popescu, der Kunstgeschichtler aus Bukarest, der Goethe-Instituts-Heini, der neulich den Trupp Bauarbeiter grammatikalisch angeführt hatte, und ein kastenförmiger Totalblonder. So eng waren Popescu und der Deutschlehrer befreundet? Woher hatten die das Ruderboot? Und wieso waren die überhaupt hier? Der Blonde hielt eine Art Angel. Aber das konnte keine Angel sein, denn bei dem Kanal handelte es sich auch nur um eine Art Wasser, eine Art Schleimsuppe, deren Anblick einen kaum zu bändigenden Würgreflex auslöste. Falls Kackwurstbakterien nicht die höchste in dieser Flüssigkeit vorkommenden Lebensformen sein sollten, legte Mario keinen Wert darauf, diese Lebensformen näher kennen zu lernen.

Er wandte sich ab. Nicht so sehr wegen der Vorstellung, dass die Ruderbootbesatzung tatsächlich etwas fangen könnte, das war deren Problem, als vielmehr aus Sorge, entdeckt zu werden. Die würden ihn nämlich aufs Geld ansprechen. Auf Serols Schulden. Und zu dem würde er nicht noch mal gehen. Von Peinlichkeiten hatte Mario genug.

»Hey, Scheffo!«

Na großartig.

»Alles klar, Scheffo?«

Mario blieb wie gelähmt stehen. Kein zwei Meter vor ihm stand einer der Baualewiten im Ufergestrüpp. Mit einem blutverschmierten Messer in der Hand.

»Super …«, Mario schluckte, »ganz super …«

Und das war noch nicht alles. In den Händen des Typen befand sich zudem ein unförmiger Fleischklumpen, der irgendwie an einen Gehirntumor erinnerte.

»Schöne Wetter, so.«

Mario wandte den Kopf nach oben: klebriger Nieselhimmel.

»Fische beiße wie verrückt ...« Der Metzgertyp zerrte an einem undefinierbaren weiß-bräunlichen Etwas. Das war ein Karpfen. Und das, woran er zog, waren die Innereien.

»Ihr habt den ...«, Mario deutete aufs Wasser. Lustig hüpften Mülltüten, Colabüchsen und Präservative auf den Wellen, »... *da* rausgeholt?«

»Ja.« Der Mann zeigte seine Zahnlücken. »Gute Essen für die Fisch. Die Fisch da ...«

»Karpfen.«

»... wie Schwein. Viele Dreck, viele Essen ...«

»Aber, das ist gesundheitsschädigend!«

»Hier nix Fabrik. Siehst du Fabrik?«

Mario schaute sich um.

»Siehst du. Keine Fabrik! Das Wasser ...«, der Typ lehnte sich über den Kanal und schnupperte, »nur bisschen Kaka. Aber Fisch ...«

»Karpfen.«

»... mag Kaka gern!«

Das stimmte nun auch wieder.

»Hallooo!«

Die Anglerfreunde auf dem Ruderboot waren auf Mario aufmerksam geworden.

»Mario, bester Freund ...«

Zügig paddelten die drei aufs Ufer zu. Das heißt, der Blonde und Popescu paddelten, während der Goethe-Instituts-Heini am Bug stand und das tat, was er am besten konnte – reden.

»Schön, Sie zu sehen! Ein wunderbarer Tag! Ein bisschen bewölkt, aber die Fische mögen das. Wir haben ein Prachtexemplar von einem Spiegelkarpfen gefangen. Ich bin nicht ganz überzeugt, ob er wirklich zum Verzehr geeignet ist – die Wasserqualität scheint mir doch zu wünschen übrig zu lassen –, aber es ist eine heitere Freizeitbeschäftigung, dieser Angelsport. Vor allem im Freundeskreis. Man kann herrliche Unterhaltungen pflegen.«

Der Typ hatte nicht am Goethe-Institut gelernt, der hatte es gegründet.

»Stimmt«, sagte Mario.

»Es ist immer wieder großartig, sich am Busen der Natur zu laben.«

Mario nickte gequält.

»Hi.« Popescu wirkte irgendwie verändert. Was so eine Baseballkappe alles ausmachte. Deka-Immobilienfonds. Hatte der am Ende mittlerweile auch investiert?

»Kennen Sie eigentlich unseren Freund?« Goethe-Instituts-Alewit zeigte auf den Blonden.

»Nein.«

»Unser Spezialist.«

»Ivanov«, schob Popescu hinterher.

»Fische Fanger«, sagte der Mann mit dem Messer.

»Ein Fischer«, korrigierte der Goethe-Instituts-Typ.

»Ivanov?«, fragte Mario überrascht. Das war der Usbeke, den Wassilij als Piets Nachfolger vorgeschlagen hatte! Gute Güte, war die Welt klein.

»Er kommt von der Ostseite des Aralsees. Wie Ihnen sicher geläufig sein dürfte, haben sich die Lebensgrundlagen für Fischer wegen der Aridisierung des zentralasiatischen Raums …«

»Ja!« Mario konnte die ewigen Vorträge langsam wirklich nicht mehr hören.

»Er immer wissen, wo Fisch«, sagte der Typ mit dem Messer. »Er immer ahnen, was Fisch vorhaben.«

Ivanov lächelte.

»Добрый депь.«

»Tag«, erwiderte Mario. »Wir wohnen zusammen.«

»Что?«, Ivanov machte ein fragendes Gesicht.

Popescu übersetzte. War der Warschauer Pakt doch zu was gut gewesen. Obwohl die Rumänen ja irgendwann ausgetreten waren. Aus dem Warschauer Pakt. Wegen Prag '68 und Ceaucescus Westkrediten.

»Er zieht in unsere WG ein«, erklärte Mario. »Wir haben ein freies Zimmer, jetzt.«

»Nein, was für ein wunderbarer Zufall!«, rief der Goethe-Instituts-Gründer begeistert aus.

Ja, ganz wunderbar. Wenn Ivanov mit den Rumänen befreundet war, würden die jetzt auch wieder kommen. Und die Alewiten und wer weiß wer noch alles. Es stimmte zwar, dass Mario den vertrauten Trubel in der WG manchmal vermisste, aber das war noch lange kein Grund, dass jetzt alle wieder bei ihnen einzogen. Es musste doch ein erträgliches Mittelmaß zwischen Legehennenexistenz und Einsiedelei geben.

»Ja, toll«, bemerkte Mario zerknirscht.

Mittlerweile war Popescu mit der Übersetzung fertig. Ivanov strahlte nicht, er weinte! Tränen der Rührung. Sein neuer Gefährte. Hatte ihm Wassilij das nicht erzählt?

»Serr schon«, sagte Ivanov. »Serr, serr glucklich.«

Mann, war der blond. Strohblond war gar kein Ausdruck.

»Ihr gute Leute«, sagte der Schlachtermessertyp.

»Ihr seid gute Menschen«, korrigierte der Deutschlehrer. »Oder noch besser: hilfsbereit. Ihr seid sehr hilfsbereit.«

»Na ja«, wiegelte Mario ab. Hilfsbereit war die WG vielleicht, aber nicht unbedingt hilfreich. Zumindest, was die Schulden der Alewiten anging. »Den Fisch …«, wechselte Mario das Thema, »… den grillt ihr hier?« Nicht dass die am Ende damit die Wohnung kontaminierten.

»Ja, auf einem kleinen Lagerfeuer.«

Gott sei Dank.

»Ganz romantisch.«

»Konnt ihr gerne kommen«, warf Popescu ein. »Wie fruher … alle zusammen.«

»Ja, ich werde Bescheid sagen …« Alles, nur das nicht. Am Ende würde auch Piet kommen, und das gäbe Streit. »Ich glaube, ich muss denn …«

»Das mit dem Geld …«, setzte der Goethe-Instituts-Gründer plötzlich an, während sein Kollege mit dem Fischausnehmen weitermachte. Der widerwärtige Karpfen wollte sich aber auch gar nicht von seinen Innereien trennen.

Mario zuckte zusammen. »Ja, das hat sich ein bisschen … « Mario stammelte. Warum stammelte er eigentlich? Weil die ein Messer hatten und er nur ein schlechtes Gewissen? »… verzögert …«

»Iss egal.« Der Mann mit dem Messer rupfte noch stärker an dem Fisch herum, endlich fiel eine glibberige Masse zu Boden.

»Egal?«

»Ja, was sind schon zwei Wochen, wenn man drei Monate gewartet hat?« Der Goethe-Instituts-Alewit lächelte.

Zwei Wochen, dachte Mario.

»Am Mittwoch bekommen wir unser Geld.«

»Am Mittwoch?«

»Ja, eigentlich sollten wir es schon Freitag bekommen. Aber da ist etwas dazwischengekommen.«

»Ach, ja?«

»Aber diesmal ist es sicher. Der Chef hat sich dafür verbürgt. Mit seinem Ehrenwort.«

»Ehrenwort«, wiederholte Mario.

»Der Kavcioglu hat auf seine Plattensammlung geschworen. Der würde nicht auf seine Plattensammlung schwören, wenn es ihm nicht ernst wäre.«

»Sein *Doors*-Platten sind ihm heimlich«, bemerkte der Messeralewit.

Doors-Platten? Mario ging ein Licht auf. Deswegen die Räucherstäbchen und die Ethnodecke – Serol war ein Hippie.

»Sind ihm heilig«, verbesserte der Goethe-Instituts-Alewit seinen Kollegen.

»Mensch!« Der Himmel klarte auf, Sonnenstrahlen fielen wie Goldtaler auf den Kanal (das Wasser war zwar eine Kloake, aber funkeln tat es jetzt trotzdem sehr schön), ein erquickender Windhauch strich das Urbanufer entlang. Dann war ja alles gar nicht so schlimm! Das Geldeintreiben würde zu einem ehrenvollen Abschluss kommen und Mario sich mit seinen Mitbewohnern aussöhnen. Patzky würde erklärt bekommen, dass es bei Christine nichts zu holen gab, Didi, Wassilij und er wieder mehr Zeit zu Hause verbringen, und einen neuen Videorekorder würden sie auch irgendwo auftreiben.

»Hab ich gleich gesagt«, Popescu lächelte, »auf euch ist Verlass.«

»Na ja«, Mario winkte verlegen ab, »wir haben eigentlich nicht viel dazu beigetragen. Wir haben nur …«

Es krachte. Der Messertyp hatte dem Fisch den Kopf abgehackt. Ein blutiges Fischmaul fiel ins Gras. Das heißt in jene amorphe Masse aus Erde, Hundekot und Zigarettenkippen, die den Kanal säumte.

Der Mann strahlte übers ganze Gesicht.

Zur Feier des Tages beschloss Mario, am Heinrichplatz erst einmal ein Sandwich essen zu gehen. Mozzarella-Kirschtomaten. Oder Rinderfilet. Rinderfilet mit Gorgonzola. Beziehungsweise Avocadosenf. Avocadosenf war auch großartig. Mario hatte das Jammertal durchschritten, der Nebel lichtete sich. Und wie er sich lichtete. Die WG hatte die Probleme der Alewiten gelöst. Wie Bruce Willis. Das Böse in die Schranken verwiesen, Lohngerechtigkeit hergestellt. Der DGB war ein Scheiß dagegen. Und über die 20 Prozent konnte man noch mal reden. Es war ja nicht so, dass sich Mario den Wünschen seiner Mitbewohner verschloss. Wenn Wassilij illegalen Bauarbeitern kein Geld abknöpfen wollte, bitte, dann halt nicht, dann ließen sie es eben den Alewiten oder spendeten es für einen guten Zweck. Für Fahrtkosten von Asylbewerbern zum Beispiel. Oder kubanische Solaranlagen und vegetarischen Stadtteileintopf. Mario brauchte das Geld sowieso nicht mehr. Warum sollte er sich die Beine ausreißen, nur weil Melek keine Geschenkartikel mehr verkaufen wollte? Millionen von Menschen auf der Welt verkauften Geschenkartikel. Und beschwerten die sich? Nein! Sie hatten ja auch gar keinen Grund dazu. Schließlich war das ein gut gehendes Gewerbe mit akzeptablen Rahmenbedingungen: hygienische Verhältnisse, vertretbare Öffnungszeiten, die Kundschaft okay, keine Opiumhölle oder Bahnhofstoilette, sondern ein anständiges kleines Geschäft. Da leckten sich Millionen von Jugoslawen die Finger nach. Und nicht nur Jugoslawen. Viele Deutsche auch. Selbst Mario. Aber Melek war das natürlich nicht gut genug. Sie wollte etwas Besonderes, etwas, was sie an früher erinnerte, an ihre Familie. Das war auch schon wieder typisch. Ansprüche, immer höhere Ansprüche. Und er durfte springen. Sich zum Deppen machen und dafür auch noch Anspielungen einstecken müssen. Doch damit war jetzt Schluss. Wenn Melek eine richtige Beziehung führen wollte, würden sie darüber sprechen können. Wenn sie hingegen vorhatte, ihre Lügerei fortzusetzen, würde sie sich an ihm die Zähne ausbeißen. Keine finanzielle Unterstützung, kein Verständnis, keine Integration in Marios Familie mehr. Und demütigende Inszenierungen wie neulich mit dem Flokati würde Mario sich auch nicht mehr bieten lassen. Da musste sie sich schon entscheiden. Entweder eine Massagesitzung mit Flauschi oder eine Verabredung mit Mario. Beides ging nicht!

»Tag, Mario.« Der Sandwichbudenmann.

»Tag.«

Das war das Schöne am Viertel: Die Nachbarn kannten einen. Deswegen wohnte man so gerne hier: Imbissbudenbekanntschaften, Hilfsbereitschaft, immer ein freundlicher Spruch. Man traf Freunde auf der Straße, hielt ein Pläuschchen. Das war besser als jede Beziehung.

»Was darf's sein?«

Und diese Gelassenheit. Das Lockere, Stadtteilmäßige. Man hatte alle Zeit der Welt. Die Speisekarte zum Beispiel konnte sich Mario in aller Ruhe anschauen und …

»Ja?«

Gut, manchmal bekam man einen schnoddrigen Spruch zu hören, eine kleine Ermahnung. Aber immer augenzwinkernd. Immer kumpelhaft, immer …

»Hey!« Diese Stimme gehörte nicht dem Sandwichbudenmann, sondern einem der Bekannten, die einem zufällig auf der Straße begegneten, um ein Pläuschchen zu halten.

»Mensch, Junge. Lange nich' jesehn.« Es war Patzky. Ausgerechnet Patzky!

Dabei wohnte der nicht mal hier!

»Ja. Wie die Zeit vergeht«, erwiderte Mario gequält. »Alles in Ordnung?«

»Wenn Sie sich nicht entscheiden können«, schimpfte der Sandwichbudenmann, »machen Sie bitte mal Platz, ja?«

»Dit trifft sich ja super.« Irgendwie wirkte der Elektromeister anders als sonst. »Ich hab' ein paar neue Aufträge. Und außerdem brauch' ich die Kohle von der Tankertante.«

»Ja«, Mario seufzte, »wir wollten uns ja auch schon längst mal melden.«

»Willst du was essen?« Patzky inspizierte die Tafel mit den Spezialgerichten. »Zwei Mal ›Elbe in Flammen‹«, sagte er, ohne Marios Antwort abzuwarten.

Mario blickte verstört Richtung Mariannenplatz. Den Blick in die Ferne schweifen lassen. An Blau denken. Sein Gleichgewicht finden. »Wissen Sie, das Problem ist …«, Mario suchte nach den passenden Worten, »ein paar von uns sind weggezogen, und ich habe jetzt eine Anstellung.«

»Anstellung?«

»Verlagswesen. Kunstbücher.«

Patzky zog die Augenbrauen hoch. »Fotos, höhö? Erotisch? Höhö …«

Mario seufztzte. »Nein, eher schiefe Fensterfassaden.«

»Okay.« Patzky schaute sich hektisch um. Mit dem stimmte wirklich was nicht. »Iss ja auch egal. Auf jeden Fall brauche ich das Geld ziemlich bald! So schnell wie möglich!«

Deshalb wirkte Patzky so verändert. Der war total überdreht. An wen erinnerte der Mario bloß?

»Ich wollte sagen, wir machen kein Inkasso mehr.«

»Wie, kein Inkasso mehr?«

»Zweimal Elbe in Flammen«, tönte der Sandwichbudenmann.

Mario nahm sein Sandwich unter die Lupe. Elbe war klar – zwischen den Weißbrotscheiben lag Aal. Ziemlich gammelig. Fast so gammelig wie der Tumorkarpfen eben. Aber »in Flammen«?

»Na, wir sind nicht mehr genug Leute.«

»Das geht nicht!«, heulte Patzky auf und biss hektisch in sein Sandwich. »Ich hab doch schon Improvision für bekommen, von den Leuten, die das outgesourct haben.«

»Outgesourct?«

»Na, die Schulden outgesourct. Die Schulden! Die nächsten Aufträge! Und ich brauch noch mehr Geld. Wir machen da so ein Projekt in Brandenburg, Jürgen und ich! Weißt du, Jürgen …?«

»Ja.« Mario nickte.

»Ach ja, klar. Ihr kennt den ja … Wenn ich da mein Kapital nicht bis Ende des Monats reingebe, ist die Rendite für das dritte Quartal futsch, verstehst du?«

»Klar.«

»Ihr müsst euch da drum kümmern … Ihr verdient doch auch gut!«

In diesem Augenblick erschloss sich Mario, was es mit den Flammen auf sich hatte. Das Sandwich war vor lauter Tabasco ganz matschig.

»Ich habe das Projekt mit Jürgen nur in Angriff genommen, weil ich wusste, ihr macht diese Aufträge und ich krieg' die Improvision von den Schuldnern. Dafür, dass ich die an euch vermittele …«

Mario stiegen die Tränen in die Augen. Ficken, war das scharf! Und weit und breit nichts zu trinken.

»Wir haben ein gut gehendes Inkassounternehmen« redete sich Patzky in Fahrt. »Ihr könnt mich nicht einfach so im Stich lassen. Wir müssen jetzt zusammenhalten! Wie ein Mann!!«

Wo war bloß der Sandwichbudenarsch? Mario brauchte was zu trinken.

»Weißt du, wir haben die Zeichen der Zeit erkannt: diversifizieren! Nur Elektro, das funktioniert nicht. Deswegen: Immobilien, Auftragsvermittlung, Anlage, Inkasso! Das rentiert sich! Mehr Risiko, mehr Gewinn, verstehst du? Ihr könnt mich jetzt nicht im Regen stehen lassen, verdammt! Schmeckt das Sandwich nicht?«

»Dochdoch«, sagte Mario mit weit aus dem Mund gestreckter Zunge. »Aber wir treiben wirklich nicht mehr ein. Wegen der Ressourcen.«

»Ressourcen, Ressourcen ... Wen interessieren hier Ressourcen?«

»Ich brauch was zu trinken«, verkündete Mario.

»Wie meinst'n das?«

»Meine Mitbewohner ...« Mario hechelte.

»Fürs Geldeintreiben braucht man doch keine Ressourcen.« Das war es: Patzky erinnerte irgendwie an Wolfgang..

»Die haben ... outgesourct.«

»Outgesourct?« Patzky blickte ihn verwirrt an.

»Ihren Lebensschwerpunkt«, Mario japste. »Die haben ihren ... Lebensschwerpunkt outgesourct.«

»Geht nicht, geht nicht.«

»Allein kann ich kein ...« Ein Stück Brot vielleicht. Brot war noch besser als etwas zu trinken. »Allein kann ich kein Geld eintreiben.«

»Aber, Junge! Das geht doch nicht!«

»Und außerdem, rohe Gewalt bei einer Frau ... das hat keine Zukunft.«

»Was??«

»Ich gehe mal ... Brot kaufen«

»Hey, bleib stehen! Wo gehst du hin??? Meine Rendite! Ich brauch ...«

Zum ersten Mal seit langem hatte Mario wieder das Gefühl, mit sich im Reinen zu sein. Gut, sein Mund brannte und das Privatleben war auch nach wie vor ziemlich zerrüttet. Aber was die Geldeintreiberei anging, hatte Mario wirklich etwas geschafft. Die Alewiten bekamen ihren Lohn, und mit Patzky hatte er ein abschließendes Gespräch geführt. In der WG würde man nach dem Ende dieser nervenaufreibenden Tätigkeit auch wieder an die Zeiten anknüpfen können, als sich die Adalbertstraße wie eine Insel der Freundschaft aus einem Meer von Egoismus, privater Rentenversicherung und Kleinfamiliengründung erhoben hatte. Piet war zwar weg, aber auch zu dritt konnte man eine prima Gemeinschaft bilden. Und da war Ivanov noch gar nicht mitgezählt!

Dass es trotzdem zu neuem Ärger kam, hatte mit Grünau zu tun. Genauer gesagt mit dem Abschiebeknast Grünau. Das Ding war Mitte der Neunzigerjahre kurz vor der Fertigstellung einmal fast wieder abgerissen worden. Ein paar Jungs aus der Nachbarschaft hatten in ihrer Küche 300 Kilo Sprengstoff aus Düngemitteln gekocht, um den Rohbau in ihrem Sinne umzugestalten – Asche zu Asche, Staub zu Staub –, waren jedoch beim Umladen der selbst gebauten Rückbaubeschleuniger auf einem Waldparkplatz von einer Streife überrascht worden und noch in der gleichen Nacht ins Ausland verzogen. Der sechsstöckige Gefängniskasten beherbergte seitdem einen Haufen Leute, die aus Deutschland hinausgeworfen werden sollten, aber noch nicht hinausgeworfen werden konnten, weil ein Flugticket, ein gültiger Pass oder ein Rücknahmeabkommen fehlte. Irgendein leitender Beamter hatte einmal behauptet, Grünau sei auch nichts anderes als ein Hotel, was sich bei genauerem Hinsehen allerdings nur schwer bestätigen ließ. Die meisten Hotels hatten jedenfalls keine Viermetermauern mit NATO-Stacheldraht, vergitterte Fenster oder Sicherheitsschleusen. Und das war denn wohl der Grund, warum Melek mit ausgesprochen schlechter Laune vor Didi und Wassilij auf das Eingangsportal des Abschiebegefängnisses zuwalzte.

»W-wart doch mal …«

Dass man hinter der ersten Schleuse 50 Meter zwischen zwei hohen Mauern hindurchlaufen musste, war auch irgendwie anders als im Hotel.

»Was wollen Sie mit dem Hund hier?«

Von der Rezeption einmal ganz abgesehen.

»Ich will zu meinem Cousin. Hasan Öztürk.«

»Ha-hasan …? I-ich dachte …«

»Halt's Maul.« Wassilij trat Didi gegen das Schienbein.

»Ihre Papiere«, sagte der Wärter. »Und der Hund muss draußen bleiben.«

Didi verzog beleidigt das Gesicht.

»Was soll der Herr denn sein?«

»Wie, was?«

»Seine Nationalität!«

»Alewitisch-aramäischer Kurde aus Kreuzberg.«

»Haben wir Kurden von den Aleuten?«, rief der Wärter grölend in den Hinterraum.

»Hä?«, schallte es von hinten zurück. »Ä-äääh!«

»Führen wir nicht.« Der Wärter grinste.

»Wollen Sie Ärger?« Melek ballte die Fäuste. »Ich will meinen Verlobten sehen.«

»Ich dachte, es ist Ihr Cousin?«

»Hören Sie mal«, brachte sich Wassilij in Position. Es sah allerdings deutlich weniger imposant aus als bei Melek. »Wir haben verfassungsmäßig verbriefte Rechte und ich kann Ihnen versprechen, dass unser Anwalt auch in der Lage ist, diese Rechte …«

»Ja, ja, schon gut.« Der Wärter winkte ab. Dass die

Linken aber auch gar keinen Spaß verstanden. Die Linken und die Ausländer. Humorlose Bande. »Aber der Hund bleibt draußen.«

»Öztürk?« Ein Vollzugsbeamter mit Ohrstecker blätterte die Unterlagen durch. »Gehen Sie schon mal in unsere Besucher-Lounge.«

»In die wohin?« Bei Wassilij geriet vor Empörung die Grammatik durcheinander.

»Zu den Glaskästen. Nummer 8.«

Im Besucherraum herrschte fröhlich-buntes Treiben. Eine Kopftuchoma plauderte mit ihren erwachsenen Kindern, ein Zopfmädchen lächelte ihren Puffkundenliebhaber an, ein dicker Kneipenbesitzertyp diskutierte mit Geschäftsfreunden. Weniger fröhlich-bunt war hingegen die Tatsache, dass eine Glasscheibe die Besucher auf der einen von den Häftlingen auf der anderen Seite trennte und man sich nur durch stecknadelkopfgroße Löcher auf Bauchnabelhöhe unterhalten konnte.

»Das ist doch eine Schweinerei.« Melek stampfte auf. »Und dafür haben wir jetzt die Kommunisten gestürzt.«

»Die Kommunisten gestürzt?«, fragte Wassilij erschrocken.

»Ha-hallo.« Didi hatte seinen Köter bei einer Gruppe afghanischer McDonald's-Küchenhelfer an der Bushaltestelle zurückgelassen. Irritiert schaute er sich um. »Wa-warum heißt Serol eigentlich … Ha-hasan?«

Melek wandte den Blick nicht von Trennscheibe 8. »Falsche Papiere. Eigentlich heißt er Serol und kommt aus Tunceli, aber hier ist er Hasan und aus Denizli.«

Tunceli, Denizli – Didi verstand nur Bahnhofli.

»Den Pass hat er gekauft. Damit er zumindest mal

eine befristete Aufenthaltsgenehmigung hatte«, fügte Melek hinzu.

Wassilij wollte gerade eine Bemerkung über die Verwerflichkeit der deutschen Einwanderungspolitik machen, als Serol in den Besuchsraum trat. Sah eigentlich ganz normal aus. Aber er war ja auch erst ein paar Stunden hier.

»Die Schweine«, entfuhr es Melek.

»Was?« Durch die Löcher im Kabinenglas hörte man wirklich schlecht.

»Schweine!!!«

Serol nickte.

»Ich habe die beiden Mitbewohner von Mario mitgebracht.«

»Hallo.« Wassilij war verlegen.

»Kenne ich«, Serol zog die Augenbrauen hoch. »Vom Geldeintreiben.«

»Wenn ich gewusst hätte«, Wassilij begann aufgeregt zu stottern, »dass Sie, äh ... du illegal bist, dann hätten wir natürlich nie Geld bei Ihnen ... ich meine dir ...«

»Ja, ja, schon gut«, unterbrach ihn Melek und wandte sich wieder an Serol. »Wie bist du hier reingekommen?«

»Pech gehabt.« Serol steckte sich eine Zigarette an. «Razzia. Kommt vor.«

»Razzia!« Wassilij blickte mit glasigen Augen in die Ferne. So fern man in einem Besucherraum eben schauen konnte. »Unfassbar. Wir leben schon wieder in Zeiten wie damals, als das Warschauer Getto von den Sturmtruppen der Nazis ...«

»Ja!«, fiel ihm Melek ins Wort und wandte sich wieder Serol zu. »Das war kein Zufall, das war dein Chef.«

»Quatsch.« Serol begann, gelangweilt seine Zigarette am Aschenbecher anzuspitzen.

»Natürlich. Wer sonst?«

»Was ... hast'n du für einen ... Ch-chef?«, erkundigte sich Didi.

»Eigentlich ist er nicht mein Chef, sondern mein Partner«, sagte Serol.

»Partner!« Melek verzog verächtlich die Lippen. »Er schuldet ihm 60.000.«

»So ein Zufall.« Wassilij schüttelte den Kopf. »Ein paar befreundete Alewiten sollten auch genau 60.000 ...« Er verstummte. Das war gar kein Zufall, das war dieselbe Geschichte. Bei diesem Outsourcing blickte man auch überhaupt nicht mehr durch.

»Der hat dich die ganze Zeit beschissen.«

»Der hat mich nicht beschissen«, behauptete Serol. »Der hat selbst Probleme. Den hat zum Beispiel die ganze Zeit so ein Hase verfolgt.«

»Ein ... Ha-hase?«

»Haben die Gläubiger ihm angehängt. Um ihn zu blamieren.«

»Noch ein Grund mehr«, sagte Melek.

»Mich an die Bullen zu verpfeifen? Melek, mein Partner und ich haben 120 Häuser zusammen gemacht. Da verpfeift man sich doch nicht.«

»Ach nein?«

»Was ist das denn für ein Typ?«, fragte Wassilij, immer noch sichtlich verlegen.

»So ein Alternativer.« Serols Zigarettenspitze war mittlerweile kegelförmig. »Ganz nett. Er hat sich um die Finanzierung gekümmert, und ich habe die Leute besorgt.«

»Aha?«

»Ja. Macht auch Kunst. Seltsame Sachen: schiefe Häuser und so.«

»Marios Bruder macht auch Kunst«, bemerkte Wassilij.

»So ein Langer, weißt du, immer ein bisschen fahrig ...«

»Marios Bruder ist auch sehr fahrig«, bemerkte Wassilij nachdenklich.

»Er heißt Wolfgang.«

»Marios Bruder heißt ...«, setzte Wassilij an.

»Das Schwein!!!« Melek sprang auf.

»Aber der war das nicht«, versuchte Serol die anderen zu besänftigen. War durch stecknadelkopfgroße Löcher allerdings gar nicht so einfach – andere zu besänftigen.

»Wer soll denn das sonst gewesen sein?« Melek verdrehte die Augen. »Anstatt Sozialpädagogik hättest du lieber mal was Richtiges studiert.«

»Ich kenn den schon ewig«, schrie Serol in die Löcher.

»Vorwärts!«, befahl Melek.

Mario lief beschwingt nach Hause, den guten, alten *Sex-Pistols*-Song von Bambi auf den Lippen. Er würde seinen Mitbewohnern die guten Nachrichten verkünden, allen mit Hilfe der unlängst neu angeschafften Espressomaschine ein frisches Heißgetränk zubereiten und danach Aussöhnung feiern. Wie ein junges Reh hüpfte er die Treppe hinauf, nahm jeweils drei Stufen auf einmal und bemühte sich, den Tabasco-Aal nicht wieder entkommen zu lassen. Alles würde gut werden. Er hatte einen Job, die WG würde wieder zu sich selbst zurückfinden, und nach einer Phase der Experimente würde sich neue Gewissheit einstellen. Allein wie Mario Patzky gelassen die Entscheidung der WG dargelegt hatte! Diese Fähigkeit, nein zu sagen, diese Entschlossenheit, die Kontrolle über das eigene Leben zurückzuerobern!

»Hey, Jungs, wisst ihr, wen ich gerade getroffen habe?«

Wassilij stand vor der Wohnungstür und stellte eine Matratze an die Wand.

Mario ließ sich nicht davon irritieren. »Ihr macht den Umzug von Ivanov? Ist ja ein Ding! Den habe ich auch gerade getroffen. Wusstet ihr, dass der mit Popescu und den Alewiten befreundet ist? Manchmal hat man das Gefühl, die stecken alle unter einer Decke. Die Bauarbeiter, die Subunternehmer, die kasachischen Fischer, das Goethe-Institut ...«

Komischerweise stimmte niemand in Marios Lachen ein. Und irgendwie komisch war auch, dass Ivanovs Matratze genauso aussah wie die von Mario. Sie hatte sogar an derselben Stelle einen Kaffeefleck. Oder was immer das war. Bei Matratzen wollte man das ja gar nicht so genau wissen.

»Hey, das ist ja mein Schränkchen.« Hatte Mama ihm vor ewigen Zeiten gebastelt. Damals im Schreinerkollektiv. Oder war sie da noch bei den Maoisten gewesen?

Melek schob sich stumm an Mario vorbei. Mit Mamas Schränkchen auf dem Arm.

»Hallo, Melek! Was ist denn hier los? Warum trägst du mein Schränkchen raus? Haben wir einen Wasserrohrbruch?«

Plötzlich tauchte auch Didi auf, einen Karton mit Gläsern und Tassen in den Händen. Marios Gläsern und Tassen. Gut, es waren nicht so viele. Eigentlich nur vier. Die mit dem Elefantenmotiv, die ihm Oma geschenkt hatte.

»Was ist denn los? Warum redet ihr denn nicht?«

Stille.

»Mensch, Didi.« Mario begann den Ernst der Lage zu begreifen. Didi und er kannten sich seit 28 Jahren. Sie waren zusammen in den Kinderladen gegangen. Hatten Schultze-Müller die Reifen zerstochen. Es war, als wäre es gestern gewesen. Alle vier Reifen. Und Schultze-Müller cholerisch. Ja, sie waren sogar zusammen auf ihrem ersten Punkkonzert gewesen. Gut, das nur zufällig – als Teenager war Mario Didis Unsicherheit eine Weile ziemlich auf die Nerven gegangen. Aber trotzdem. Nach so langer Zeit konnte man doch nicht einfach so tun, als würde man sich nicht kennen.

Didi schossen Tränen in die Augen, aber er schwieg weiter.

»Und du, Melek?« Sie hatte seine Stehlampe in der Hand. Die, die sie immer so hässlich gefunden hatte. »Was machst du überhaupt hier? Wir haben uns fast zwei Wochen nicht gesehen, und jetzt räumst du mein Zimmer aus? Findest du das normal?«

»Nazi!«

Okay, nicht gerade eine Liebeserklärung, aber wenigstens redete überhaupt wieder jemand mit ihm. Auf keinen Fall durfte er den Gesprächsfaden wieder abreißen lassen.

»Nazi? Wieso Nazi?«

»Melek wollte dich abholen«, referierte Wassilij, »um nach Grünau zu fahren. Aber wir finden, du solltest besser gleich nach Braunau umziehen.«

Braunau, Grünau ... Mario verstand nur Bahnhof-Au. »Was ist denn in Grünau?«

»Das Abschiebegefängnis«, sagte Melek knapp.

»Aha.« Mario machte ein betroffenes Gesicht. War wirklich nicht besonders schön, wenn Leute da landeten. Aber was hatte das mit ihm zu tun? »Was ist denn passiert?«

»Frag mal deinen Kunstbruder«, antwortete Wassilij.

»Kunstbruder?« Mario schaute hin und her. »Wolfgang? Was soll ich den denn fragen?«

Schweigen

Die Stereoanlage landete unsanft im Treppenhaus auf dem Boden.

»Krieg ich jetzt mal eine Antwort?«

»S-serol«, erwiderte Didi. Er mochte es nicht, wenn Mario laut wurde. »Serol sitzt in Grünau.«

»Serol ist in Grünau?« Das war allerdings wirklich unangenehm. Nicht nur für Serol. Auch für Mario. Schon allein, was Melek den jetzt wieder bemitleiden würde. »Und was hat mein Bruder damit zu tun?«

»Er tut, als wüsste er von nichts.« Wassilij lachte hysterisch auf. »Er stellt sich ahnungslos.«

»Kannst du mal aufhören, so hysterisch zu lachen?« Mario blickte seinen Mitbewohner streng an. Das zog normalerweise immer. Aber heute war der Wurm drin.

»Er ... ha-hat ihn ... verpfiffen ...«

»Verpfiffen? Wolfgang soll Serol verpfiffen haben? Wieso sollte er das tun? Der kennt ihn doch gar nicht. Ich meine, mein Bruder saniert Häuser … und ist ein bisschen fahrig. Aber das heißt doch noch lange nicht …«

»Serol hat für ihn gearbeitet.« Melek trug die Playstation auf dem Arm. »Wolfgang schuldet ihm Geld.«

»Wie … was …«, stammelte Mario. »Das kann nicht sein.«

»60.000 Euro«, warf Wassilij ein.

Auch die Playstation fiel im Treppenhaus unsanft auf den Boden.

»Mein Bruder verpfeift niemanden. Außerdem kennt er keinen Serol …«

»Ha-hasan«, erklärte Didi. »Wolfgang kennt ihn als Ha-hasan.«

»Ha-hasan?« Mario verstand gar nichts mehr. »Wer ist Hasan? Serol ist Hasan? Serol heißt in Wirklichkeit Hasan? Warum habt ihr mir das nicht gesagt? Jetzt bin ich wieder an allem schuld, was? Woher soll ich denn wissen, dass Serol gar nicht Serol, sondern Hasan …«

»Hasan heißt Serol«, fuhr ihm Melek über den Mund, »und wo wir schon dabei sind: Was wolltest du letzte Woche auf der Baustelle von ihm?«

Gute Frage. »Na ja, äh, ich …« Und warum hatte Serol das nicht für sich behalten können? Musste der alles herumposaunen? »Ich war so ein bisschen … wie soll man sagen? … na ja, angesäuselt, und da habe ich …«, Räuspern, »… gedacht, so ein klärendes Gespräch …«

»Warum hast du gesagt, das mit dem Container würde dir leid tun?«

Wassilij blickte ungläubig herüber.

»Was soll ich gesagt haben? Ich meinte doch nur, man sollte sich nicht … äh, gegenseitig ausspielen lassen.« O

Gott, war das peinlich. »Das war eigentlich nur so dahingesagt. Was man halt so sagt, wenn man betrunken ist … Und wir hatten uns doch auch gestritten, Melek! Ich musste mit jemandem reden, und da dachte ich, vielleicht könnte ich mit Hasan …«

»Serol«, unterbrach ihn Wassilij. In Containergeschäften steckte Mario also auch drin. »Auf welches Konto möchtest du die Rückzahlung von deinem Betriebskostenanteil?«

»Rückzahlung?«

»Sonst überweisen wir es einfach auf das Konto, von dem deine Miete abgeht. Oder gibt es da irgendein spezielles Konto? Ein Geschäftskonto?«

»Blödsinn! Was denn für Geschäfte? Glaubt ihr etwa …« Mario begriff, dass es ernst war. Sehr ernst. »Ihr könnt mich doch nicht rauswerfen! Soll ich vielleicht auf der Straße schlafen?«, schluchzte er. »Didi! Ich mache keine Geschäfte! Das würde ich nie tun! Ich wusste nicht, dass Serol Hasan ist. Ich will nicht auf die Straße. Ich habe doch nur euch.«

»Warum gehst du nicht zu deinem Bruder?«

»Zu meinem Bruder? Ich hasse meinen Bruder. Ich habe nichts mit ihm zu tun! Ich bin unschuldig! Das ist doch nur so ein Verlagsjob, den ich da mache. Und mein Bruder hat Serol bestimmt nicht verpfiffen. Mein Bruder saniert Häuser, das ja …«

»Er spekuliert.«

»Gut, er spekuliert. Aber deswegen denunziert er doch niemanden. Was denkt ihr denn? Der ist doch kein Nazi.«

Mario begann zu wimmern, und auch Didi musste

sich die Augen reiben. Aber Wassilij kannte kein Erbarmen.

»Sollten wir was vergessen haben, kannst du uns ja auf den Anrufbeantworter sprechen.«

Mario blickte sich verzweifelt um. »Warum? Melek? Was soll das? Habt ihr denn gar kein Mitleid?«

Aber Melek ging unbeteiligt an ihm vorbei.

Sie hatten kein Mitleid. Überhaupt keins. Höchstens mit Serol. Dabei konnte Mario wirklich nichts dafür. Für Wolfgang nicht, für die Razzia nicht und für Serols Aufenthalt in Grünau auch nicht. Gut, Mario hätte den Jungs aus der Wrangelstraße damals bei ihren Rückbauarbeiten helfen können. Beim Umladen. Oder Düngemittelkochen. Aber davon hatte er erst im Nachhinein erfahren. Das war ja alles streng geheim gewesen. Das konnte man ihm doch nicht vorwerfen.

Wenigstens hatte Wassilij Mario erlaubt, die Stereoanlage, die Platten und die Playstation wieder in die Wohnung zu räumen. Wo sollte er das Zeug sonst unterstellen? Im Büro? Damit es Wolfgang beim nächsten Liquiditätsengpass über die *Zweite Hand* verscheuerte? Da standen die Sachen im Treppenhaus ja noch besser. Blieben die Stehlampen, Omas Elefantentassen, das Nachtschränkchen und die Matratze. Na ja, um die Matratze war es nicht schade. Die hatte sowieso diesen Fleck. Würde er sich eine neue holen. Und natürlich Mario selbst. Denn wo sollte er hin? Okay, er hatte einen Freundeskreis. Aber wenn sich das mit Serol und Grünau herumsprach, war es damit bestimmt schnell Essig. Die hatten ihn doch alle schon während der Sache mit Anna wie einen Aussätzigen behandelt. War er nur wieder rausgekommen, weil Antiimp-Jochen sich für ihn eingesetzt hatte: »Wir hatten keinen Konsens bezüglich der Toilette, aber ansonsten kann ich nichts Negatives sagen. Müsste man noch mal genauer drüber diskutieren.« Wenn jetzt das mit Serol dazukam, würden sie ihm schön heimleuchten, besser gesagt wegleuchten, er hatte ja kein Heim mehr. Schöner Mist. Zu HC-Petra könnte Mario gehen. Die hielt nichts auf Gerüchte. Spätestens seit man sie bezichtigt hatte, Nazimucke zu hören, nur weil sie mal im Franken behauptet hatte, die *Böhsen Onkelz* seien vom Lärmfaktor nicht ohne. Woher sie das wisse, hatten die anderen gefragt, das mit dem Lärmfaktor bei den *Böhsen Onkelz*, um das zu wissen, müsse sie die ja wohl hören. Petra war in Ordnung. Exveganerin, die mittlerweile auf Kinderpsychologin machte: Ergotherapie und so eine Scheiße. Immer hilfsbereit und unkompliziert. Das einzige Problem bei der war der Lärm. Verglichen mit Petras Wohnung, war eine Flughafeneinflugschneise der reinste Kurort. Da würde es Mario nicht aushalten. Da wurde man krank, bei der in der Einflugschneise. Krank oder taub. Blieb nur noch Kunst-Stephan. Der hatte früher auch in der Wrangelstraße gewohnt, sich dann aber für den Kulturbetrieb statt für Sprengstoffrückbauten entschieden. Sehr nett. Bei dem war immer eine Matratze frei, und von Vorwürfen hielt er auch nichts. Ein ganz einfühlsamer Mensch: entschuldigte alles. Dafür liefen bei dem immer komische Filme. Filme mit schwulen, schwarzen Free-Jazz-Astronauten, über die hinterher endlos diskutiert werden musste. Mitten in der schlimmsten Sinnkrise Avantgardezeug schauen, neben dem sich Rostwürfel geradezu konventionell ausmachten – das schien Mario irgendwie auch nicht das Wahre. Also weder Freundeskreis noch Petra oder Stephan. Aber egal. Solange das Wetter einigermaßen mitspielte, schlug er sein Zelt eben irgendwo am Urbanufer auf. Obwohl, da gab es zu viele Hundehaufen. Lieber Tiergarten. Da gingen auch die Bekannten nicht so oft hin. War ihnen zu arriviert. Zu charlottenburgmäßig. Fast schon mittig. Tatsächlich lebte im Tiergarten jeder nach seiner Façon: die Schwulen, die Nackten, die Spanner und die Drogendealer. Also würde es auch für Mario einen Platz geben.

Auf der anderen Seite: Warum sollte er sich aus seinem Viertel vertreiben lassen? Von einem Schwaben und einer despotischen serbischen Einzelhändlerin. Jawohl, einer Serbin! Mario hatte hier schon gewohnt, als die noch im Schwarzwald oder Ostblock respektive blockfrei vor sich hinvegetiert hatten. Er würde sein Zelt so aufschlagen, dass niemand an ihm vorbeikam. An der höchsten Stelle im Viertel, im Görlitzer Park, ganz oben auf dem Spreewaldbad. Auf dem Dach. Jawohl! Damit Marios Häscher ihn jeden Tag von der Hochbahn aus sehen mussten. Ihn, ein Opfer von Verleumdung und Wohnungsnot. Er hatte keinen Grund sich zu verstecken. Überhaupt keinen. Die sollten ihn sehen und sich schämen. Lynchjustiz, elende.

7. KAPITEL, IN DEM SICH HASEN IN ENTEN VERWANDELN UND DIE ÖSTERREICHER-SS KEINEN VERDACHT SCHÖPFT

Die Parkanlage auf dem Spreewaldbad war wirklich eine gute Wahl: Man hatte einen schönen Blick, zum nächsten Imbiss waren es keine zwei Minuten, und Hundehaufen gab es auch nicht so viele. Hunde kackten nicht so gerne an Abhängen. Bis Mitte September würde Mario es locker hier aushalten. Und so nahm er zuversichtlich seinen ersten Abend auswärts in Angriff – Zelt aufbauen, Bier holen, Schlafsack ausrollen. Im Westen glänzte die Abenddämmerung über der Stadt, die Streifenhosenhippies gingen nach dem Parkwiesentrommeln allmählich zum Opiumfernsehen nach Hause, die letzten Hochbahnen glitten durchs Blickfeld. Es war so herzzerreißend schön, dass Mario am liebsten mit jemandem darüber geredet hätte. Nur war da blöderweise niemand. Mario war allein, ein Aussätziger. Doch auch davon würde er sich nicht ins Bockshorn jagen lassen. Manchmal musste ein Mann seinen Weg gehen. Ein bisschen Stille, Einsamkeit und Kontemplation hatte noch niemandem geschadet. Da fand man zu sich selbst. Konnte über alles nachdenken. Revue passieren lassen. Man baute sich einen Joint, nahm ein paar Züge und vertiefte sich in ein Problem. Arbeitete die eigene Geschichte auf. Zum Beispiel die Zeit, als Mutter immer diese Batiksachen getragen hatte, die

Mario so peinlich gewesen waren. Gott, war das eine schlimme Zeit gewesen.

»Wie geht's?«

Mario blickte hoch und bereute sofort, gekifft zu haben. Ein Tier hatte sich vor ihm aufgebaut. Ein riesenhaftes Tier mit großem Mund und komischem Fell.

»Bist du auf Pionierlager?«

»Pionierlager«, wiederholte Mario sinnlos.

Es war eigentlich kein Fell, sondern ein Federkleid.

»Pionierlager mochte ich auch immer gern.«

Ganz weiß war die Figur. Bis auf den Mund. Der war gelb.

»Kann ich ein Bier haben?«

»Klar ...«

Der Tiertyp machte eine Dose auf.

»Alles okay bei dir?«

»Na ja.«

Richtig, das war eine Ente. Aber eine sehr große Ente. Donald Duck! Das war Donald Duck!

»Wie geht's deinem Bruder?«

»Bruder?«, stieß Mario erschrocken aus. Kam ihm jetzt schon wieder jemand mit Grünau? Verfolgten die ihn? »Ich habe mit meinem Bruder nichts zu tun.«

»Schon gut. Ich frage nur, weil ich ihn die Woche kaum gesehen habe. Ich habe gerade einen anderen Auftrag, weißt du?«

Bruder, anderer Auftrag, Ente ... O Gott, was hatten sie ihm nur ins Haschisch getan?

»Das gehört übrigens zu unserem Service: Für jeden Auftrag ein anderes Kostüm. Damit man die Gläubiger auseinander halten kann.«

»Auseinander halten kann …«, murmelte Mario und kniff die Augen zu. So wenig sehen wie möglich.

»Mit deinem Bruder komme ich gut klar. Man kann sich nicht mit allen Klienten so vernünftig unterhalten.«

Auftrag? Gläubiger? Klienten? Das war der Hasentyp!

»Was machen Sie denn hier?«, fragte Mario eingeschüchtert. »Wohnen Sie hier?«

Der Typ drehte seine Bierdose in den Händen herum. »Ich komme oft her. Mir gefällt's hier.«

»Ihnen gefällt's hier?«

»Die Stimmung.«

Mario blickte sich um. Punker, Trommelhippies, Dealer. Und die Sozialhilfealkoholiker natürlich.

»Verstehe«, behauptete Mario.

»Genau. So antikonsumistisch, verstehst du? Da stecken viele Werte drin, die wir damals in der DDR auch verteidigt haben.«

»DDR …«, plapperte Mario nach.

»Ja!«, rief der Typ kämpferisch aus. »Du findest das vielleicht komisch. Aber viele Ideen waren gar nicht so schlecht.« Der Donald-Duck-Typ nahm einen Schluck. »Und du? Kommst du oft zum Zelten?«

»Eigentlich nicht. Ich bin … rausgeworfen worden.« Wie das klang.

»Von deiner Frau?«

»Auch.«

Schweigen. Der Typ nahm noch einen Schluck.

»Vor allem von meinen Mitbewohnern.«

Der Typ spitzte die Ohren. »Du wohnst in einer

Kommune? Kommunen finde ich gut. Bei uns hätte man das auch etablieren sollen. Veränderung des Alltags … Na ja, hinterher ist man schlauer.«

»Stimmt.« Hinterher war man wirklich oft schlauer.

»Und warum haben sie dich rausgeworfen? Hast du dich zu sehr auf deinen Bruder eingelassen?«

Mario wurde leichenblass. Woher wusste der das? »Nein! Ich habe nichts mit meinem Bruder zu tun! Ich würde nie Immobilien verkaufen oder jemanden verpfeifen! Ich mache die Pressearbeit in seinem Kunstbuchverlag! Ich bin kein Spekulant! Das sind Missverständnisse! Oder Verleumdung!«

»Ja, ja, beruhig dich.« Donald Duck alias Bugs Bunny holte zwei Zigarren aus der Westentasche. »Rauchst du? Sind Havannas.«

Mario schüttelte den Kopf. Von Zigarren musste er kotzen. Der Ententyp drückte ihm trotzdem eine in die Hand.

»Weißt du was?« Donald Duck steckte sich seine Zigarre an. »Man denkt immer, Unternehmer wären Zigarren rauchende, reiche Säcke, aber wenn man sie näher kennen lernt, stellt man fest, dass sie von Zigarren nichts verstehen. Und mit Schweinen weniger Ähnlichkeit haben als mit Hamstern.«

»Mit Hamstern?«, wiederholte Mario überrascht. »Wieso Hamster?«

»Steht schon bei den Klassikern. Im Kapitalismus spielen sich die ökonomischen Entscheidungen hinter dem Rücken der Akteure ab.«

Mario schüttelte verständnislos den Kopf: Rücken, Akteure.

»Dein Bruder zum Beispiel: Der glaubt, er könnte was entscheiden. Aber was entscheidet er?«

Mario dachte nach. Wo sie sich im Restaurant hinsetzten zum Beispiel. Und in welches Restaurant sie gingen. Und im Büro, da entschied eigentlich auch immer Wolfgang. Ob Mario jetzt erst die rote Diskette mitsuchen oder die Pressemeldung schreiben sollte zum Beispiel.

»Er hat Kredite aufgenommen, und die muss er abzahlen. Um sie abzuzahlen, muss er sich gegenüber der Konkurrenz behaupten. Er muss die Leute erfolgreicher übers Ohr hauen als seine Konkurrenten. Und wozu? Um Kapital zu akkumulieren, das eingesetzte Geld zu vermehren. Und an welches Tier erinnert uns das?«

Mario grübelte: An einen Hasen? Enten? Bakterien? Was Vermehrung anging, waren Bakterien ja ziemlich erfolgreich. Oder an Heuschrecken?

»An den Hamster im Laufrad! Nö, nö, wenn ich bei dem Job was gelernt habe, dann dass die Kapitalisten im Kapitalismus genauso beschissen dran sind wie alle anderen. Und deswegen bin ich auch so gern im Park.«

Mario schaute sich um. An einem Lagerfeuer suchten die letzten Streifenhosenhippies ihre Sachen zusammen. »Im Park?«

»Diese Leistungsverweigerung, das ist nicht zu unterschätzen!«

»Genau«, stimmte Mario kraftlos zu.

»Und was ist jetzt? Was werfen dir deine Mitbewohner vor?«

»Meine Freundin ... meine Mitbewohner und meine Freundin.«

»Ja. Was werfen die dir vor?«

Mario zögerte. Es war alles so was von peinlich. »Wir haben für ein paar Nachbarn, die immer bei uns in der Küche rumhockten, so illegale Bauarbeiter, Geld eingetrieben. Und dann hat uns ihr Arbeitgeber, der ihnen das Geld geschuldet hat, gefragt, ob wir das auch für ihn machen wollen. Gegen Prozente.«

Der Hasentyp nickte.

»Und weil es heutzutage ja ganz gut ist, ökonomisch abgesichert zu sein – Sozialstaat ist ja nur noch ein Wort, wissen Sie? –, haben wir uns darauf eingelassen. Das lief auch alles bestens. Lockerer Job, gutes Einkommen, neue Anschaffungen. Bis sich Piet, mein Mitbewohner – eigentlich war er immer schwul, aber plötzlich hatte er sein Coming-out –, in eine der Schuldnerinnen verliebt hat. Er ist dann ausgezogen, wegen des Kindes. Die Frau hat nämlich ein Kind. Und dann hat sich herausgestellt, dass unser Auftraggeber uns nicht mehr zu seinen eigenen Schuldnern geschickt hat, sondern zu denen von anderen Firmen. Inkasso-Outsourcing, verstehen Sie?«

Der Ententyp hatte etwas den Überblick verloren, nickte aber noch immer.

»Na, und dann haben wir von ein paar anderen Bauarbeitern Besuch bekommen, so Alewiten, auch illegal. Wir sollten ihren Lohn eintreiben, es stellte sich aber heraus, dass der Typ, für den sie gearbeitet hatten, kein richtiger Bauunternehmer war, sondern eine Art Strohmann, also wieder Outsourcing, damit der eigentliche Chef im Hintergrund bleibt, verstehen Sie? Aber der eigentliche Hammer kommt erst noch. Serol, der Chef von den Alewiten, der übrigens selbst Alewit ist, hat für meinen Bruder gearbeitet!«

»Aha.«

»Der macht nämlich in Immobilien. Aber das wissen Sie ja.«

»Das weiß ich, ja …«

»Aber das war noch nicht alles, haha. Außerdem kam auch noch raus, dass er was mit meiner Freundin hatte …«

»Ihr Bruder?«, fragte der Enten-Typ etwas erschrocken.

»Nein, der Strohmann, dieser Serol. Jedenfalls hat er sich von ihr vor meinen Augen massieren lassen. Und jetzt sitzt er in Abschiebehaft, in Grünau. Und weil mein Bruder dem Strohmann das Geld schuldet, das der wiederum den Bauarbeitern schuldet, die wir vertreten, glauben alle, mein Bruder hätte ihn an die Ausländerpolizei verpfiffen, um das Geld zu kassieren.«

»Verstehe«, behauptete der Hasen-Enten-Typ ratlos.

»Und weil ich wiederum seit neuestem für meinen Bruder arbeite – aber nicht in der Bauabteilung, sondern im Kunstbuchverlag –, und dieser Serol für mich so etwas wie ein Nebenbuhler ist, glauben natürlich alle, ich hätte zusammen mit Wolfgang für seine Verhaftung gesorgt.«

»Ach so.«

Hinter dem Fernsehturm leuchtete der Himmel orangefarben. Auf der Skalitzer Straße fuhren Autos mit heruntergekurbelten Scheiben auf und ab, laute Musik war zu hören, es roch nach gegrillten Hähnchen. Überall pulsierte das Leben.

»Sapperlot.« Der Hasen-Enten-Typ zog nachdenklich an seiner Zigarre. »Sehr vertrackt.«

Mario begann zu weinen. Laut und unbeherrscht zu schluchzen.

»Aber, Junge.«

»Ich war doch nur im Kunstbuchverlag und hab telefoniert.«

Die Hasenente klopfte ihm verständnisvoll auf die Schulter. «Jetzt schläfst du dich erst mal schön aus, und morgen«, der Typ nahm Marios Hand, »sieht alles schon wieder ganz anders aus.«

»Meinen Sie?« Mario schniefte.

»Ja! Und dann söhnst du dich mit deiner Freundin aus.«

»Glauben Sie, das wäre gut?«

»Na klar.«

Der Typ trug zwar seltsame Dienstkleidung, aber inhaltlich hatte er Recht. Alle hatten einen Freund oder eine Freundin, sogar Didi, der hatte seinen Hund. Und Wassilij. Der war mit seiner Politgruppe verheiratet. Mit einer Freundin konnte man tolle Sachen unternehmen: Man konnte zusammen kochen, Lebenskonzepte vergleichen, Ausflüge machen. Gut, man stritt sich auch oft, aber das legte sich auch wieder. Vielleicht war Mario bisweilen ein bisschen überempfindlich. In Sachen Massage zum Beispiel. In einer Zeit, in der sich in 70 Prozent der in Videotheken erhältlichen Filme Menschen Silikonwürste, Gewürzgurken oder Duschköpfe in die Körperöffnungen steckten, brauchte Mario keinen hysterischen Anfall zu bekommen, nur weil es sich zwei alte Freunde aus Containerzeiten einmal gut gehen ließen. Nein, nein! Mario hatte das überinterpretiert. Und Fehler begangen. Die er nun wieder ausbügeln würde. Die würden sich umschauen, wie er die ausbügelte. Wofür er allerdings Verbündete brauchte. Und wo fand man die besser als unter den Menschen, denen man selbst schon einmal einen Gefallen getan hatte? Voller Tatendrang brach Mario am nächsten Morgen in Richtung Rumänencontainer auf dem Mauerstreifen auf.

Vor dem Container saß eine Runde Männer im Kreis, Ganea spielte Tuba. Irgendetwas Klassisches.

»Tschuldigung.« Mario klopfte gegen die Notunterkunft.

»Psst.«

Andächtige Ruhe.

Der Einzige, der etwas abseits von der Runde stand, war Antonescu. Er fummelte 20 Meter von den anderen entfernt am Motor eines alten Opels herum.

»Was soll'n das?«, wandte sich Mario an den rumänischen Nachbarn.

»Ganea spielt Bach.«

»Bach?« Das war Bach? Der von Klassik-Radio? Die Weißlocke? Der kleine Bruder von Ta-ta-ta-taaaaaa?

»Ganea sagt, nur weil wir auf Bau arbeiten, muss Kultur noch lange nicht auf Hunde gehen. Deshalb Konzert. Jede Wochenende Konzert.«

»Jedes Wochenende?«, fragte Mario erschrocken. »Ist ja schrecklich.«

»Will deutsche Kultur naher bringen. Bach, Beethoven, Schumann.«

»Schumann«, murmelte Mario. Der Rennfahrer?

»Ist Scheiße. Nächste Woche Ibrahim will Goethe lesen. Drei Sprachen. Deutsch, Zaza, Rumänisch.«

»Zaza?«

»Alewitisch Kurdisch.«

»Aha. Und wer ist dieser Ibrahim?«

»Kollege, wo spricht gut Deutsch.«

Der Goethe-Instituts-Alewit. Ibrahim hieß der also.

»Scheiße.« Antonescu schüttelte den Kopf. »Was interessieren mich Goethe?«

»Und wie lange geht so was?«

»90 Minuten. Wie Fußballspiel.«

Mario holte Luft. Ob die ihm wirklich helfen konnten? Etwas komisch waren die ja schon. »Ihr müsst mir helfen, meine WG zu retten. Und meine Beziehung.«

Antonescu richtete sich auf und blickte Mario an.

»Hat sie euch getrennt?«

»Sozusagen.«

»Meine Beileid.« Antonescu legte ihm die Hand auf die Schulter. »Bei mir auch so. Wir sind gegangen zu Ehepsycholog. Sollten reden über … wie sagt man?«

»Probleme?«

»Nein, nicht Problem … Muster! Verhaltensmuster! Haben viel gesprochen. Und gemalt.«

»Gemalt? In Rumänien?«

»Ja. Gefuhl gemalt. Ihre Bilder rot. Rot aggressiv, hat Psycholog gesagt. Meine Bilder blau. Zu blau.«

»Wie ein Sommerhimmel …« Mario seufzte. »Wenn man an nichts denkt, denkt man an Blau.«

»Wie schlafen, hat Psycholog gesagt.« Jetzt seufzte auch Antonescu.

»Und dann? Seid ihr wieder zusammen?«

Antonescu schüttelte den Kopf. »Nein, ich mit Popescu arbeiten zu Spanien ein Jahr. War korrekte Jahr. Weißt du: Freunde sind gut, sehr gut. Aber Ehe auch nicht schlecht. Selbst wenn sie rot und du blau.«

Antonescu zog eine Zündkerze heraus und begann

mit einer alten Zahnbürste an ihr herumzuschrubben. »Was du hast vor?«

»Na ja ...« Was hatte Mario eigentlich vor? »Was Großes. Ich muss mich rehabilitieren, verstehst du? Sagt mal, ihr habt doch Familie in Rumänien auf dem Land, oder?«

»Auf dem Land in Romania? Klar haben wir Familie in Romania.«

»Das ist schon mal sehr gut. Was meinst du, wie lange die noch spielen?«

Antonescu blickte auf die Armbanduhr. »Ich wurde sagen, erste Halbzeit voruber.«

Es war schon erstaunlich, was für Ressourcen in so einem Freundeskreis versammelt waren. Der reinste Ressourcentank, so ein Freundeskreis! Ganea hatte mal mit einem irakischen Mathematikprofessor zusammen gemauert, der jetzt Taxi fuhr, Ivanov auf einer Sowchose Schweine operiert, und Antonescus Cousin ein leer stehendes Zimmer bei sich zu Hause am Fuß der Karpaten. Und so fügte sich plötzlich alles auf wundersame Weise zusammen.

Nur drei Tage nach Marios WG-Auszug stiegen Antonescu, Ivanov, Mario und der irakische Mathematikmaurer in einen Wagen und fuhren zu Wolfgangs Büro.

Während Ivanov und der Fahrer im Auto warteten, gingen Mario und Antonescu hinein. Wolfgang war in seinem Souterrain allein. Und er machte einen ziemlich entspannten Eindruck.

»Hey, Mario ... Geht's dir wieder besser?«

Mario hatte sich krank gemeldet. Wenn man im Park campierte, konnte man schlecht morgens um neun auf der Arbeitsmatte stehen. Vier Tage ohne Dusche waren hygienemäßig eine Katastrophe. Kaum zu glauben, wie man da verwahrloste. Von den Aggressionen mal ganz abgesehen. Die Aggressionen waren fast noch schlimmer.

»Viel besser.« Mario schaute sich um. Am Ende stöberte noch irgendeine von Wolfgangs Zweitbeziehungen im Nebenraum herum. »Ich habe einen Kumpel mitgebracht.«

Wolfgang nickte freundlich. Er war wirklich sehr entspannt. Viel entspannter als sonst. »Angenehm ... Wolfgang ... Wo sind Sie her? ... Sprechen Sie deutsch?«

»Romania«, erwiderte Antonescu.

»Rumänien.« Wolfgang lächelte. »Die rumänische Kultur schätze ich sehr. Dieser Eugen Ionescu, fantastisch. Und ... äh, dieser Dokumenta-Beitrag ... Wer war das noch gewesen? Dieses Eisenbahnwerk? ... Großartig! ...Oder war das Weißrussland? ... Bin leider nie da gewesen. Dabei würde es mich faszinieren ... Allein Ihre Hauptstadt! ... Sofia! ... Ein so vielfarbiges Land ... Verschiedenste Einflüsse ... Der Balkan ... Rumänien gehört doch zum Balkan, oder?«

Das Telefon klingelte.

»Also, auch wenn es geographisch nicht zum Balkan gehört, da gibt es bestimmt Einflüsse vom Balkan ... Dieser Schmelztiegel der Kulturen ... Tragisch, das mit dem Krieg. Haben Sie den Krieg mitbekommen? ... Apropos, Mario: Ist die Pressemeldung eigentlich rausgegangen? ... Wir müssen da jetzt Dampf machen ... Tomimoto hat uns relauncht ... Super Relaunch ... Da kommt keiner dran vorbei … Also Rumänien würde mich sehr reizen … Sind Sie aus Sofia? … Welche andere Stadt können Sie noch empfehlen? … Was nimmt man da am besten mit: Kreditkarte oder Bargeld? …«

Antonescu zuckte verwirrt mit den Achseln.

»Ich schwimme mich gerade frei, Mario … Unser Tanker kommt wieder in Fahrt! Das mit dem Verlag, das kriegen wir hin … Da schieß ich noch mal 30.000 rein und dann habe ich noch so einen Kumpel, den Jürgen, der mit dem Zopf, den kennst du doch auch?«

»Ja«, stöhnte Mario.

»Der findet das auch gut, der will da Geld reingeben, weißt du … Habt ihr so eine weiße Diskette gesehen? … Wir hatten doch noch eine Sicherheitskopie. Super, was? … Hatte ich dran gedacht … Siehst du sie gerade …? Es geht alles nach vorne im Moment. Voll nach vorn … Odessa, kennen Sie Odessa?«

Mario holte aus der Kochnische ein Glas Wasser. Jetzt kam der schwierigste Teil ihres Plans. Mario hielt seinem Bruder das Glas hin. Das Glas und eine große himmelbettblaue Tablette. »Hey, Wolfgang, ich habe dir einen Konzentrationspusher mitgebracht.«

»Einen Konzentrationspusher …« Wolfgang betrachtete die Tablette. »Aber Mario, ich nehm doch nicht alles … nur was in der Natur vorkommt … Mutter Natur … Mensch, Umwelt und Leib-Seele in Einklang … Außerdem ist die so groß … Odessa, ist doch auch rumänisch, oder …?«

Die Tablette war wirklich groß. Fast so groß wie die Duftsteine in Männerpissoirs. Glücklicherweise roch sie nicht so.

»Ukrainisch«, sagte Mario. »Odessa ist ukrainisch. Und die Tablette kommt aus Usbekistan.«

»Usbekistan?« Wolfgang war misstrauisch. War da nicht alles voll mit Atommüll? »Also weißt du, Mario …«

»Das ist asiatisch. Naturheilkunde … Leute vom Aralsee haben die gemacht.«

»Aralsee«, setzte Wolfgang an. »Aralsee, das muss auch sehr interessant sein, dieses ganze Gebiet … Balkan … Odessa … Aralsee …«

»Ich zerbrösel dir die Tablette«, sagte Mario. »Dann kann man sie leichter schlucken.«

»Konzentriert und entspannt … gleiche Zeit«, sagte Antonescu.

»Gleichzeitig«, verbesserte Wolfgang seinen Gast.

»So. Hier.« Mario hielt Wolfgang das Glas hin. Das Wasser schimmerte hellblau. Irgendwie friedlich. Im selben Moment klingelte das Handy. Abgelenkt durch das Gespräch und die Suche nach der Diskette, schluckte Wolfgang die Flüssigkeit mit der aufgelösten Tablette hinunter, ohne noch einmal nachzuhaken.

Gut gelaunt wandte sich Wolfgang nach dem Telefonat wieder an seinen Besuch. »Man könnte denken, der Betrieb hier besteht nur aus Chaos … Aber das stimmt nicht … Alles hat seine Ordnung … Wir haben Sicherheitskopien. Wir haben unsere Akten … Überblick, Mario! Weitsicht! … Das A und O … Wisst ihr: Nur Dummköpfe schreien nach Ordnung, Genies beherrschen das Chaos … Denn auch Chaos ist Ordnung … Ich habe da neulich so einen Artikel über Chaostheorie gelesen, den solltest du auch mal …« Plötzlich holte Wolfgang tief Luft.

Mario nickte. »Und?«

Antonescu blickte auf die Uhr. »60 Sekunden.«

»Odessa, Balkan, Aralsee ...«, stammelte Wolfgang mit schwerer Zunge.

Der Blick des Rumänen fiel auf die Gemälde an der Wand. »Aktionskunst«, erklärte Mario.

»Aktion Kunst?«

»Weiße Diskette«, brummte Wolfgang und ließ den Kopf auf den Tisch sinken.

»Man schüttet Farbe auf eine Leinwand, wälzt sich darin herum und schmeißt dann Sand, Schweinefleisch oder Kinderwindeln drauf. Kommt aus Österreich«, erläuterte Mario.

»Kinderwindel, Osterreich.« Antonescu legte die Stirn in Falten. Seltsam. Da hatte man 20 Jahre lang gedacht, die Geschichten über den Westen seien nur Propaganda, und dann stellte sich raus, das war gar keine Propaganda, das war alles die reine Wahrheit.

»90 Sekunden«, sagte Mario. »Ich glaube, wir können.« Er beugte sich über seinen Bruder. Endlich wirkte sein Gesicht einmal wirklich entspannt. »Wolfgang, hörst du mich? Wenn du mich hörst, schlag einmal mit den Lidern. Sehr schön! Wir machen das so: Wenn du Ja sagen willst, schlägst du einmal mit den Wimpern. Bei Nein zweimal.«

Wolfgang zuckte wild mit den Lidern.

»Nein, nicht so oft. Sonst weiß ich nicht, ob das Ja oder Nein heißen soll.«

»Ich glaube, er will anders sagen.« Antonescu, ebenfalls über Wolfgang gelehnt, inspizierte dessen Gesicht.

»Etwas anderes«, verbesserte ihn Mario.

Wolfgang wirkte entsetzt. Es war aber auch nicht schön, so die Kontrolle zu verlieren.

»Wolfgang, du musst mir jetzt ein paar Fragen beantworten.« Mario blickte seinem Bruder tief in die Augen. »Stimmt es, dass du mit Hasan gearbeitet hast?«

»Hasan?« Antonescu machte ein verdutztes Gesicht. Wer war das jetzt wieder? Dass die in Deutschland aber auch immer in so riesigen Clans organisiert sein mussten.

»Na, Serol.«

»Serol?«

»Serol, der Freund von Melek. Meiner Melek. Der Chef von den Bauarbeitern. Wolfgang kennt Serol als Hasan. Die waren Partner.«

»Ach so.« Antonescu war sichtlich irritiert.

»Also, Wolfgang?«, wandte sich Mario wieder an seinen Bruder, der wie wild die Augen kreisen ließ.

»Was ist denn jetzt los?«

Antonescu zuckte mit den Achseln. »Ivanov sagen, Schweine nur Lider bewegen.«

Plötzlich starrte Wolfgang wieder ins Leere. Offensichtlich war ihm schlecht geworden.

»Gut, also gehen wir mal davon aus, du kennst ihn.«

Wolfgang machte eine erschöpften Eindruck.

»Ist es weiterhin richtig, dass der Hasan, der eigentlich Serol heißt, an deiner Statt Bauarbeiter ohne Arbeitsgenehmigung angeheuert hat, um für dich Sanierungsaufträge durchzuführen?« Mario schnaufte zufrieden. Das war ein eins a Verhör, das er da durchführte. Waren die dämlichen Verfahren wegen Landfriedensbruch, Sachbeschädigung und Körperverletzung doch noch für irgendwas gut (Körperverletzung! Wie sollte man rundum gepanzerte Polizeischläger mit Kampfsportausbildung barfuß verletzen können? Scheiß Klassenjustiz!).

Wolfgang zuckte ein paar Mal mit den Augenlidern.

»Ja, nein, ja, ja?«, versuchte Mario, die Botschaft zu entschlüsseln.

»Nix ja nein. Das Schweiz. Wolfgang Schweiz in Auge.«

»Schweiz?« In so einem internationalen Ressourcentank gestaltete sich die Kommunikation bisweilen doch recht kompliziert. Mario untersuchte Wolfgangs Gesicht.

»Angstschweiz«, schob Antonescu erklärend hinterher.

Tatsächlich: Wolfgang lief der Schweiß von der Stirn hinunter in die Augen.

»Stimmt.«

»Schweine nix Schweiz.«

»Gut.« Mario war des unkooperativen Verhaltens seines Bruders müde und stimmte einen strengeren Ton an. »Wolfgang, ich werde dir jetzt den Schweiß aus den Augen wischen. Aber nur wenn du danach mit uns kooperierst. Verstanden?«

Wolfgang zuckte einmal mit zusammengekniffenen Lidern. Das mit dem Schweiß musste wirklich unangenehm sein. Mario wischte ihm mit dem Ärmel übers Gesicht.

»Hasan hat den Kontakt mit den Bauarbeitern gehalten, damit du nicht als Auftraggeber auftauchst. Stimmt's?«

Wolfgangs Augen bewegten sich wie wild hin und her.

Offensichtlich wollte er eine ausführlichere Erklärung abgeben.

»Ja oder nein?«

Die Lider bewegten sich einmal.

»Ja!«, stieß Mario mit einer Mischung aus Abscheu und Befriedigung hervor.

»Ist normal.« Antonescu fand das Geständnis nicht weiter aufregend. »Ist Outsourcing. Machen alle Outsourcing.«

»Und es stimmt außerdem, dass du Serol, ich meine Hasan, 60.000 Euro für Löhne schuldest?«

Wolfgang zögerte, bejahte dann aber auch diese Frage mit einem einfachen Lidschlag.

»Und dann hast du ihn verpfiffen, um die Schulden nicht bezahlen zu müssen!« In Marios Stimme lag die ganze Empörung von Matratze im Treppenhaus, fünf Tagen Campen und zerbrochenem Freundeskreis.

Wolfgang zuckte aufgeregt immer wieder zweimal mit den Lidern.

»Er sagen nein.«

»Er lügt!«

Antonescu blickte Wolfgang aufmerksam in die Pupillen. »Er Verzweiflung in Augen. Angst, Gewissensbisse, Geheimnis. Aber nix Lüge. Eher Wunsch von Katharsis.«

Was ging denn jetzt wieder ab? Schon wieder so ein Klugscheißer. Hatte es nicht geheißen, Antonescu sei ein Hirtenkind und nicht so ein akademischer Neunmalkluger? Mussten jetzt alle einen auf Adorno machen? »Was redest du da? Woher willst du das wissen? Hast du Psychologie studiert?«

»Nix Psychologie.« Antonescu schüttelte den Kopf.

»Malerei mir gefallen sehr. Kennst du Augen von Rembrandt, Goya, van Gogh?

Mario schüttelte den Kopf. Wenn er ehrlich war, erinnerte er sich nur an Picasso-Augen. Weil die immer so schief waren. »Sag jetzt endlich die Wahrheit«, wandte Mario sich wieder seinem Bruder zu. »Hast du Hasan verpfiffen oder nicht?«

Wolfgang klapperte im Zweiertakt mit den Lidern.

»Der lügt.«

Antonescu beugte sich über Wolfgangs Gesicht und blickte lange hinein. »Geheimnis, aber nicht Lüge … Vielleicht Frage falsch.«

»Frage falsch?«

»Nix verpfiffen, aber auch nicht Hilfe.«

Mario nickte nachdenklich. »Du bist indirekt mitschuldig an der Verhaftung von Hasan? Und ich will die Wahrheit hören. Bei allem, was dir lieb ist.«

»Was ihm lieb?«

Mario überlegte. Ja, was war Wolfgang eigentlich lieb? Die Exfrauen waren ihm zu anstrengend, das lag auf der Hand, an Tomimoto interessierten ihn vor allem seine IT-Kenntnisse, und über Sonja oder Sabine brauchte man eigentlich kein Wort zu verlieren. »Die Küche! Seine Küche ist ihm lieb!«

»Küche?«

»Terracottakacheln, Espressomaschine, Pop-Art-Tassen!«, platzte es aus Mario heraus.

»Nein, nein.« Antonescu lächelte Wolfgang an und legte seine Hand erst auf die eigene Brust und dann auf die Wolfgangs. »Sag Wahrheit bei deine Wunsche, deine Gefuhle.«

»Gefühle, Wünsche.«

»Fur Katharsis.«

Wolfgang saß regungslos und mit aufgerissenen Augen da.

»Er ist ohnmächtig geworden.«

»Nix ohnmächtig. Er boxen … boxen mit sich selbst.«

»Ringen«, warf Mario ein. »Er ringt mit sich selbst.«

Wolfgang zuckte einmal mit den Lidern.

»Er hat ja gesagt, das Schwein hat ja gesagt. Dieser Dreckskerl.«

»Nix Dreckskerl. Er ehrlich.« Antonescu fuhr Wolfgang fürsorglich mit der Hand über die Stirn. »Erste Schritt zu Verbesserung.«

Mario biss die Zähne zusammen. Besserung, okay, darüber hatten sie gesprochen. Trotzdem war das eine Sauerei. Wegen Wolfgang hatte Mario jetzt den Salat. Von Serol mal ganz abgesehen. Riesensalat. »Das ist doch nicht zu glauben. Wie kannst du den verteidigen? Aus Angst um sein Penthouse liefert er Bauarbeiter ans Messer. Das ist doch eine Schweinerei. Riesenschweinerei.«

»Riesenschweinerei.« Antonescu nickte grinsend. »Riesenschweinerei-Tablette.«

Im Taxi war Mario deprimiert. Die eigene Familie nur für einen Haufen rücksichtsloser Egomanen zu halten ist das eine, feststellen zu müssen, dass sie tatsächlich aus einem Haufen rücksichtsloser Egomanen besteht, das andere.

»Вот кашелек.«

Ivanov, der auf der Rückbank neben Wolfgang saß,

nahm das Portemonnaie in die Hand und blätterte die verschiedenen Fächer durch. »Новый русский.«

Antonescus Blick fiel auf ein Kinderfoto. »Seine Sohn?«

Dass die Leute Mario aber auch nie mal den eigenen Depressionen nachgehen lassen konnten.

Ivanov hielt Mario das Portemonnaie mit dem Foto vors Gesicht. Ein Junge, ungefähr sieben. Aber wie Tomimoto sah der nicht aus. Und Wolfgang auch überhaupt nicht ähnlich.

»Noch nie gesehen.« Mario nahm das Bild heraus und drehte es um. »Großes Kinderschokolade-Preisausschreiben«, las er vor.

»Kinderschokolade?«, wiederholte Antonescu.

»Ein Preisausschreiben!« Mario rieb sich ungläubig die Stirn. »Wenn man da acht Stück von gesammelt hat, kann man an einer Verlosung teilnehmen.«

»Verlosung?«

»Man kann was gewinnen.«

»Его сын?« Ivanov deutete auf das Kinderschokoladenkind.

»Выигрыш«, erläuterte Antonescu.

»Wolltest du damit deinen Betrieb sanieren?« Mario wandte sich schlecht gelaunt seinem Bruder zu. »Mit Schokoladenmarken?«

Wolfgang klapperte erst ein-, dann zweimal mit den Augenlidern.

»Gewinn?« Ivanov machte ein verdutztes Gesicht. Die im Westen gewannen Kinder?

»Ein Fünf-Kilo-Paket Süßigkeiten.«

»Чего?«

Mario schüttelte den Kopf. »Sag mal, schämst du dich nicht? Alles um dich bricht zusammen, und du sammelst Kinderschokoladen-Marken?«

Diesmal starrte Wolfgang ungerührt nach vorn, ohne die Lider zu bewegen.

»Antonescu, was bedeutet Wolfgangs Blick?«

Der Rumäne blickte seinem Nebenmann tief ins Gesicht. »Leidschaft«, stellte er schließlich fest.

»Leidenschaft? Dazu ist Wolfgang doch gar nicht fähig.«

»Leidschaft nach Schokolad vielleicht.«

Stimmt, das konnte sein. Schokolade hatte Wolfgang immer gern gegessen.

»Wohin jetzt?«, meldete sich der Mathematikprofessor zu Wort. Sie hatten die Staatsbibliothek hinter sich gelassen. »Ich will nicht ewig rumfahren, weißt du.«

»Ich zahl dir das. Habe ich dir doch gesagt. Ich zahl die ganze Fahrt.«

»Nicht wegen dem Geld«, der Mathematikprofessor runzelte die Stirn, »ich meine wegen der Bullen.«

»Минты?« Ivanov machte ein erschrockenes Gesicht.

»Все в порядке.«

»Na ja, das ist doch eine Entführung.«

»Entführung?« Mario dachte nach. Stimmt, für die Polizei wäre das eine Entführung. Für die war ja immer alles gleich ein Verbrechen. Also kam der Rumänencontainer als Ziel schon mal nicht in Frage. Wenn den Rumänen etwas passierte, hätte Mario noch mehr Probleme. Von den Rumänen einmal ganz abgesehen. Der Görlitzer Park war auch nicht so eine gute Idee. Mit Brüderchen zelten zu gehen würde zwar Jugenderinnerungen wecken, aber wenn Wolfgang die ganze Zeit regungslos auf der Wiese rumhockte, wäre das auf die Dauer denn auch eher auffällig. Und bei Wolfgang zu Hause gab es das Problem mit den Exfrauen. Wer wusste schon, wer da noch alles einen Schlüssel hatte? Blieb also nur die WG. »Adalbertstraße«, sagte Mario zum Mathematikprofessor und wandte sich dann seinem Bruder zu. »Du bleibst eine Nacht in der Adalbertstraße. Bis morgen Mittag. Hast du verstanden?«

Wolfgang senkte demütig einmal die Lider. Eine Nacht bei Hausbesetzern. Die Strafe hatte er sich aber auch wirklich verdient.

Die Rückkehr in die Adalbertstraße fiel friedlicher aus als erwartet. Die Elefantentassen standen unbeschädigt im Treppenhaus, im Flur hing nach wie vor das alte *Clash*-Plakat, das Mario zum 16. Geburtstag geschenkt bekommen hatte, und die Daunenjacke war auch noch nicht in der Altkleidersammlung gelandet. Nicht einmal das Schloss hatten die Mitbewohner ausgewechselt. War doch alles gar nicht so schlimm.

Ivanov setzte Wolfgang auf eine Getränkekiste neben dem Kühlschrank, und Antonescu machte sich daran, erst einmal etwas Leckeres zu kochen.

»Nach das alles Anstrengung.«

Mario sah zwar nicht ein, was bisher so anstrengend gewesen war, aber gut, sollte Antonescu halt kochen. Bevor der Ärger losgegangen war, hatten die Rumänen auch immer gekocht. Und da war vieles besser gewesen. Außerdem würde Wassilij das nachsichtig stimmen: kochende Bauarbeiter daheim in der Küche.

Mario hatte sich innerlich auf verschiedenste Eventualitäten vorbereitet. Doch als es plötzlich klingelte, standen weder die Staatsmacht noch cholerische alte Freunde beziehungsweise deren Hunde vor der Tür. Das da im Türrahmen war ein Teenager! Ein psychisch labiler Jugendlicher, der nach der ihm nun bevorstehenden Begegnung möglicherweise noch viel labiler sein würde.

»Hi.« Tomimoto ging an Mario vorbei in die Küche, warf einen kurzen, gelangweilten Blick auf Wolfgang und setzte sich auf die Eckbank.

Was sagte man in so einem Fall? Die volle Wahrheit ja wohl kaum. Das war zu traumatisierend. Aber lügen war auch nicht so eine tolle Idee. Den Citibank-Bezwinger anlügen. Das war doch lächerlich. »Mensch … Tomimoto, schön«, stammelte Mario. »Willst du was … trinken? Geht's … dir gut?«

»Habt ihr Donuts? Ich habe total Appetit auf Donuts.«

»Donuts?« Marios Gehirn lief auch Hochtouren. Auf was für eine Scheißidee war er da nur gekommen? Mit der Bestrafung Wolfgangs würde er am Ende vor allem Tomimotos Psyche schädigen. Er würde einen 14-Jährigen traumatisieren. Dass Marios Pläne aber auch immer so unausgereift sein mussten …

»Nix Donald. Fisch!«, erklärte Antonescu gut gelaunt.

»Fisch?«, fragte Mario erschrocken. Für einen Augenblick rückten die Probleme mit Serol, Wolfgang und Tomimoto in den Hintergrund. »Habt ihr den etwa aus dem Kanal …«

»Lidl.« Ivanov nickte zufrieden. »Sonderangebot.«

»Fisch mag ich nicht«, verkündete Tomimoto. »Fisch stinkt.«

»Wir könnten dir auch eine Pizza kommen lassen«, sagte Mario. Hauptsache, der Junge wurde nicht traumatisiert. »Ich will nämlich nicht, dass du dich, äh … irgendwie … unwohl fühlst … Du fühlst dich doch nicht unwohl, oder?«

»Ich will Donuts. In Kreuzberg muss es doch irgendwo Donuts geben. Oder lebt ihr hier hinterm Mond?«

Mario dachte nach. Was waren Donuts eigentlich genau? Irgendwas Gebäckmäßiges. Und es machte offensichtlich fett. In Amerika, wo die Leute so was aßen, waren alle fett. Außer den Frauen in den Musikvideos. Aber die zählten nicht, die waren entweder mit Fitnesstrainern liiert oder hatten Bulimie.

»Übrigens, dein Vater … also … Du musst dir kein Sorgen machen. Das ist nur, weil …«

»Peter?« Tomimoto hatte das Telefonbuch aufgeschlagen und suchte nach *Dunkin'-Donuts*-Filialen.

»Nein, Wolfgang.«

»Ach, Wolfgang.«

»Du hast dich sicher schon gewundert, warum er hier so regungslos rumsitzt. Also das ist, weil wir denken, dass er …«

Tomimoto lachte ungläubig auf. »Krass! Hier gibt's echt keine Donuts. Scheißviertel.«

Das war nun eher eine traumatische Erfahrung für Mario. War Wolfgangs Schicksal Tomimoto wirklich egal, oder tat der nur so?

»Weißt du, wir denken, dass Wolfgang ein bisschen Ruhe braucht. Und nicht nur er, sondern auch die Leute, die mit ihm zu tun haben. Und deshalb haben wir überlegt, ich meine, wenn es dir nichts ausmacht ...«

»Hey, Hermannstraße ist hier ganz in der Nähe oder?«

Dieser Junge, der war nicht gestört, der war ein Zombie. Aber kein Wunder: Der Apfel fällt bekanntlich nicht weit vom Stamm. Selbst wenn es sich um einen Ziehapfel handelt. Woran sich wieder einmal zeigte, dass Erziehung tatsächlich prägender ist als die Gene, wie Wassilij immer sagte.

Plötzlich betraten Melek, Didi und Wassilij die Küche. Im Dreierpack! Auch das noch.

Locker bleiben, lautete die Devise. »Hey, äh, Jungs. Und Mädel! Wo kommt ihr denn so, äh ...?«

»Mario!« Wassilij verzog verächtlich das Gesicht. »Du hast Hausverbot.«

»A-aus ... Grünau ...« Wenigstens auf Didi konnte man sich verlassen. »Wir kommen ... au-aus Grünau ...«

Im Dreierpack und auch noch aus Grünau. Das war gar nicht gut.

»O Gott, der ist ja auch da!« Wassilij hatte Wolfgang entdeckt. »Ich fasse es nicht!!!«

Melek brauchte eine Sekunde, um die Zusammenhänge zu begreifen, und setzte sich dann in Bewegung, während Wolfgang entsetzt mit den Augen zu klappern begann.

»Du Schwein! Ich bring dich um, du Schwein!« Melek durchsuchte die Schublade nach dem großen Tranchiermesser, wurde jedoch von Antonescu gestoppt. »Nix Schwein. Schweinerei-Tablette.«

»Hallo, Wassilij.« Ivanov war die Ruhe selbst.

Deutsch war aber auch eine komische Sprache. Vor lauter Rumgebrülle konnte man eine Begrüßung nicht von einem anständigen Fluch unterscheiden. »Как дела?«

»Die Drecksau! Der hat Serol auf dem Gewissen! Das wird er mir büßen!«

»Melek!« Mario wollte seine Freundin (oder war sie inzwischen seine Exfreundin?) über die familiären Zusammenhänge aufzuklären. »Schau mal, das ist Tomimoto, Wolfgangs Sohn. Das alles ist für ihn sowieso schon traumatisch genug.«

»Halt's Maul, sonst kriegst du eine rein.«

»Was?«

»Na, aufs Maul.«

»Ach ja?«

»Ja!«

Und schon hatte Mario ein Backpfeife kassiert. Nicht sehr fest, aber eine Backpfeife. Dass sich Gewalt aber auch überall als Konfliktlöser ausbreitete. Das war früher besser gewesen. Früher hatten die Leute am 1. Mai Sperrmüll angezündet und waren das restliche Jahr über einigermaßen entspannt gewesen.

»Na, toll! Erst betrügst du mich, und jetzt werde ich auch noch geschlagen.«

»Hey«, Tomimoto griff zum Telefon. »Ich frag mal, ob die in der Hermannstraße Lieferservice haben. Okay?«

»Du hast einen Freund«, jammerte Mario weiter, »und sagst mir nichts. Du terrorisierst mich mit Anspielungen und machst mich bei meiner Mutter schlecht. Und jetzt tust du auch noch, als wäre das alles ganz normal!«

»Freund?« Melek fiel aus allen Wolken.

»Na, Serol.«

»Serol?«

»Hasan«, erklärte Antonescu.

»Ja, Serol. Findest du es normal, dass du den halbnackt massierst?«

»Wie bitte?«

»Du hattest dir gerade mal so eine Gardine umgewickelt!«

»Was bist denn du für einer? Bist du nicht ganz richtig im Kopf?«

Ivanov begann zu verstehen. Das war ein Ehestreit. »Они женаты?«

Antonescu schüttelte den Kopf und seufzte »Sie rot, er blau.«

»Du hättest mir sagen können, was ihr für ein Verhältnis habt!«

»Verhältnis, Verhältnis …« Melek fasste sich an die Stirn. »Du hast doch einen in der Waffel. Du führst dich ja auf wie ein orientalischer Kameltreiber!«

»Melek!«, warf Wassilij erschrocken ein.

»Ich muss hier doch nicht über alle meine Freunde Rechenschaft ablegen. Oder?«

Antonescu und Tomimoto schüttelten den Kopf, Ivanov zuckte mit den Schultern. »Außerdem hatte Serol Verspannungen! Weil dein toller Bruder und du ihn beschissen habt!«

»Ich? Ihn beschissen?«, schrie Mario empört. »Wolfgang, du bist mein Zeuge. Habe ich mit deinen Geschäften etwas zu tun? Ich meine mit Serol und deinen Immobilien?«

Wolfgang blinzelte zweimal.
»Siehst du?«
Ivanov nickte zufrieden. Das Mittel, das er da zubereitet hatte, war wirklich spitze.
»Was ... denn ...?«, fragte Didi.
»Er hat nein gesagt«, übersetzte Mario.
»Er hat überhaupt nichts gesagt«, bemerkte Wassilij.
»Er hat zweimal geblinzelt. Zweimal blinzeln heißt Nein, einmal blinzeln heißt Ja.«
»Ach ja?«
»Ja!«
»Und wer sagt uns, dass das stimmt?«
»Frag doch ihn!«
»Wie soll ich ihn denn fragen, hä? Er kann ja nur blinzeln. Außerdem kann er auch einfach nur Schweiß im Auge haben.«
»Schweiß?«
»Ja, Schweiß!«
»Ich darf meine Freunde so oft massieren, wie ich möchte«, kam Melek zum eigentlichen Thema zurück. »Das geht dich erstens gar nichts an, und zweitens habe ich immer noch nicht kapiert, warum du zu Serol gesagt hast, dass dir das mit dem Container leid tut!«
Die Nummer schon wieder. Mario schnaufte. »Meine Güte ... dass ihr da so eingeklemmt im Zucchinicontainer gekommen seid, das tat mir halt leid ... Ich war betrunken. Man darf doch mal betrunken sein, oder?«
Antonescu nickte eifrig.
»Und selbst wenn du nichts mit der Sache zu tun haben solltest, der hat was damit zu tun.« Melek blickte Wolfgang hasserfüllt an. »Dieser widerliche Sack.«

»Hey!« Mario zeigte auf Tomimoto.

»Was denn?«

»Sein Sohn! Du traumatisierst seinen Sohn.«

»Ich bin nicht sein Sohn.« Tomimoto hatte alles gehört. Schlecht gelaunt kehrte er vom Telefon an den Küchentisch zurück. Das mit den Donuts hatte nicht geklappt. Da redete die ganze Welt von E-Bay, und man konnte nicht mal Donuts nach Hause ordern. Scheiß E-Bay.

»Ei-eigentlich ist … Peter sein Vater«, erklärte Didi.

Mario rieb sich die Stirn. »Wolfgang ist kein Sack!« Nach all den vollgepinkelten Badewannen und Fingern in der Steckdose fühlte er sich in der moralischen Pflicht, seinen Bruder auch mal in Schutz zu nehmen. »Er hat Serol nicht verpfiffen. Er trägt höchstens eine Mitschuld, aber er hat ihn nicht verpfiffen.«

»Ja, ja«, sagte Melek spitz. »Ein Unschuldslamm. Ihr beide seid Unschuldslämmer.«

Doch Mario ließ sich nicht aus dem Takt bringen. »Wolfgang hat vieles falsch gemacht. Er war überspannt und hat nur an sich selbst gedacht. An sich und sein Unternehmen. Aber er ist immer noch mein Bruder.« Mario atmete tief ein und sah feierlich in die Runde. »Er braucht einen Tapetenwechsel. Das ist alles. Er muss etwas unternehmen, das ihn zu sich selbst zurückbringt. So eine Art … seelische Reinigung.«

Am nächsten Morgen gegen zehn waren Wolfgang und Mario schon kurz hinter Wien. Beruhigend ratterten die Waggons über das Gleis. Tacktack, tacktack, tacktack …

Mario hatte es geschafft. Die Schuld seiner Familie war

getilgt, seine Mitbewohner hatten einsehen müssen, dass Mario nicht mit seinem Bruder unter einer Decke steckte. Das war mehr, als er noch vor einigen Tagen im Görlitzer Park zu hoffen gewagt hatte. Und doch war er nicht zufrieden. *Ich muss doch nicht über alle meine Freunde Rechenschaft ablegen* – was bildete sich diese Einzelhandelstrulla eigentlich ein? Dumme Kuh, die. Sogar geohrfeigt hatte sie ihn. Es stimmte eben doch: Der erste Eindruck ist der richtige, und Marios erster Eindruck von Melek war ja nun nicht gerade besonders positiv gewesen. Aber es gab schließlich auch andere Frauen. Zum Beispiel diese Österreicherin bei ihnen im Abteil. Die sah ganz gut aus. Und wahrscheinlich war die auch viel ausgeglichener als Melek.

»Wo soll's denn hingehen?«

Die Österreicherin sah von ihrem Buch auf. »Richtung Osten.«

»So ein Zufall. Wir auch.« Ein richtiger Zufall war das natürlich nicht. Der Zug fuhr schließlich nach Osten. »Wir wollen in den Urlaub.«

»Aha.« Die Abteilösterreicherin nickte gelangweilt.

»Mal richtig ausspannen.«

Mario blickte Wolfgang an. Der sah eigentlich jetzt schon ziemlich ausgespannt aus. Fast schon ausgemustert.

»Und Sie reisen oft mit Ihrem Freund?«

»Freund?« Was sollte das heißen? Hielt die Mario für schwul? Er wirkte doch nicht schwul, oder? Nicht, dass Mario was gegen eine schwule Ausstrahlung hatte. Aber eine Frau, die man anmachte, musste doch merken, dass man Hetero war … Selbst wenn es sich dabei um eine

Konstruktion handelte. »Nein, nein, das ist mein Bruder Wolfgang. Und ich heiße übrigens Mario.«

»Hanna«, erwiderte die Abteilösterreicherin gleichgültig.

»Hanna«, wiederholte Mario.

»Ihr Bruder …« Mitleidsmiene. »Ist der gelähmt?«

»Gelähmt?« Okay, Wolfgang starrte die Frau seit ungefähr einer halben Stunde regungslos an. Auf die Brüste genauer gesagt. Das war irritierend, aber deswegen war man doch noch nicht gleich behindert. »Nein, der ist nicht gelähmt. Der schläft. Der schläft ziemlich viel. Zum Ausspannen, wissen Sie?«

Die Frau betrachtete Wolfgang skeptisch. Dass Frauen aber auch immer skeptisch sein mussten. »Mit offenen Augen?«

»Ja … Der schläft eigentlich immer mit offenen Augen. So eine Art Wachkoma.«

Wolfgang klapperte wie wild mit den Lidern.

»Der sieht aber sehr wach aus.«

»Ja, zwischendrin blinzelt er. Das ist so eine nervöse Störung. Deswegen fahren wir auch weg. Damit er seine Nervosität überwindet. Und wieder normal schläft.«

»Nervöse Störung?«, wiederholte die Österreicherin und musterte die beiden. Hatte sie Verdacht geschöpft? War das eine Bulette? Eine wie Anna? Am Ende würden sie Mario auch daraus noch einen Strick drehen – dass er seinen Bruder therapieren wollte. Aber wenn Wolfgang ihn da nicht in Schutz nahm, würde Mario ihm das nicht verzeihen. Dem Drecksack. Seinen eigenen Bruder als Entführer anschwärzen. Nur weil Mario Resozialisierungsarbeit leistete. Wofür andere viel Geld kassierten.

»Mein Bruder leitet 40, 50 Baufirmen. Wie viele genau, weiß er selbst nicht …« Mario lachte auf. Ein bisschen zu schrill. »Das heißt, er *hat* sie geleitet. Die Firmen werden jetzt aufgelöst. Beziehungsweise sie lösen sich eigentlich schon länger auf. Von selbst, haha, wenn Sie verstehen, was ich meine.« Schon wieder dieses grässliche Lachen. Von wem Mario das wohl geerbt hatte? Musste vom Vater kommen. Wenn er seinem Vater jemals begegnen sollte, würde er ihm das aber sagen. So ein dämliches Lachen. Ein ganzes Leben war man damit gestraft. »Jetzt ist erst mal ein bisschen Erholung angesagt. Erholung und körperliche Betätigung. Die ewige Büroarbeit ist ja auf Dauer nicht gesund.«

»Stimmt.« Die Österreicherin seufzte. Also wenn das eine Bulette war, dann eine Bürobulette.

»Arbeiten Sie auch im Büro?«

»Eigentlich bin ich Tänzerin.«

Na toll, eine Hüpfmaus. Dass Mario aber auch immer an Frauen mit ausgefallenen Berufen geraten musste: Polizeiagentin, Geschenkartikelhändlerin, Tänzerin. Nur so Scheißberufe. »Aber ich verdiene mein Geld als Sekretärin.« Sie sah traurig aus dem Fenster. Mario schloss sich ihr an und blickte auch traurig hinaus.

»Sie werden das schon schaffen, das mit dem Tanzen.« Wolfgang klapperte bestätigend mit den Lidern. Künstlerinnen fand er gut. Hatte er immer schon gut gefunden. Sehr gut. Schon allein wegen des kreativen Potenzials. Leider achtete niemand auf ihn.

»Danke.«

»Wenn man sich etwas vorgenommen hat, schafft man das eigentlich immer.«

Die Österreicherin lächelte. Mario hatte sie richtig am Wickel. Es gab wirklich gar keinen Grund, Melek hinterher zu weinen, so wie er die Hüpfmaus am Wickel hatte.

»Was machen *Sie* denn beruflich?«

Typisch. Kaum fand Mario eine Frau ganz gut, stellte sie dumme Fragen.

»Ich ...« Warum stammelte er da? Auf so was reagierte man offensiv. Hatte man doch gesehen, wo das hinführte, wenn man beruflich was werden wollte: Man kam psychisch durcheinander, vereinsamte und flog aus der Wohnung. Am Ende lag man im Görlitzer Park und fühlte sich wie der letzte Dreck. »Ich mache nichts beruflich. Nicht mehr. Ich beschäftige mich nicht zum Leben, sondern *im* Leben. Jetzt zum Beispiel bin ich damit beschäftigt, mich mit meinen Freunden auszusöhnen und ein paar Bauarbeiter zu entschädigen.«

»Bauarbeiter?«

Auch das war typisch. Kaum fand Mario eine Frau sympathisch, stellte sich heraus, dass sie schwer von Begriff war.

»Ja, Bauarbeiter. Illegale Bauarbeiter. Aus Rumänien.« Jetzt hatte sich Mario verplappert. Wenn die Hüpfmaus doch eine Bulette sein sollte – sie sah nicht so aus, aber man konnte sich nie ganz sicher sein, hätte sie den Braten spätestens jetzt gerochen: eine betäubte Person, illegale Ausländer, Rumänien. Jedes Kind wusste, dass Entführte und geklaute Autos immer nach Rumänien gebracht wurden. »Das heißt, eigentlich sind das keine Rumänen, sondern Ungarn.« Ungarn klang schon viel besser. Das war EU, klang also nicht ganz so autoschiebermäßig. »Sie haben oft große Anpassungsschwierigkeiten. Und wir greifen denen etwas unter die Arme. Humanitär sozusagen.«

»Humanitär?«, fragte die Österreicherin.

»Ja, wie Greenpeace, nur für Menschen. Unterstützung, billiges Essen, Integration ...«

»Okay.« Das mit der Integration verstand die Abteilösterreicherin. Da redete ja heutzutage jeder Depp von.

»Ja, und manchmal auch Unterbringung. So eine Art betreutes Wohnen.«

»Aha.«

»Ja. Wissen Sie, was den Leuten angetan wird, ist unfassbar. Manche Leute nutzen die Situation dieser Menschen derart aus ...« Mario schaute Wolfgang an, worauf der zum ersten Mal den Blick von den Österreicherinnenbrüsten abwandte und auf den Abteilboden richtete. »Man kann sich kaum vorstellen, wie geldgierig die in Baubranche sind. Vor kurzem zum Beispiel ist einer von unseren Freunden, ein illegaler Türke ...«, so ein Bettvorlegertyp, dachte Mario im Stillen, »... von seinem Partner an die Ausländerpolizei ausgeliefert worden, weil der Partner 60.000 Euro Lohnschulden nicht zahlen wollte. Stellen Sie sich das mal vor: Da wird jemand abgeschoben, damit sich ein Bauunternehmer bereichern kann!«

Wolfgang schloss die Augen.

»Na ja, wenn er illegal war«, sagte die Österreicherin ungerührt.

»Wer?«

»Na, der Türke.«

Verdammt, das war eine Haider-Schnepfe. Eine FPÖ-Schachtel.

»Guten Tag, Ihre Reisedokumente bitte!«

Mario zuckte zusammen. Uniformierte! Bundesgrenzschutz! Österreicher-SS. Jetzt war er dran. Erst hatte er bei der FPÖ alles gestanden, und jetzt wurde er wegen der Entführung festgenommen. Und das alles nur, weil ihn das bisschen Kochen daheim gestört hatte. Verdammte Schengen-Außengrenzen. War doch klar gewesen, dass er hier geschnappt werden würde. Autodiebe wurden auch immer hier geschnappt.

»Guten Tag.« Mario versuchte gelassen zu wirken und reichte seinen Reisepass herüber. Die Hüpfmaus kramte in ihrer Tasche, Wolfgang starrte die Uniformierten flehend an.

»Und Sie, was ist mit Ihnen?«, fragten die Uniformierten Wolfgang, der nur mit den Lidern klapperte.

»Das ist mein Bruder«, erklärte Mario. »Er hat eine nervöse Störung. Wir fahren zusammen zum Ausspannen …« Mario lächelte. Viel zu übertrieben. Dieses Lächeln hatte er auch von irgendjemandem geerbt. Bestimmt vom Vater. Mama lächelte nicht so übertrieben. Beziehungsweise erst seitdem sie Kabelanschluss hatte. Wenn Mario eines Tages seinen Vater kennen lernen sollte, würde er ihm das wirklich aufs Brot schmieren: dass dieses Mistlächeln einen um Kopf und Kragen brachte. Vom grässlichen Lachen ganz zu schweigen.

»So, so.« Die Österreicher-SS studierte die Pässe.

»Ja, er verfällt in so eine Art Wachstarre. Kein richtiger Schlaf und doch unansprechbar. Sein Arzt sagt, er muss weit weg von der Zivilisation. Kein Telefon, kein Fernseher … nur Natur, verstehen Sie?«

Die Männer von der Österreicher-SS hörten gar nicht

auf, in den Pässen zu blättern, und Mario machte sich Vorwürfe. Mit einem betäubten Bruder die Grenze überqueren zu wollen – konnte man sich doch an fünf Fingern abzählen, dass das nicht funktionierte. Erkannte doch ein Blinder mit Krückstock, dass der nicht im Wachkoma lag, sondern unter Drogen stand.

»Da haben wir allerdings ein Problem ...«, setzte der Oberzöllner an, und in Wolfgangs Augen keimte Hoffnung auf.

»Ein Problem? Was denn für ein Problem?«, fragte Mario nervös

»Nicht bei Ihnen«, sagte der Oberzöllner, und Mario wurde auf einmal ganz schlecht. Das Problem war Wolfgang – noch schlimmer! Sie würden seinen Bruder festhalten, Ivanovs Mittel würde aufhören zu wirken, und dann würde Wolfgang alles erzählen. Der Dreckskerl, der verdammte. Erst Ausbeuter und Denunziant, und dann auch noch Familienverräter. Dabei wollte Mario ihn doch nur resozialisieren. »Kommen Sie mal bitte mit.«

»Mein Bruder kann sich nicht bewegen, wenn er diese Anfälle ...«

»Nicht Sie, die Dame. Frau Reitleitner, wenn Sie so freundlich wären ...«

Die Österreicherin verdrehte die Augen und stand auf. »Muss das schon wieder sein?«

»Ja, das muss sein.«

Missmutig folgte sie den Uniformierten auf den Gang.

Mario blickte der Abteilösterreicherin und den Männern von der Österreicher-SS erstaunt hinterher. Die Hüpfmaus war gar nicht von der FPÖ. Die war von einer Terrorgruppe. Oder schmuggelte Autos. Beziehungsweise Drogen! Obwohl Drogen nach Rumänien zu schmuggeln wahrscheinlich nicht so klug war.

Heutzutage konnte man wirklich niemandem mehr trauen. Da hatte Mario ja noch einmal Glück gehabt. Nicht auszudenken, was die anderen von ihm gedacht hätten, wenn er mit so einer Rechtsradikalen nach Hause zurückgekommen wäre.

Die Abteiltür wurde zugezogen. »Phhh! Das ist ja gerade noch mal gut gegangen.« Mario lächelte seinen Bruder an. »Und außerdem, nur dass du es weißt: Ich will dich nicht entführen, ich will dir nur helfen, okay?«

Wolfgang starrte lethargisch aus dem Fenster.

»Damit du die Bedeutung von Dingen wieder auseinander halten kannst. Ich habe das in den letzten Wochen auch lernen müssen.«

Lernen, etwas auseinander zu halten! Was sollte Wolfgang in so einer Einöde schon auseinander halten können? Hier gab es ja nicht mal richtige Bahnhöfe ... Nur runtergekommene Bahnhofsscheunen, vor denen Pferdekutschen rumstanden ... Pferdekutschen! ... Das reinste 18. Jahrhundert war das hier ... Das Einzige, was Wolfgang hier auseinander zu halten lernen würde, waren Pferdekutschen und Ochsenkarren ... Und vielleicht noch Bahnhofsscheunen ... Gut, so ein Pferdekutschenanblick war malerisch, aber nur, wenn man wusste, wo es hinging, und ein Telefon dabei hatte, um eine SMS zu schicken ... Wolfgang jedoch hatte weder ein Telefon noch den blassesten Schimmer, wo es hinging! Nichts erklärte Mario ihm, gar nichts ... Nicht mal ein kleines

Briefing gab er ihm, nicht mal jetzt, da sie offensichtlich angekommen waren!

Statt Wolfgang zu briefen, wuchteten Mario und ein anderer Mann ihn aus dem Zug ... mitten im Niemandsland, wo niemand wohnte außer Vampiren, Werwölfen ... und Bauarbeitern vielleicht... und hoben ihn auf eine von diesen 18.-Jahrhundert-Kutschen.

»Das ist Transsilvanien«, sagte Mario. »Hier wird's dir bald besser gehen«.

Besser gehen! Wenn es Wolfgang gerade nicht so gut ging, dann ja wohl nur wegen seines kleinen Bruders und dessen hellblauer Schweinetablette.

Mario schaute auf die Uhr. »Das Mittel müsste übrigens demnächst aufhören zu wirken. Schön hier, Bruderherz, was? So viel Natur. Ach übrigens, der Mann hier heißt Tzara und ist ein Cousin von Antonescu. Dem aus der Küche ... Er spricht ein bisschen Deutsch. Ich kann leider nicht mitkommen. Ich hab zu Hause eine Menge zu erledigen.«

Halt, lag Wolfgang auf der Zunge, wo bringt ihr mich hin? ... Du kannst mich doch nicht einfach hier zurücklassen ... mitten in Transsilvanien ... Was soll aus mir werden? ... Ich habe Termine ... okay, der Elfuhrtermin ist geplatzt, aber die Termine morgen ... Ich meine, habe ich dir dafür damals die Finger aus der Steckdose gezogen? Du bist doch mein Bruder! ... Wie kannst du so undankbar sein? ... Mario!

Aber die verdammte Zunge war ja nur ein schlaffer Sack. Wie gelähmt hockte Wolfgang auf der Pferdekutsche und konnte nicht mal Mau sagen, geschweige denn seine Nachmittagstermine absagen.

»Freund?«, fragte Tzara.

»Mein Bruder«, erwiderte Mario. »Es ihm zuletzt nicht so gut gegangen. Er mag Gemüse sehr gern. Besonders Tomaten.«

»Tomaten, gut«, antwortete der Kutscher.

»Also denn.« Mario umarmte Wolfgang. »Wird dir bestimmt gut tun. Danach fühlst du dich wie ein neuer Mensch.«

Die Kutsche setzte sich ächzend in Bewegung, und die Eisenbahnstation mitsamt Mario blieb hinter Wolfgang und Tzara zurück. Was Wolfgang allerdings nicht sah, er konnte sich ja nicht umdrehen. Nur nach vorne konnte er schauen. Gott, so eine Pferdekutsche war aber auch ein bescheuertes Fortbewegungsmittel ... Noch lahmer als der Zug vorhin ... Und der hatte seit der rumänischen Grenze auch schon nicht mehr Tacktack, tacktack gemacht wie ein anständiger Zug, sondern nur noch tack ... tack ...tack ...

»Jetzt fahren ein, zwei Stunden ...«, klärte der Kutscher Wolfgang gut gelaunt auf.

Ein, zwei Stunden ... Wie viel Liquidität man da organisieren könnte ... Im Normalfall ...

»Hier schöne Gemüse.« Der Typ zeigte auf den Wegrand. Kürbisse wuchsen da. Und Zucchini. Gut, das war malerisch. Aber doch nicht, wenn man nicht wusste, was mit einem passieren würde.

»Gefällt bestimmt gut.«

Und Wolfgang wusste überhaupt nichts. Ins Ungewisse fuhr er ... Wo brachten sie ihn eigentlich hin? Nach Sibirien? In ein Arbeitslager? Zu Zigeunern? ... Zu Zigeunern wäre noch das Beste – die machten wenigstens anständige Musik ... Oder hatte Mario ihn an Organhändler verkauft? Wie in diesen Filmen, schrecklich! ... Aber an Wolfgangs Leber würden die kein Vergnügen haben ... Verdammt, den Termin beim Internisten konnte er jetzt ja auch nicht wahrnehmen ... Hoffentlich war das nicht wirklich Hepatitis ... Nein, nein! Organhändler waren das nicht. Mario hatte gesagt, dass es Wolfgang bald besser gehen würde. Und der Kutscher sah nicht wie ein Verbrecher aus. Der war eher so der Gemüsezüchtertyp ... Die brachten ihn in ein Umerziehungslager. »Danach fühlst du dich wie ein neuer Mensch.« Mario war doch mit lauter Kommunetypen befreundet. Lauter roten Socken ... O Gott, Umerziehungslager! ... Mit Fahnenappell um vier Uhr morgens und Abschaffung des Privateigentums! ... Au weia.

Dabei hätte Wolfgang so viel zu erledigen ... Einen wahren Titanenkampf hatte er auszufechten: Da war die Bürgschaft für die Pückler GmbH, für die er noch die Unterschrift von Beatrix' Kusine brauchte. Und das Wellblechschleifenbuch von dem japanischen Rosenstein-Kollegen aus Los Angeles, das lektoriert werden musste. In der Turmstraße sollte eine Wohnung an so einen Rechtsanwalt verscheuert werden – endlich tat sich etwas in der Turmstraße! – , und wegen der Baugenehmigung in Brandenburg war dieses Geschäftsessen angesetzt ... Und die Frau aus der Cocktail-Lounge! Die wollte Wolfgang anrufen, damit sie mal zusammen essen gingen, sie beide, ganz allein, obwohl, er hatte ihre Nummer ja gar nicht, und sie rief nicht an, komisch, obwohl, so genau konnte er das gar nicht sagen ohne Handy ... Und apropos Rechtsanwalt, da war auch noch dieser unsägliche

Sportorthopäde, dessen Anwalt mit Wolfgangs Anwalt unter einer Decke steckte, sonst wäre der längst verurteilt, der Sportorthopäde, weswegen er, also Wolfgang, sich eigentlich nach einem anderen Rechtsanwalt umsehen wollte, der nicht mit allen anderen Anwälte unter einer Decke steckte …

Tausende von Aufgaben, die nach Wolfgang verlangten – ach was, die nach ihm schrieen! Ein Meer von ungelösten Problemen, und ausgerechnet jetzt hockte er auf einer rumänischen Kutsche und konnte sich nicht bewegen … Der Körper gehorchte ihm nicht. Zum-Aus-der-Haut-Fahren war das … Da war ein Rollstuhlfahrer ja noch privilegiert gegen … Was war das bloß für ein Leben? … Ein Hundeleben war das … Allein dieser Harndrang … Ganze vier Mal hatten sie ihn in den letzten 24 Stunden auf eine Toilette gesetzt. Sich kurz erleichtern, und schon musste Wolfgang wieder Ruhe geben, den Schließmuskel zusammenkneifen, den einzigen verdammten Muskel, den er noch kontrollieren konnte … Aber dieser Harndrang … entsetzlich … So einfache Dinge konnte einem wirklich das Leben vermiesen … Die Leute, die immer solche Probleme hatten, die konnten einem wirklich leid tun! … Die Behinderten … Das war schon bewundernswert, wie die ihre Situation meisterten … Ihre Lage akzeptierten und etwas Positives draus machten … So gesehen, waren die Behinderten die eigentlichen Unternehmertypen: Initiative behalten, den Kopf nicht in den Sand stecken, vor Problemen nicht davonlaufen! … Super Leute … Ab jetzt würde Wolfgang ganz anders mit denen umgehen, mit den Behinderten … Mehr so von dynamischer Typ zu dynamischer Typ …

Also, das hatte Wolfgang jetzt schon mal dazugelernt … Das mit den Behinderten … Es war zwar eine Sauerei von Mario gewesen, ihn einfach nach Osteuropa zu deportieren, aber, okay, vielleicht hatte es auch einen positiven Aspekt … So konnte Wolfgang mal in Ruhe über ein paar Dinge nachdenken … Schließlich stimmte es ja: Zuletzt hatte Wolfgang Fehler begangen. Zu wenig mit der Familie kommuniziert, sich kaum Zeit für sich selbst genommen, die Kunst vernachlässigt … Ja, und auch das mit Hasan war nicht einwandfrei gelaufen … Wolfgang hatte zwar nicht wissen können, dass Hasan Serol war … Und von Hasan-Serol war es auch keine gute Idee gewesen, Bauarbeiter anzuheuern, die einem später Geldeintreiber auf den Hals hetzten … Und dass die Bauarbeiter Kumpels aus Hasans Heimat seien, das war auch eine Lüge gewesen. Wenn das wirklich Kumpels gewesen wären, hätten sie auch noch eine Woche oder zwei warten können, bis Beatrix die Zahlungsunfähigkeitserklärung unterschrieb … Aber gut: Dass Hasan abgeschoben werden sollte, das war eine Sauerei … Da hätte Wolfgang Hasan doch besser rechtzeitig gewarnt. Das sah er ein.

Also diese Sachen würde Wolfgang auf jeden Fall anders machen, wenn er wieder auf dem Damm wäre … Sich mehr Zeit nehmen, sich um die Leute kümmern, Freundschaften pflegen, Behinderte anders behandeln … Zum Beispiel ein Kunstprojekt für die *Aktion Sorgenkind* machen … Oder noch besser: *mit* der *Aktion Sorgenkind* … Eine Rauminstallation, wo man mal fühlte, wie das war, wenn man sich nicht mehr bewegen konnte … Wolfgang wusste ja jetzt, wie sich das anfühlte! … Aber hieß die mittlerweile anders, diese Aktion? *Aktion Dings* … O Gott! Wolfgang bekam eine Panikattacke … Was, wenn er sich nie wieder richtig würde bewegen können? Das war doch ein Schweinemedikament! … Niemand wusste, wie das auf den Organismus wirkte! … Wenn das jetzt zu einer dauerhaften Lähmung führte … Dagegen war so eine Hepatitis C ja die reinste Spaßveranstaltung … Dass Mario ihm das antat. Typisch … Mit Mario war es immer schon so gewesen … Mamas Liebling … Der hatte sich immer auf Wolfgangs Kosten profiliert … Da hatte Wolfgang schon im Zug drüber nachgedacht … Als es so beruhigend Tacktack, tacktack gemacht hatte … Das hatte ihn nämlich an früher erinnert … An damals, als sie mit Mama mit dem Zug nach Westberlin gefahren waren … Im Osten hatten die Züge auch immer so beruhigend tacktack, tacktack gemacht … Mario und Wolfgang hatten eigentlich mit einer Kindergruppe Tänze einstudieren sollen, während Mama sich über den Fortschritt in Kambodscha informierte, aber Mario hatte sich lieber den Kudamm anschauen wollen, und da waren sie dann verloren gegangen … Und hinterher hatte Mario als selbständig gegolten, und Wolfgang sich Mamas Vorwürfe anhören müssen, weil er nicht genug auf »den Kleinen« aufgepasst hatte … Dabei war ja wohl Mario schuld gewesen! … So war das immer gelaufen. Mario musste immer allen zeigen, wie toll er selbst und wie blöde sein Bruder war … Wie vorhin im Abteil … Als er Wolfgang vor der Tänzerin schlecht gemacht hatte … *Man kann sich kaum vorstellen, wie geldgierig die in der Baubranche sind!* … Als wäre Wolfgang geldgierig. Er, der bei Aldi einkaufte! … Dabei hätte

Wolfgang die Tänzerin wirklich gerne kennen gelernt. Er hätte gern gewusst, was sie so tanzte, was sie über Avantgarde dachte, ob sie nicht auch fand, dass Tanz und Malerei eine ganz neue Verbindung eingehen müssten ... Aber Mario hatte auch da nur seinen Bruder schlecht gemacht ... Marios WG kümmerte sich um die Integration der armen Ausländer, und Wolfgang, den Immobilienspekulanten, schoben sie ab ... So einfach war die Welt in Marios Augen ... Er war der Gute, Wolfgang der Böse ... Das hatte man davon, wenn man seinem Bruder die Finger aus der Steckdose zog. Eine Schlange nährte man an seinem Busen. Eine verschlagene Natter ... Das würde Wolfgang auch anders machen, falls die Schweinetablette einmal aufhören sollte zu wirken: Er würde seinem Bruder richtig die Meinung sagen!

Auch so gesehen war die Reise nach Rumänien vielleicht eine Chance ... Wolfgang würde ein paar Tage ausspannen und dann seine Konflikte mit Mario austragen ... Also wirklich, dass Mario ihn einfach entführt hatte! Mit Drogen betäubt, verschleppt und vor Dritten schlecht gemacht ... So konnte man doch in einer Familie nicht miteinander umgehen! ... Sobald Wolfgang wieder in Berlin war, würde er sich einen Tag freinehmen, um mit seinem Bruder diese ganzen unaufgearbeiteten Geschichten zu diskutieren.

»Wir gleich da.« Der Kutscher lächelte. »Wir Tomaten, Auberginen, Paprika ...«

O Gott, er hatte ja gar kein Geld ...Nicht mal eine Kreditkarte! Die hatten ihm im Taxi alles abgenommen ...

»Immer frische Gemüse ...« Tzara machte eine ausladende Geste. »Und wilde Fleisch ...«

Und der Pass! Den Pass hatte ja auch Mario ... Den hatte er den Grenzern gezeigt und aus Versehen behalten ... Aus Versehen oder ... Zorn stieg in Wolfgang auf.

»Wir wohnen bei Karpaten, hinter Haus Berg. Keine Stadt, keine nix. Sehr gemutlich!«

Keinen Pass! Wie sollte er hier ohne Pass und ohne Geld jemals wieder wegkommen?

Wolfgang schluckte. Wenigstens das funktionierte wieder ... Er konnte wieder schlucken ... Völlig gelähmt würde er nicht bleiben ... Aber was nutzte ihm das Schlucken, wenn er nicht wegkam? ... Typisch Mario – hielt sich schon wieder für den großen Richter, der über alles entscheiden konnte.

»Wurst du bestimmt wieder gesund ...«

8. KAPITEL, IN DEM WOLFGANG ENDLICH SEINEN GEMÜSEGARTEN BEKOMMT

Mario hatte wirklich zu lange mit Wassilij zusammen gewohnt. Man konnte ja nicht einmal mehr in Ruhe auf dem Hausdach sitzen, ohne von schlechtem Gewissen belästigt zu werden. Da sah man ein drolliges, kleines Flugzeug über den Spätsommerhimmel ziehen, und an was dachte man? Nicht an Sandstrand, Eiscreme und schlechten Ibiza-Techno wie jeder normale Zeitgenosse, sondern an Abschiebung. An eingepferchte, gefesselte, narkotisierte Kurden, Ghanaer und Bengalen, die schnurstracks ins Elend respektive die Folterkammer deportiert wurden. Das war doch nicht gerecht. Was sollte Mario eigentlich noch alles machen? Er hatte doch schon seinen eigenen Bruder geopfert, sich vor dem Freundeskreis erniedrigt und eine beschwerliche 40-Stunden-Zugfahrt auf sich genommen. Wie lange sollte das mit dem schlechten Gewissen noch weitergehen?

»Das tut mir übrigens leid.« Wenigstens tat Melek mal etwas leid. »Das mit der Ohrfeige. Und dass ich gedacht habe, du hättest Serol abgeschoben.«

Abschiebung, Abschiebung … Alle wollten nur noch auf dieses eine Thema hinaus – Melek, das schlechte Gewissen, vorbeifliegende Flugzeuge. Und sie würden ihn nicht in Ruhe lassen, bis Serol aus Anatolien oder Grünau wieder in Berlin zurück war. Scheiß Anatolien und Grünau.

»Ich konnte doch nicht wissen, dass du das nicht wusstest.«

Typisch. Niemand wusste etwas, aber Mario sollte den Überblick behalten. Darüber, dass sein Bruder spekulierte, Serol Hasan war und alewitische Bauarbeiter von der Verwandtschaft outgesourct worden waren.

»Und du hast dich zuletzt auch so seltsam benommen. Die ständigen Essenseinladungen, das Geschrei bei den Spinnen, dein Auftritt bei Serol auf der Baustelle … Das war wirklich alles nicht mehr normal.«

Genau, auf Anspielungen eingehen war nicht normal, aber einen Edeka haben wollen, mit einem Bettvorleger im Container einreisen und sich für ekelhafte Achtbeiner begeistern, das war normal. Doch bevor Mario etwas erwidern konnte, kreuzte schon wieder eine Maschine so laut über den Sommerhimmel, dass man sein eigenes Wort nicht verstand. Eine Lufthansa-Maschine! Wassilij hatte erzählt, dass die allein jedes Jahr 30.000 Abschiebungen mitmachten. Warum mussten die eigentlich alle bei Mario übers Dach fliegen?

»Er müsste wen heiraten.« Melek blickte ihn durchdringend an.

»Wer?«

»Na, Serol.«

Aha, Melek wollte den Flokati heiraten. Mario war »nicht so der Familientyp«, aber mit einer Containerbekanntschaft, die zu blöde gewesen war, Wolfgangs Habgier zu durchschauen, war alles *Pretty Woman.*

»Stimmt, dann fühlt er sich wenigstens nicht so allein«, stimmte Mario säuerlich zu.

»Quatsch, allein. Wegen der Aufenthaltsgenehmigung. Wenn er verheiratet ist, können sie ihn nicht abschieben.«

Richtig. Mario erinnerte sich. Wassilij hatte eine Zeit lang auch mal eine Heiratsbörse für Illegale organisiert. Bis eine Südamerikanerin Karsten aus der Anti-NATO-Gruppe beim peruanischen Botschafter angeschwärzt hatte, weil »man doch gegen den Terrorismus zusammenhalten muss«. Und das genau in der Woche, als Karsten die Geldsammlung für das MRTA-Radio nach Lima hatte schaffen wollen. Gott, war Karsten da sauer auf Wassilij gewesen. Wo Wassilij ihm doch vergewissert hatte, dass die Frau politisch aktiv sei. Woher hatte Wassilij ahnen sollen, dass die *auf diese Weise* aktiv war?

Aber bei Serol war ja nichts Vergleichbares zu befürchten.

»Stimmt.« Mario begann die Idee zu gefallen. »Er heiratet, und alles ist in Butter!«

Keine Abschiebung, kein Streit mit der WG, keine Probleme mit Melek. Das war eine super Lösung.

»Ja ...«, Melek wurde nachdenklich. »Nur wen?«

Ja, wen? So viele Frauen gab es da nicht. HC-Petra. Aber die hatte schon mal geheiratet, einen Kosovaren. Als das mit den Bombardierungen losgegangen war. Und dieses Möbelpackerinnenfrauenkollektiv, mit dem Wassilij befreundet war. Aber mit denen war nicht gut Kirschen essen. Das waren eher so Testosteronfrauen. »Von mir aus kannst du ihn ruhig heiraten. Ich ... ich bin da nicht eifersüchtig.«

»Ich?« Melek heulte entsetzt auf. »Nein!«

»Wieso? Du hast doch eine unbefristete Aufenthaltsgenehmigung. Das reicht doch, oder?«

»Ich kann aber nicht heiraten.« Melek kratzte sich verlegen Essensreste aus einer Zahnlücke. »Ich bin schon verheiratet.«

»Was?« Nicht dass es Mario interessierte, was Melek den ganzen Tag so machte. Sie waren ja kein Pärchen, sondern nur eine Beziehung, und jeder konnte auf seiner Burg anstellen, was er wollte. Aber das war doch wirklich das Letzte! »Du bist verheiratet?« Marios Stimme überschlug sich. »Wieso bist du verheiratet?«

»Was meinst du, woher ich meine Aufenthaltsgenehmigung habe?«, blaffte Melek zurück. »Glaubst du, die kriegt man hinterhergeworfen? Meinst du, die deutschen Behörden kommen an den Zucchinicontainer und sagen: ›Vielen Dank, dass Sie unser Gemüse bis hierher begleitet haben. Welchen Aufenthaltsstatus hätten Sie denn gerne?‹«

Das war ja wieder einmal großartig! Er durfte seine Familienverhältnisse offen legen und ihr trotz Ödipus die Mutter vorstellen, aber Melek verschwieg ihm sogar die elementarsten Informationen.

»Am Ende hast du auch noch Kinder, oder was?«

»Nö …« Melek schüttelte den Kopf. »Kinder hab ich nicht.«

»Das hättest du mir auch mal sagen können.«

»Was?«

»Dass du verheiratet bist.«

»Ich dachte, das interessiert dich nicht.«

Mario blickte schweigend über die Häuser Richtung Horizont. Genau genommen war das schon kein Spätsommer-, sondern ein Frühherbsthimmel. Ganz schön trübe.

»Jemand anderes müsste ihn heiraten«, stellte Melek fest.

»Ich kenne nicht so viele Frauen«, antwortete Mario beleidigt.

Melek fixierte ihn. Irgendwie unangenehm, dieser Blick. »Muss keine Frau sein.«

»Wie, muss keine Frau sein?«

»Nicht nur Frauen können heiraten. Auch Männer.«

Ach ja, richtig. Homoehe, es gab ja jetzt diese eingetragene Partnerschaft. Aber Mario kannte auch nicht so viele unverheiratete Männer. Beziehungsweise Männer, die Männer heiraten würden.

Melek blickte ihn immer noch an. Irgendwie hinterlistig.

Für eine Weile herrschte Schweigen. Bis Mario begriff, worauf Melek hinauswollte. Vor Panik verschluckte er sich. »Nein! Das meinst du nicht ernst! Nur über meine Leiche! Das mache ich nicht! Das kannst du nicht von mir verlangen! Ich …«

»Aber wieso denn nicht? Das ist völlig legal. Genauso wie bei Mann und Frau.«

»Melek!«

»Was denn? Ist doch nur pro forma.«

»Nein!«

»Ach, Mario! Mir zuliebe. Damit Serol hier bleiben kann.«

»Aber ich heirate doch nicht den Mann, der … äh, mit der Frau … äh … die ich … äh, gut finde ….«

»Wie oft soll ich dir das noch erklären? Er ist nur ein Freund.«

»Klar, ein Freund. Und ich soll deinen Freund …«

Marios Tonfall wurde weinerlich. »Ich bin doch nicht schwul.«

»Man muss doch nicht schwul sein, um einen Mann zu heiraten. Und außerdem«, Melek lächelte, »sind nicht alle Menschen irgendwie bi?«

»Weißt du, was du bist? Eine rücksichtlose, dumme …«

»Komm, Mario«, sie blickte ihn treu an. Wie der Köter, den Didi früher gehabt hatte. Der Cockerspaniel. »Bitte!«

Mario gab nach. Wenn es die einzige Möglichkeit war, um Serol vor der Abschiebung zu retten, dann machte er es halt. Allerdings war es mit einem Termin auf dem Standesamt nicht getan. Damit die Behörden keinen Verdacht von wegen Scheinehe schöpften, musste Mario seinen Zukünftigen täglich in Grünau besuchen. Und damit er dabei wiederum nicht als Hetero auffiel, sorgte Melek dafür, dass er sich ansprechender als normal kleidete. Wie Piet das in so engen Pullovern ausgehalten hatte! Da bekam man doch Atemnot!

»Hallo … äh, Schatz …« Jedes Mal, wenn Mario in der Besuchskabine vor der Trennscheibe Platz nahm, bereute er es von neuem, damals den Nachbarn aus der Wrangelstraße nicht beim Düngemittelkochen geholfen zu haben. Dann wäre er jetzt im schlimmsten Fall in irgendeiner dubiosen Partisanenarmee und müsste irgendwo im Mittleren Osten durch den Dreck robben. Das wäre zwar gefährlich, aber dafür nicht so entwürdigend.

»Hallo.«

Schweigen.

»Gut … siehst du aus.«

Wassilij hatte behauptet, die Ausländerpolizei würde die Besuche abhören. Es müsse alles ganz natürlich wirken. Als wären sie ein Paar. Ein Paar. Mario und der Flokati. Das fehlte gerade noch.

»Schön, dich … äh, zu sehen.«

»Ja … ganz schön …« Verdammte Wärter. Sollten sie wenigstens mitleiden. »Schön, schön … Schönes Wetter ist übrigens auch.«

Serol lehnte den Kopf zurück und begann die Fliesen an der Decke zu zählen. »Nur etwas kalt, nicht?«

Kalt, kalt, überlegte Mario. Was ließ sich darauf erwidern? Richtig: Pullover. »Brauchst du vielleicht … einen Pullover … äh, Schatz?« Sich um den anderen zu kümmern, das war auf jeden Fall sehr natürlich.

Serol war mittlerweile am Ende der ersten Fliesenreihe angelangt. 40, 41, 42. »Nein, danke …«

Ein Paar! Das reinste Traumpaar waren sie. Der Bulle mit dem Ohrring winkte Mario schon immer mit einem Lächeln durch.

»Äh, Schatz …«

»Und deine Zellennachbarn, … äh … ist denen auch kalt?«

»Nein.« Jetzt nahm Serol auch noch die Finger beim Fliesenzählen zu Hilfe. »Die frieren«, 61, 62, 63, »nicht so.«

Schwule seien oft richtig romantisch, hatte Wassilij behauptet. So ein Mist. Mario war ja nicht mal mit Melek romantisch. Wie sollte er da mit deren Liebhaber romantisch sein?

»Ich kann es kaum erwarten, dass wir uns …« Gott,

fiel das schwer. Hatte er nicht gedacht, dass ihm das so schwer fallen würden. »Dass wir uns wieder … richtig sehen.« Dabei war Mario nicht mal richtig homophob. Wie schwer musste einem das erst fallen, wenn man richtig homophob war?

Sich hinziehendes Schweigen.

115, 116, 117. »Ja, geht mir auch so.« Serol rülpste.

Wie sollte Mario romantisch werden, wenn der andere rülpste? Verdammt. Kein Wunder, wenn Serol am Ende doch abgeschoben wurde. Wenn der so schlecht spielte. Selbst der dummbrotigste Polizeimeister Obermüller würde so merken, dass Mario und Serol kein Paar waren.

»Melek lässt dich übrigens auch grüßen!«

»Ja?« Ein Lächeln legte sich über Serols Gesicht.

Was war das jetzt? Warum war Serol auf einmal hellwach? Das war wohl doch nicht nur eine einfache Containerbekanntschaft.

»Und die Alewiten auch«, schob Mario hinterher. Serol sollte gar nicht erst auf dumme Gedanken kommen. Die hatte ihm nur Grüße geschickt, sonst nichts. Nur ein einfaches Hallo.

Serol verfiel wieder in seine Abschiebestarre.

»Es tut ihnen leid, dass sie uns auf dich gehetzt haben. Wenn sie gewusst hätten, dass Wolfgang und nicht du ihr Chef bist, hätten sie natürlich …«

»Ja, ja.« 149, 150, 151 …

»Ich glaube, ich muss dann.« Mario sah auf die Uhr. Die Besuchszeit war zwar noch nicht abgelaufen, aber das Wichtigste war gesagt. Dass sie sich vermissten und der ganze Scheiß. »Das nächste Mal …« Mario blickte Serol beim Aufstehen an. Unfassbar, wie behaart der war.

Selbst wenn Mario schwul wäre, würde er den nicht anfassen. Das war doch ekelhaft. »Das nächste Mal bringe ich dir den Pullover mit!« Geradezu widernatürlich war das. Wie viel Testosteron der ausschütten musste, damit dieser Pelz nachwuchs. Die reinste Testosteronmaschine war der.

Mario war nicht der Einzige, der in diesen Wochen darüber nachdachte, den Bund fürs Leben zu schließen. Auch Piet stand plötzlich vor jener großen Entscheidung, mit der ein Lebensabschnitt zu Ende zu gehen pflegt.

Just an dem Tag, als Mario in Anwesenheit von Serols Anwalt die Heiratsunterlagen einreichte, saß Piet in seinem Stammcafé am Mehringdamm und schüttete sich das Herz aus.

»Sie will heiraten.«

Marcel, mit dem Piet früher im SSV Vorspiel Aerobic gemacht hatte, zog die Augenbrauen hoch. »Wie romantisch!« Marcel war Arzt. Komischerweise waren in dem Sportverein alle Ärzte oder Innenausstatter gewesen.

»Wieso romantisch? Das ist keine Tuntenhochzeit, wo danach alles weiterläuft wie bisher.« Piet gestikulierte aufgeregt mit den Händen. »Christine meint das ernst. Zusammen wohnen, Treue, der ganze Mist …«

»Aber du wolltest doch dein Leben ändern.«

Piet schnaufte. »Ich hatte eine Formkrise. Ständig durchfeiern, das bringt einen aus dem Gleichgewicht.« Wenn er so zurückdachte, war das Ungleichgewicht damals gar nicht so schlecht gewesen. »Physisch wie psychisch. Und so ein Kind, okay, das ist ganz drollig. Aber deswegen bin ich doch noch lange nicht monogam.«

»Dann bist du halt nicht monogam«, sagte Marcel nüchtern.

»Das stellst du dir so vor, aber das ist nicht so leicht! Die ist 'ne Hete und will Familie. Eine richtig klassische Familie! Mit dreimal täglich zusammen essen, gemeinsamem Schlafzimmer und Bausparvertrag.« Okay, Bausparvertrag stimmte nicht ganz. Bausparverträge warfen Christine zufolge viel zu wenig Rendite ab. Wenn die momentan irgendwo anlegte, dann in südafrikanischen Staatsanleihen. Südafrikanische Staatsanleihen waren zwar nicht ganz ungefährlich, aber die Zinsen konnten sich sehen lassen. Vom Kursgewinn ganz zu schweigen. »Wie soll ich da polygam sein? Bei gemeinsamem Schlafzimmer und dreimal täglich zusammen essen?«

Marcel zuckte mit den Achseln. »Gehst du halt in die Sauna ... zwischen den Mahlzeiten.« Marcel war immer gut für praktische Vorschläge.

»Ich will keine Familie.« Piet stöhnte auf. »Ich meine, ich will für Jean-Paul gerne ab und an den Vater spielen. Und ich verbringe auch gerne mal einen Abend bei Christine mit Kochen, Fernsehen, einem Wein und so. Aber deswegen muss ich doch nicht gleich eine monogame Zwangsgemeinschaft gründen, oder? Ich meine, man ist auch gern mal einen Tag allein zu Hause und möchte deswegen noch lange nicht lebenslänglich in Isolationshaft sitzen. Hast du eine Ahnung, wie langweilig so eine monogame Zweierbeziehung ist?«

»Nein«, Marcel schüttelte den Kopf. Das war schon ein Problem, das mit den floatenden Lebensmodellen. Man floatete von einem Modell ins nächste, und niemand fand sich mehr zurecht. Früher war das einfacher gewesen. Da hatten Heteros in Reihenhäusern gewohnt, und die Schwulen hatten sich in den Parktoiletten getroffen. Beziehungsweise die Schwulen, die als Heteros lebten, hatten abends den Wagen genommen, um vom Reihenhaus zur Parktoilette zu fahren. Aber die verdammte Postmoderne hatte sämtliche Gewissheiten beseitigt. Wo man auch hinblickte, nichts als grässliches Durcheinander.

»Vielleicht musst du ihr erklären, dass das bei dir anders ist. Dass ein Seitensprung nicht Untreue bedeuten muss. Sondern dass es bei dir als Schwulem den Familienzusammenhalt stärkt, wenn du gelegentlich mal eine Abwechslungsnummer schiebst.«

»Gelegentlich ...« Piet seufzte. Gelegentlich, das bedeutete knapp mehr als nie. Er konnte den Einwand allerdings nicht vertiefen, weil in diesem Moment seine Zwangsgemeinschaft eintraf.

»Papa!« Entschlossen steuerte Jean-Paul Amador, der Fernbedienungszerstörer, auf Piet zu.

Marcel wurde ganz warm ums Herz. »Du bist also der kleine Zauberprinz, der unseren Piet verhext hat.«

»Hallo«, meldete sich die Zauberprinzenmutter zu Wort.

»Das ist Christine«, stellte Piet seine Lebensabschnittsgefährtin mit einem gequälten Lächeln vor. »Und das ist Marcel aus meinem alten Sportverein.«

»Schön, dich kennen zu lernen.« Christine nahm Marcel herzlich in den Arm und drückte ihm zwei warme Küsse auf die Wangen. Es war ja immer gut, mit der besten Freundin des Mannes rechtzeitig ein Vertrauensverhältnis aufzubauen. Wenn Christine in ihrer ersten Ehe etwas gelernt hatte, dann das.

»Was möchtest du trinken, Liebling?« Piet verzog das Gesicht. Wie sich das anhörte: Liebling. Das war doch grauenvoll. Die völlige Monogamie.

»Na ja, ein Wodka Lemon darf es schon sein.« Christine grinste. »Zum Anstoßen auf die neue Freundschaft. Was, Marcel?«

»Ja, ja. Genau.« Piets Sportvereinsfreund machte ein irritiertes Gesicht. Irgendwie sah Christine seltsam aus. Die Haare waren zerzaust und die Bluse oben nicht richtig zugeknöpft.

Als wäre sie gar nicht so monogam …

»Wo kommt ihr denn gerade her, Kleiner?«, erkundigte sich Marcel beim Zauberprinzen.

»Wir waren einkaufen«, kam Christine hektisch ihrem Sohn zuvor. »Wir haben Jean-Paul was zum Spielen gekauft.«

»Ihr?«

»Ich«, korrigierte sich Christine. Die Bluse war wirklich ziemlich falsch zugeknöpft. »Jean-Paul hat mit ausgesucht.«

»Und was habt ihr Schönes …?« Marcel ließ nicht locker.

»Und ihr? Was habt ihr so gemacht?« unterbrach ihn Christine.

»Wir«, antwortete Piet mit schlechtem Gewissen, »wir haben uns gerade unterhalten …«

Doch wie der Zufall so wollte, konnte Piet den Satz nicht beenden.

»Aha.« Patzky baute sich vor ihnen auf. Patzky! Dem Christine Geld schuldete! Wie ein Felsmassiv am Rheinufer stand er da. Der reinste Riesenklops. Die Loreley, nur furchteinflößender. O Gott! Und was für einen Schatten der warf. In der tief stehenden Herbstsonne warf Patzky den reinsten Riesenschatten. »So ist das also.«

»So ist was?«, erkundigte sich Marcel neugierig. Patzky sah zwar nicht aus wie der geborene Liebhaber, aber in diesem Blick lag Empörung. Und außerdem war heutzutage alles möglich. Komische Dreiergeschichte – Piet, die Frau und so ein Typ.

»Deswegen kommt die Kohle nicht.«

»Kohle?« Piets Sportsfreund machte ein verdutztes Gesicht. Die machten es für Geld?

»Ich warte jetzt seit zwei Monaten auf mein Geld!«, sagte Patzky, wurde jedoch von seinem Handy unterbrochen. »Hey, Jürgen. Gut, dass du anrufst. Nee, ich weiß. In der Sache bin ich gerade unterwegs. Das Problem kriegen wir gelöst, du musst dir keine Sorgen machen. Du machst dir keine Sorgen? Gut. Ich mache mir auch keine Sorgen. Alles klar.«

»Woher kennt ihr den?«, fragte Marcel.

»Geschäftlich«, erwiderte Piet knapp. Patzky mit Handy! Woher hatte der das? Und warum so ein schickes? Und wieso wusste er, wie man es bediente?

»Wo waren wir gerade?« Patzky wandte sich wieder der Runde zu.

»Wollen Sie was trinken?«, stimmte Piet einen versöhnlichen Ton an.

»Deswegen kommt also keine Kohle. Weil ihr was miteinander habt. Und ich ...« Patzky schlug sich an die Stirn. »Ich muss ja auch noch in die Leopoldstraße, verdammt!«

»Ach so«, Marcel atmete erleichtert auf. »Ihr schuldet dem Geld.«

»*Sie* schuldet ihm Geld«, korrigierte Piet. »Ich sollte es ...«

»Wie?« Christine blickte Piet wütend an. »Ich dachte, du gehst mit mir durch dick und dünn.«

»Schon.« Piet seufzte.

»Bist du Papa?« Christines Nachwuchs legte erstes Interesse für den Elektromeister an den Tag.

»Die dritte Quartalsrendite ist schon futsch. Wegen euch! Weil ihr die Turteltäubchen spielt!«

»Sie wollen sogar heiraten«, warf der Sportsfreund ein.

»Spielst du Godzilla mit mir? Du bist Godzilla und ich das Pokemon!«, schlug der Zauberprinz Patzky vor.

»Das war sowieso alles Pfusch«, schrie Christine laut auf. »Da verlegt ja ein Blinder mit Krückstock besser Elektrokabel.«

Der Kellner trat an den Tisch. »Ihr Wodka Lemon, bitteschön.«

»Für Cocktails haben sie Geld«, Patzkys Handy begann erneut zu klingeln, »aber für meine Schulden ...«

»Das ist ein Longdrink!«, brüllte Christine.

»Iaaahh – wumm!« Jean-Paul Amador warf sich mit dem Kopf zuerst in Patzkys Kniekehlen.

»Also, so langweilig finde ich Heterobeziehungen gar nicht«, merkte Marcel an.

»Ja?«, bellte Patzky ins Telefon. »Nein, da habe ich jetzt keine Zeit zu ...«

Das war also das Ergebnis, wenn man etwas aus sich zu machen versuchte: Zum Horst machte man sich! Zum Gespött der Leute! Zur Schießbudenfigur!

Das mit dem Anzug hätte Mario ja noch verkraftet. Wenn man zur Behörde ging, machte man sich schließlich immer ein bisschen zurecht: schlabberiges Sweatshirt auf dem Sozialamt, Jackett bei der Meldebehörde. Das erleichterte die Kommunikation. Auch dass die Standesamtstrulla so penetrant die »Bedeutung des Bundes fürs Leben« hervorhob (als wäre ihm in großen, gotischen Lettern das Wort »Polygamist« auf die Stirn tätowiert), konnte er verkraften. Selbst das hysterische Rumgequietsche von Meleks Freundinnen, als Mario und Serol das Treppenhaus hinunterstiegen und von den entgegenkommenden Pärchen idiotisch angelächelt wurden (Was war das eigentlich für ein saublödes, homophobes Lächeln? Hatten die ein Problem mit Schwulen? Waren die mit ihrem eigenen Pärchenscheiß nicht genug bedient?). Aber dass Melek eine Limousine mit Regenbogenfähnchen geordert hatte, in der bei voller Lautstärke *Queen* lief, das war denn wirklich zu viel des Guten. Viel zu viel. Und dann die Klamotten vom Fahrer, dem irakischen Mathematikmaurer: ein glitzerndes Discojäckchen hatte der an, das war doch nicht realistisch! Für so was waren sich echte Schwule viel zu schade. Diese Klischees waren regelrecht schwulenfeindlich! Homosexuellen zu unterstellen, sie wären überkandidelt, beziehungsweise komplett plemplem. Und dann ständig dieser ekelhafte Freddy Mercury mit seinen *Champions.* Das war so was von zum Kotzen!

»Schön, nicht?« Melek strahlte übers ganze Gesicht,

während Mario entnervt durchs Limousinenfenster auf die Straße blickte.

Wie Serol im Übrigen auch. Der allerdings in die andere Richtung. Mario nach links, Serol nach rechts.

»Wenn man schon heiratet, sollte man auch feiern, nicht?« Melek schenkte sich ein Glas Champagner ein. »Man heiratet ja nicht jeden Tag! Auch wenn's nur pro forma ist. Das ist doch der schönste Tag im Leben einer ... äh ... Frau ...«

Wie sie ihn anschaute – das war auch das Letzte. Das Allerletzte! Innerlich lachte die sich doch über Marios Blödheit ins Fäustchen. Warum war er nur immer so gutmütig? Was heißt gutmütig? Naiv! Da hieß es immer, die Leute vom Balkan seien konservativ und muslimisch. Von wegen! Die heirateten schwul, hatten Massagepartner und liefen nackig durch die Wohnung. O Gott, o Gott!

Überhaupt waren die letzten Monate eine einzige Pleite gewesen. Mario hatte beweisen wollen, dass er durchaus ein Familientyp sein konnte, aber jetzt waren sämtliche Familienverhältnisse zerrütteter als je zuvor. Über ganz Europa zerstreut war die Familie! Bis hinter die Karpaten! Und leiser war es auch nicht geworden! Verglichen mit verzogenen Kindern, hysterischen Tankerhavaristinnen und Freddy Mercury waren ein paar Containerrumänen eigentlich ganz entspannend. Ja, der reinste Zen-Buddhismus waren die verglichen mit Tankernachwuchs und Freddy Mercury! Und was die ökonomische Sicherheit anging, von der alle geredet hatten – die war ja wohl auch völlig am Arsch. Komplett abgebrannt war Mario nach all der Geldeintreiberei! Tausende von Euro hatte er gehabt, und nichts war geblieben. Es war nämlich wie verhext: Man hatte Geld, aber dann hatte man es doch nicht, denn wenn man welches hatte, gab man auch mehr aus, und zwar nicht nur das, was man hatte, sondern auch das, was man noch kriegen sollte, und plötzlich – Bankrott! So war das mit Geld und ökonomischer Sicherheit. Vier Monate Stress, und am Ende war man abgebrannt wie eine Kirchenmaus und durfte Schwulenhochzeit mit dem Nebenbuhler spielen! Das kam dabei raus, wenn man etwas aus sich machen wollte.

Wenn Mario etwas gelernt hatte in den vergangenen Monaten, dann dass man nicht immer nach oben streben sollte. Lieber mal zufrieden mit sich sein. Neue Horizonte Horizonte bleiben lassen. Nichts aus sich machen, sondern lieber noch eine Runde weiterschlafen. Sich von dem Leistungsterror gar nicht erst anstecken lassen, das war es. Mir geht's gut, was will ich mehr. Freundschaft ist das höchste Gut. Geld allein macht nicht glücklich! Zicke-zacke, Hühnerkacke.

»Da wären wir.«

Was grinste der blöde Mathematikprofessor so? Sah der sowas beim Taxi fahren nicht jeden Tag? Zwei Männer, die heirateten? Musste der ausgerechnet gegenüber Mario seine homophoben beziehungsweise homophilen Neigungen ausleben? Konnte der nicht woanders hingrinsen? Blöder Depp.

»Wir haben uns alle Mühe gegeben.« Wassilij, dieser schwäbische Pedant. »Es soll ein richtig rauschendes Fest werden!«

O Gott, war das ein Spektakel: Blumengirlanden über dem Hauseingang, scheppernde Blechmusik, ein brutzelnder Grill, und mindestens 70 Leute, die Mario anstarrten. Mann, war das früher mit Antonescu, Ganea und Popescu in der Küche schön friedlich gewesen!

»Findet ihr das nicht ein bisschen übertrieben?«, fragte Mario schlecht gelaunt.

»Fa-falls … die Ausländerpolizei kommt«, erklärte Didi.

»Und? Rauscht's?«, erkundigte sich Wassilij.

Ja, rauschen tat es. In den Ohren rauschte es. Einen ausgewachsenen Tinnitus bekam man davon, so sehr rauschte es.

Mario stellte sich in eine Ecke, als hätte das alles nichts mit ihm zu tun.

Hatte es ja auch nicht! Das war nicht sein Fest. Diese ganzen Deppen feierten nur, weil der Flokati wieder aus Grünau raus war.

»Schatz!« Melek trat mit einem Lächeln auf ihn zu.

Doch Mario antwortete erst einmal nicht. Schatz, pah! Depp wäre als Anrede viel passender. Volltrottel, Eselchen, Hanswurst.

»Das war wirklich sehr lieb von dir.« Sie küsste ihn. In den Nacken! Das hellte Marios Stimmung allerdings erheblich auf. »Außer dir hätte niemand so was gemacht!«

Melek blickte ihn dankbar an, und Mario atmete tief durch. Zum ersten Mal, seitdem sie heute Mittag zum Standesamt gefahren waren, bekam er wieder einigermaßen Luft.

»Das werde ich dir nie vergessen.« Meleks schwarze Augen glänzten. Da konnte man den Flokati, Freddy Mercury und den Discojäckcheniraker von vorhin völlig vergessen. »Jemanden wie dich zu kennen ist viel besser als ein Edeka.«

Melek nahm seine Hand und hauchte einen Kuss auf die Finger. Ganz zärtlich.

»Hallo.«

Aber da war es mit der Romantik auch schon wieder vorbei.

»Mario, das ist Franziska.«

»Hey«, sagte Mario desinteressiert. Konnte die nicht abziehen und später wiederkommen? Wo Melek und er sich gerade so gut unterhalten hatten? Aber die Leute waren eben unsensibel. Fast so unsensibel wie der Zottelhippie aus dem vierten Stock. Und der konnte nicht anders, der nahm Drogen.

»Mario, du erinnerst dich doch an unser Gespräch von neulich ...«

»Gespräch?«

»Als wir überlegt haben, wer Serol heiraten könnte.«

Warum musste Melek jetzt wieder die Flokatigeschichte aufwärmen?

»Also, da meinte ich Franziska ...«

»Hä?« Mario überlegte. Ach so, das war die Freundin von dem Flokati? Deswegen hatte Mario nicht eifersüchtig sein sollen. Weil diese Franziska was mit Serol hatte! Na, klar! Logisch! Hätte er auch früher drauf kommen können.

Andererseits – warum hatte die den dann nicht geheiratet? War der das zu kompliziert gewesen? Typisch! Mario sollte alle erdenklichen Komplikationen auf sich nehmen, damit es für die anderen nicht so kompliziert wurde.

»Ist schon okay«, wandte sich Mario an die Antikomplikationstante. »Habe ich gern für euch getan.«

»Wie meinst'n das?« Franziska war etwas irritiert.

»Na, damit ihr zusammenbleiben könnt«, sagte Mario. »Damit wir alle zusammenbleiben können.«

»Alle zusammen?« Melek stieß einen spitzen Schrei aus. »*Wir* sind nicht zusammen!«

»Wieso sind *wir* nicht zusammen?« Mario erschrak. »Ich dachte, wir sind jetzt zusammen.«

»Nein!«, schrie Melek. »Ich meine, du und ich, *wir beide* sind zusammen. Aber *Franziska und ich* sind nicht zusammen!«

»Nicht zusammen ...«, wiederholte Mario stumpf.

»Nein, Franziska und ich sind nur pro forma verheiratet.«

»Verheiratet ...«, plapperte Mario nach.

»Damit Melek bleiben kann«, erläuterte die Komplikationsvermeiderin.

»Ja«, bestätigte Melek. »Die hatten mich auf dem Kieker, die Ausländerbullen.«

»Kieker«, sagte Mario, »Ausländerbullen ....«

»Siehst du, das ist ganz normal. Ob unter Männern oder unter Frauen. Das machen alle. Und wir sind sehr zufrieden ...«

»Aber ...«, setzte Mario mit bebender Stimme an.

»Weißt du, wir erzählen das nicht so rum«, fügte Komplikations-Franziska hinzu. »Damit die Ausländerbehörde nicht auf dumme Gedanken kommt.«

Melek nickte. »Du weißt ja, wie das ist. Alle zerreißen sich das Maul!«

»Das stimmt.« Mario versagte fast die Stimme. »Alle zerreißen sich das Maul.«

»Aber bei dir und Serol ist das was anderes. Weil die

Ausländerbullen sowieso schon hinschauen. Und deswegen ist es besser, man macht es offensiv, verstehst du?«

Mario schüttelte den Kopf.

»Franziska arbeitet nämlich in einer Rechtsberatung und kennt sich mit solchen Dingen aus.«

Mario war ganz durcheinander. Heutzutage stieg man wirklich gar nicht mehr durch, wer mit wem zusammen war. Vielleicht sollte sich Mario auch mal eine Auszeit gönnen. So wie Wolfgang. Irgendwo hinfahren, wo es keine Telefone und Abschiebegefängnisse gab, und die Leute noch ordentlich in der Kirche heirateten. Mario wäre besser mit Wolfgang in den Karpaten geblieben.

»Das müsst ihr probieren.« Als hätte Ganea Marios Gedanken gelesen, trat er zur Runde hinzu und hielt ihnen einen Teller mit geröstetem Gemüse unter die Nase. »Paprika vom Bauernhof! Ganz frisch! Da schmeckt man noch den Boden, die Natur, das Wasser der Karpaten! Jeder Biss eine Sinfonie des Geschmacks! Das zergeht auf der Zunge wie die Matthäus-Passion von Bach … oder John Cage. Ach, Romania! Muttererde! Deine Berge, die Donau, das Meer … Heimat! Wie sehr vermissen wir dich!«

Ja, die Karpaten … Wolfgang fing an, die Dinge ähnlich zu sehen. Hier war noch nicht jede Wiese zuasphaltiert, der Auberginenanbau noch nicht von Gewächshäusern und Düngemitteln ruiniert, und ein Dorf konnte noch als Dorf bezeichnet werden. Ließ man den Blick schweifen, breiteten sich nicht nur Autobahnen, Hochspannungsmasten und Telefonleitungen vor einem aus. Und die Ruhe – geradezu himmlisch. Abgesehen von Grillen und dem Plätschern von Bächen war nichts zu hören ... Keine klingelnden Handys, keine Sekretärinnen, die im Vorzimmer herumkeiften, keine summenden Faxgeräte, die Mahnungen, Zahlungsbescheide und Scheidungsurteile ausspuckten.

Dass Mario ihn hierher verschleppt hatte, war eine Sauerei gewesen ... Nach wie vor ... Allein die Tatsache, dass diese Schweinetablette nicht anständig klinisch getestet worden war. Wolfgangs Leber war wahrlich schon genug strapaziert ... Wenn er Mario wiedersah, würde der kleine Bruder einiges unternehmen müssen, um das wieder gutzumachen. Aber die Gegend, in die Mario Wolfgang verschleppt hatte, die war wirklich nicht schlecht ... Zwei Wochen war Wolfgang hier und hatte sich doch schon perfekt eingelebt ... Der reinste Vollblutkarpate war er geworden ... Hühner füttern, Kuhstall ausmisten, Unkraut jäten – das machte er wie ein Einheimischer ... Wie ein geborener Bergbauer! ... Und das Savoir-vivre von diesem Transsilvanienvölkchen – großartig ... So gut hatte Wolfgang schon lang nicht mehr gegessen: Frühstück, Brotzeit, Snack, Mittagessen, Kaffeetrinken, Abendbrot ... Die Tomaten schmeckten richtig nach Tomaten. Nicht nach Kartoffeln, Wasser oder Schaumstoffmatratzen ... Und die Leute waren auch gut drauf ... Dieser Tzara – ein klasse Typ ... Mit dem hätte Wolfgang die Immobilien machen sollen ... Obwohl Wolfgang ja gar keine Immobilien mehr machen wollte ... Als er zum Beispiel am ersten Tag nach der Schweinetablette gesagt hatte, er würde Tzara nicht beim Heuwenden helfen, er sei doch nicht blöd, so etwas würde er outsourcen, da hätte er seine Leute für, in Deutschland würde er dafür beim Studentenwerk jemanden bestellen, hatte Tzara einfach »na dann nicht« geantwortet und das Heu allein gewendet ... Das hatte Wolfgang schon sehr imponiert. Diese Eigeninitiative, Dynamik und Gelassenheit! ... Fast wie in den Ratgebern für Unternehmensführung: Mit gutem Beispiel vorangehen und Ruhe ausstrahlen ... Positive Lockerheit ... Ganz anders als in Wolfgangs Firma, wo man immer jemanden antreiben musste ... Oder angetrieben wurde ...

So gesehen war das neue Leben in Rumänien wirklich viel besser als die deutsche Souterrainexistenz ... Im Schatten der Karpaten fand Wolfgang zu sich selbst zurück: Identität, Mutterboden, Leib-Seele-Gleichgewicht ... Ein Mensch war hier noch ein Mensch. Nicht nur ein Roboter, der an den eigenen Bedürfnissen vorbei robotierte ... Ja, Wolfgang fühlte sich wie neu geboren! ... Das war das richtige Wort! ... So mussten sich die Leute fühlen, die nach einem Herzinfarkt oder Autounfall ins Leben zurückgeholt wurden ... Allein, wie Wolfgang der Körper wieder gehorchte. Jede Sehne, jeder Muskel. Alles konnte er bewegen ... Aufstehen, sich hinsetzen, reden, essen, sich zwischen den Zehen kratzen, wenn es juckte.

Tzara steckte sich eine Zigarette an. Auf der Veranda vor dem Bauernhaus war es dunkel geworden. Was für ein Abend: Grillen zirpten, orangefarben schimmernde Dämmerung, von den Berghängen strich eine laue Spätsommerbrise herab, der Geruch trocknenden Heus!

»Mussen wir legen Elektrizitat.« Die Glut von Tzaras Zigarette leuchtete auf. »Ohne Elektrizitat viel Nacht.«

»Ach was«, protestierte Wolfgang. »Wozu braucht

man Strom? ... Man kann auch ohne Strom glücklich sein ... In den Karpaten lebt man seit Jahrhunderten zufrieden ohne Strom ...«

»Elektrizitat praktisch.«

»Warum? ... Wozu ist Elektrizität praktisch?«

»Fur Kuhe melken, Beispiel.«

»Man kann auch wunderbar mit den Händen melken ... Das macht man hier seit Jahrhunderten so .... Das ist doch ein Klacks.« Zugegeben – eigentlich molk Tzara. Bei Wolfgang traten die Kühe immer aus ... Aber zumindest bei Tzara sah es wie ein Klacks aus.

»Und Heizung. Winter kalt.«

»Kalt?«, fragte Wolfgang entsetzt. Daran hatte er noch gar nicht gedacht ... Hier war es gar nicht immer angenehm warm? ... Rumänien lag doch im Süden ... Konnte es hier nicht das ganze Jahr warm sein?

»Winter serr, serr kalt. Viele Schnee.«

»Ja? ... Mist!« Wolfgang fuchtelte mit der Zigarette durch die Luft. »Trotzdem: Auch wenn es kalt wird, mit Strom heizen ist Unsinn. Schon allein ökologisch ... Das ist so was von schädlich ... Hier kann man doch schön mit Holz heizen ... Oder mit Biogas ... Der Bauernhof ist wie geschaffen für Biogas ... Stell dir mal vor, wie es hier aussähe, wenn hier überall Stromleitungen wären. Dann wäre das doch alles gar nicht mehr authentisch.«

»Aber ohne Elektrizitat nicht TV.«

»TV ...!« Wolfgang lachte auf. »Also da läuft der Hase lang. Du willst dir das Gehirn waschen lassen ... Fernsehen, das ist doch Volksverblödung ... Tzara, du bist doch ein intelligenter Mensch ... Wie kannst du dich da für das Fernsehen interessieren? ... Gut, auf *Arte* läuft manchmal etwas Anspruchsvolleres … Aber *Arte* kriegt man hier wahrscheinlich nicht mal rein.«

»Wir Elektrizitat! Deswegen ich nächste Jahr mit Antonescu arbeiten auf Baustelle nach Deutschland.«

»Du willst nach Deutschland zum Arbeiten gehen? Das ist doch Wahnsinn! … Das Leben in Deutschland ist so was von schädlich … Allein wie viele Verrückte es da gibt … Ganz wahnsinnig wird man … Die Leute da stehen den ganzen Tag wie unter Strom …«

»Aber ich Geld verdienen und dann auch schone Auto.«

»Auto? … Auch noch ein Auto? … Das ist Irrsinn!!! … Die machen doch so viel Lärm. Und man wird hektisch davon … Hier in den Karpaten, diese Ruhe, die macht einen neuen Menschen aus einem … Schau mich an! …… Als ich hierher gekommen bin, war ich ein Wrack …… Verrückt! ……… Überdreht! ……… In Rumänien habe ich hingegen zu mir selbst gefunden ……… Ich habe gelernt, gelassener zu sein ……… Die Dinge auf mich zukommen zu lassen ………… Ich bin ein neuer Mensch geworden! ……… Habe meine Renaissance erlebt ………… Meine Wiederauferstehung! …………… Mein Pfingsten ………… Oder war das Ostern? ……………… Ich kann wieder zuhören …………… Muss mich nicht immer selbst reden hören …………… Weiß, wie wichtig es ist, auch mal auf andere zu achten ……………… Nicht immer nur egoman, egoman, auf mich selbst zu schauen ………………… Und mich für das Zentrum des Universums zu halten …………………… Nein, auch mal zu erkennen, wie das Leben für andere ist ……………………… Wenn es hier Autos und Stromanschlüsse gäbe, hätte ich mich nicht so verändern können .... So toll .... Hätte ich nie die Möglichkeit gehabt, grundsätzlich über mich nachzudenken und völlig zu verändern .... Dann wäre ich immer noch so ein kleiner Immobilienunternehmer .... der nicht weiß, was wirklich wichtig ist im Leben .... Der kleine Junge, der sich ständig an seinem Bruder misst und die Umwelt mit seinen Eitelkeiten belästigt .... So ein Wurm, wie dieser Jürgen .... mit seinen peinlichen Keith-Haring-Bildern .... der sich für was Besonderes hält .... nur weil er einmal .... den Keith Haring persönlich ....

Raul Zelik
DER BEWAFFNETE FREUND
Roman

Max, Mitte dreißig, kehrt im Rahmen eines Forschungsprojekts nach Bilbao zurück, wo er früher regelmäßig seine Ferien verbrachte. Kurz nach seiner Ankunft erfährt er, daß auch sein alter Freund Zubieta zurückgekommen ist. Zubieta hatte einem befreundeten Schriftsteller vor zwanzig Jahren zur Flucht aus dem Gefängnis verholfen und lebt seitdem im Untergrund - als einer der meistgesuchten Terroristen in Europa.
Als Max eine Nachricht von Zubieta zugespielt wird, ist er hin- und hergerissen. Die Freundschaft zwischen den beiden reicht weit zurück, doch das Risiko, sich mit Zubieta zu treffen, ist groß. Im Baskenland herrscht Ausnahmezustand, nicht nur Anschläge von Zubietas Organisation, sondern auch Folterungen durch die Polizei gehören zum Alltag in der Region. Schließlich begleitet Max den Freund auf eine Reise über die iberische Halbinsel - eine 600 Kilometer lange Fahrt zwischen Angst und Zweifeln.
Ein Buch über Europa und das Wesen von Identität, Gewalt und Politik, das mit Elementen des Kriminalromans von einer außergwöhnlichen Freundschaft erzählt.

Gebunden, 320 Seiten
ISBN 978-3-936738-27-8

Blumenbar Verlag